KB251782

神
신투
Fantastic
Oriental
Heroes
녹목목목 新무협 판타지 소설

偸

신투 4

녹목목목 新무협 판타지 소설

초판 1쇄 찍은 날 § 2005년 11월 18일
초판 1쇄 펴낸 날 § 2005년 11월 28일

지은이 § 녹목목목
펴낸이 § 서경석

편집장 § 문혜영
편집책임 § 한지윤
편집 § 이재권 · 유경화 · 심재영

펴낸곳 § 도서출판 청어람
등록번호 § 제1081-1-89호
등록일자 § 1999. 5. 31
어람번호 § 제2-0747호

주소 § 경기도 부천시 원미구 심곡1동 350-1 남성B/D 3F (우) 420-011
전화 § 032-656-4452   팩스 § 032-656-4453
http://www.chungeoram.com
E-mail § eoram99@chollian.net

ⓒ 녹목목목, 2005

ISBN 89-5831-835-X 04810
ISBN 89-5831-689-6 (세트)

神偷

신투

Fantastic
Oriental
Heroes

녹목목목 新무협 판타지 소설

4

구달비, 소망을 이루다!

도서출판 청어람

|목차|

第一章

위기!

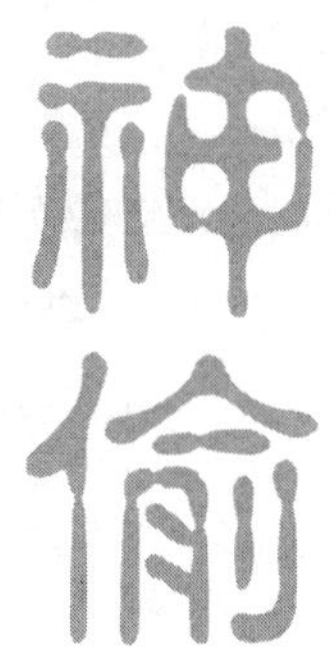

하늘엔 어렴풋이 먼동이 터오고 있었다.

구달비를 등에 짊어진 독고미향은 신형을 멈추어 섰다.

그녀의 앞은 까마득한 낭떠러지였다.

'하필이면 이런 데로 올 줄이야!'

밤길이라 숲을 헤매다 도착한 곳은 바닥을 추측할 수 없을 정도로 깊은 천 길 현애(懸崖).

구름까지 드리워진 발밑을 쳐다보는 독고미향의 가슴은 마냥 무겁게 내려앉았다.

'큰일이다! 더 이상 갈 길이 없다!'

이때 뒤쪽에서 현상금 사냥꾼들이 속속 착지하는 소리가 들려왔다.

사면초가 벼랑 끝에 선 독고미향은 눈앞이 캄캄해졌다.

그것을 증명이라도 하듯 그녀가 포위된 것은 순식간이다.

사냥꾼들 중 덩치가 커서 웅산객(熊産客)이라 불리는 사내가 큰 소리로 으름장을 놓았다.

"뒤는 절벽이니 도망갈 생각이라면 말끔히 버려라! 크흠! 등에 맨 놈이 황금장의 도둑이렷다?"

웅산객은 품에서 종이 쪼가리를 꺼내어 구달비의 인상과 대조해 보았다.

구달비의 현재 얼굴은 퉁퉁 붓고 녹아서 제 모습을 찾기 어려웠지만, 찍 찢어진 눈 등의 유별난 이목구비를 완전히 감출 수는 없었다.

열심히 눈대중을 해보던 웅산객의 입이 귀밑까지 벌어지며 그는 환성을 질렀다.

"와~! 머리카락만 없을 뿐이지 이 초상화랑 똑같이 생겼구나!"

웅산객은 목젖을 벌렁거리며 큰 소리로 웃었다.

"크하하하~ 이놈이 맞다! 드디어 찾았다! 이제 팔자 고치는 일만 남았다!"

그 소리에 주위에 서 있던 다른 사냥꾼들은 희색이 완연해졌다.

눈앞에 돈 덩어리가 있다는 생각에 모두의 낯엔 기쁨이 넘쳐흘렀다.

웅산객을 비롯한 사냥꾼들은 입맛을 다시며 무기를 고쳐잡았다.

그들은 천면호리 독고미향에게 고함쳤다.

"야, 복면! 도둑놈을 내놔라!"

"……."

그러나 황금장 도둑을 등에 업은 복면인은 말이 없다.

웅산객이 한 걸음 앞으로 나오며 재차 경고했다.

"복면! 뜨거운 맛을 보기 전에 당장 놈을 내놓아라!"

"……."

복면인은 아무 대꾸 없이 천천히 복면을 벗었다.

그 순간 사냥꾼들은 제각기 놀람에 찬 외침을 터뜨렸다.

“아버지!”

“누나?”

“아니, 얘야? 네가 왜 여기에 있느냐?”

칼을 겨누었던 사람들은 저마다 독고미향을 다른 이름으로 부르며 허둥댔다.

그들은 복면 속에서 등장한 그리운 얼굴을 대하자 자기들의 눈을 의심했다. 아는 사람의 모습이 당문의 후문으로 들어설 때 잘못 본 게 아닌가 생각했었는데 이제 보니 착각이 아니었다.

두어 명의 사냥꾼이 지인(知人)을 맞이하기 위해 주춤거리며 앞으로 나갔다.

하지만 그런 사람들이 있는 반면에 가족이나 연인이 아닌 극과 극의 관계를 가진 이도 있었다. 이마에 핏대를 올리며 펄쩍 뛰는 사람들이 있었던 것이다.

“빠드득! 저 우라질 원수 놈을 여기서 만나게 될 줄이야!”

“아닛? 저놈은 분명히 내가 죽였는데?”

사방에서 경악성을 내지르느라 난리도 아니다.

깜짝 놀라기는 하오문주 암흑대제 역시 예외가 아니었다.

“…어머니?”

개차반인 막내아들 때문에 수심이 가득한 저 얼굴은 늙으신 어머니가 분명했다.

“어, 어머니가 언제 무공을……?”

넋을 잃고 중얼대는 암흑대제.

그때 옆에 있던 사팔뜨기 마봉팔이 냅다 소리를 질렀다.

“야! 사기꾼 갈명수! 너 이 개자식아! 여기엔 왜 왔느냐?”

암흑대제는 마봉팔이 외치는 바람에 큰 혼란을 느꼈다.

'갈명수?'

하오문주의 어머니를 '갈명수'라 부르는 마봉팔!

암흑대제는 퍼뜩 정신을 차렸다.

'그렇군! 어머니가 아니다!'

암흑대제는 예리한 눈으로 주변을 둘러보았다.

사방에선 사람들이 눈물까지 흘려가며 아우성이다. 결국 자신에게 어머니로 보이는 저자는 사람들마다 각기 다르게 보이는 상태가 확실하다. 하니 저자가 역용이나 인피면구를 사용하는 건 절대로 아니란 소리다.

암흑대제의 머리가 획획 돌아갔다.

'저렇게 여러 가지 낯을 동시에 연출할 수 있는 자는… 그래! 천 개의 얼굴을 가졌다는 천면호리! 청부단주 천면호리!'

단숨에 독고미향의 정체를 파악한 암흑대제는 큰 소리로 외쳤다.

"속지 마라! 저건 천면호리다!"

이에 눈물, 콧물을 흩뿌리며 달려가던 사람들은 걸음을 멈추었다.

그제야 정신이 드는 사냥꾼들.

"천면호리?"

청부단주 천면호리의 특이한 술법은 말로만 들었지, 실제로 보는 건 처음이다.

"맞다! 천면호리!"

"오! 천면호리였구나!"

사람들은 놀라워하며 술렁였다.

"어쩜 저렇게 우리 형이랑 똑같이 둔갑했을까? 정말 신기하군."

"저 무서운 당문에서 도둑놈을 빼돌린 천면호리의 재주가 참으로 놀랍소이다!"

너도나도 시끌벅적 떠들어대는 와중에 하오문주 암흑대제는 궁금증을 토로했다.

"이보시오, 청부단주 천면호리. 그대는 누구의 청부를 받고 놈을 빼가는 것이오?"

한데 암흑대제의 말이 끝나기가 무섭게 웅산객이 버럭 소리를 질렀다.

"아니, 하오문주! 그걸 뭐 하러 묻는 거요? 설령 구파일방이 청부를 했다손 쳐도 우리가 여기서 물러날 줄 아시오?!"

웅산객을 포함한 사냥꾼들은 사흘 전에 암흑대제가 나타날 때부터 하오문주라는 그의 정체를 알고 있었다. 그리고 칼밥을 먹고사는 무사들에게 있어 '깡패들의 우두머리인 하오문주'는 껄끄러운 자였으나 큰 두려움을 느끼게 하지는 못하는 존재였다.

암흑대제한테 일갈을 한 웅산객은 주위 사람들을 독려했다.

"여러분! 구파일방 같은 거에 쫄 거 없소이다! 우리는 황금장 살인범을 쫓고 있는 것이오!"

그러자 살대태부(殺大太斧)라는 명호를 가진 사냥꾼이 털이 숭숭 난 주먹으로 큼직한 도끼를 움켜잡고 앞으로 나섰다.

"흐흐흐. 천면호리 이놈! 원수의 상판을 하고 있으니 내가 이 도끼로 토막을 쳐주마!"

"흥! 그런 무식한 도끼로는 장작이나 패라!"

빈정거리는 독고미향의 말에 살대태부가 씨근덕거렸다.

"뭐야? 천면호리 이놈! 이게 장작 패는 도끼인지 현상범 잡는 도끼인지 내가 아주 뜨거운 맛을 보여주마! 퉤, 퉤!"

살대태부는 손바닥에 침을 뱉었다.

이때 공사치(孔士治)라는 협잡질로 악명이 드높은 사기꾼 무사가 독고미향과 살대태부의 사이를 가로막고 나섰다.

"잠깐! 잠깐만 기다리시오!"

"뭐요?"

살대태부가 묻자 공사치는 검을 앞으로 치켜들며 말했다.

"잠깐만! 내 눈엔 아직도 천면호리가 우리 어머니로 보이오!"

"그래서?"

어리둥절해하는 살대태부에게 공사치는 비장하게 외쳤다.

"우리 어머니는 산적의 칼에 맞아서 비참하게 돌아가셨소! 어머니를… 어머니를 두 번 죽일 수는 없소!"

"으이구우~ 이런 멍청이 같은 놈! 이놈아, 저건 천면호리야! 네놈의 어미가 아니라구!"

살대태부가 답답함에 가슴을 탕탕 친다.

그러나 기막혀하는 살대태부와는 다르게 공사치의 말에 동의하는 이도 있었다.

조금 떨어진 곳에서 수수방관하고 있던 궁신신(宮晨信)라는 이름의 삼류무사는 공사치의 마음을 십분 이해했다.

그는 등에 사내를 업은 말라빠진 어린 계집애를 애처로운 눈길로 바라보았다.

자신과 마찬가지로 언제나 굶주림에 시달리던 여동생.

영양실조로 누렇게 뜬 여동생은 여느 때와 마찬가지로 두려움에 찬 눈망울을 힘없이 굴리고 있는 중이다.

궁신신의 손에 쥔 칼이 맥없이 내려졌다.

'내가 성공하면 너를 배불리 먹여주겠다고 했었거늘 넌… 넌……!'

돈을 벌어 돌아와 보니 굶어 죽은 여동생의 차가운 시신은 한 조각 거적에 둘둘 말려 땅에 묻혀졌다고 했다.

궁신신은 이런 상황만 아니라면 여동생의 모습을 한 천면호리를 어디 데려가서 밥이라도 잔뜩 먹여보고 싶은 게 솔직한 심정이었다.

궁신신은 사람들을 둘러보았다.

자그마치 50명에 달하는 사냥꾼들이 눈에 불을 켠 채 무기를 꼬나 잡고 있다.

한데 그들 중에 자기보다 하수는 없다.

이 일은 현상금이 엄청나게 걸린 만큼, 요행수라고는 없이 목숨을 걸고 덤벼야 하는 싸움이다.

궁신신의 처졌던 칼끝이 더욱 땅으로 처진다.

'그저 배불리 먹기만을 바라던 내가 어쩌다가 황금장 도둑을 잡아서 부자가 되겠다는 이런 만용을 부리게 되었을까?

앉으니 눕고 싶다고, 약간의 무공을 배워 삼류로나마 무사라고 불리어지게 되었건만, 하루 세 끼에 만족하던 시절은 어디로 가고 이젠 나날이 위만 바라보고 산다. 그리고 이제는 마침내 하나밖에 없는 생명까지 걸고 재물을 추구하는 돈의 노예가 된 것이다.

여러 가지 착잡한 생각이 든다.

궁신신은 더 이상의 망설임 없이 몸을 돌렸다.

'큰 욕심 부리지 말고 분수대로 살자.'

궁신신은 자리를 떠나기 전에 마지막으로 여동생을 한번 돌아보았다.

그 후 궁신신의 모습은 강호에서 완전히 사라졌다.

그러나 남아 있는 자들 중에서 궁신신처럼 눈앞의 돈 덩어리를 포기하는 사람은 없었다. 사냥꾼들은 천면호리의 둔갑술로 말미암아 나름대로 눈물나는 쓰라린 추억들을 떠올렸지만, 손을 뻗으면 닿을 듯한 곳에 있는 재물의 유혹을 물리칠 수가 없었던 것이다.

그래도 일단 그들은 당혹감에 젖어 미적거렸다.

천면호리가 그들이 그리워하는 사람으로 둔갑을 했다는 점에서 화는

났으나, 차마 사랑하는 가족의 얼굴에 칼질을 할 수는 없었다.

대신에 사기꾼 공사치한테 비난이 쏟아졌다.

"공사치! 이 바보 자식아! 정신 차려라, 이 천치 놈아!"

"저렇게 똥인지 된장인지 모르고 날뛰니 원. 저놈 사기꾼 맞아?"

그러나 사람들이 뭐라고 하든 공사치는 상관하지 않았다.

그는 뒷걸음질을 하며 엄포를 놓았다.

"시끄럽다! 우리 어머니한테 손을 대려는 자는 먼저 나부터 죽여야 할 거다!"

공사치는 뒤에 선 어머니를 돌아보며 말했다.

"어머니, 여기는 제게 맡기시고 어서 절벽이라도 타고 내려가세요!"

하나 그 순간 공사치는 오른손에 잡은 검으로 어머니의 가슴을 찌르며 동시에 왼손은 어머니가 등에 업고 있는 사내를 잡으려고 뻗었다.

도저히 피할 틈이라곤 없을 만큼의 전광석화 같은 기습!

검끝이 천면호리의 가슴을 파고든다.

슈악—

보고 있던 사람들의 입이 딱 벌어졌다.

"헉!"

"저, 저?"

터져 나오던 사람들의 경악성은 한층 높아졌다.

천면호리의 팔에서 한 가닥 채찍이 빛살처럼 튀어나와 공사치의 검을 막아냈던 것이다.

이어 그것은 공사치의 목을 휘감아 절벽으로 던져 버렸다.

지옥같이 깊은 나락으로 곤두박질치는 비명 소리가 으스스하게 메아리친다.

"크아아아아아아아아아아악~"

그 울림은 이제부터 벌어질 피의 서막을 알리는 듯 섬뜩했다.

어쩌고저쩌고할 틈도 없이 삽시간에 벌어진 일에 잠시 멍하니 섰던 사람들은 저마다 한마디씩 중얼거렸다.
"으음. 어째 사기꾼 놈이 나서서 설친다고 했더니만 이제 보니 놈이 선수를 친 거로군."
"휴우~ 세상에 믿을 놈 하나도 없구먼!"
뒤통수를 맞은 사냥꾼들이 투덜대며 손에 잡은 무기에 다시금 힘을 준다.
이제 결판을 낼 시간이다.
웅산객이 독고미향을 노려보며 외쳤다.
"천면호리! 마지막으로 말한다! 도둑놈을 내놓아라!"
독고미향은 사위를 둘러보았다.
뒤는 천 길 낭떠러지요, 앞은 구달비를 노리는 무인들이다.
독고미향은 50명에 달하는 그들을 침착하게 살펴보았다.
사냥꾼들 중에 대단한 고수는 섞여 있지 않다.
그러나 안심할 수는 없다. 왜냐하면 진짜 고수들은 이들 뒤편의 숲 속에 숨어서 사태를 관망하는 중이었기 때문이다. 그들은 때가 오기를 기다리며 조용히 숨죽이고 있다. 최소한 열이 넘는 숫자다.
독고미향은 절망 어린 한숨을 나직이 내쉬었다.
'휴~ 내 무공으로 일류고수 두 명까지는 어찌해 볼 수 있겠지만 세 명이 넘어가면 무리다.'
그랬다. 설사 엄청난 고수인 오라버니 독고강이 이 자리에 있다손 치더라도 둘이서 열댓 명의 고수를 상대하기는 벅찼다. 게다가 독고미향은 홀몸도 아니고 지켜야 할 사람까지 있는 판국이니 아무리 봐도 희망이라곤 전무했다.

독고미향은 등에 업은 구달비의 숨결을 느껴보았다.

금방이라도 끊어질 듯이 미약하다.

한시라도 빨리 의원한테 몸을 보여야 한다.

그렇지 않으면 아무래도 몇 시진을 넘기기 힘들 것 같다.

'달비를 두고 혼자 갈 수는 없으니… 천상 여기서 뼈를 묻어야겠구나.'

누가 보면 '웬 희생이냐?' 고 하겠지만, 독고미향은 삶아진 구달비의 처참한 모습을 본 순간부터 그를 당문에서 구해낸 일을 후회할 수 없게 되었다. 사냥꾼들이 주장하는 대로 설혹 달비가 황금장의 도둑이라고 해도 말이다.

독고미향은 결연하게 말했다.

"내놓으란다고 순순히 내줄 것 같았으면 애초에 이 애를 당문에서 구해내지도 않았다! 나는 이 도둑과 생을 함께할 테니, 죽고 싶은 놈부터 먼저 덤벼라! 내 목숨이 끊어질 때까지 나는 이 애를 지킬 테다!"

천면호리는 생을 초월한 듯이 보였다.

일류고수인 천면호리의 무공. 이미 죽은 사기꾼 공사치는 삼류무사였고 그것을 증명이라도 하듯 단 한 수에 공사치를 황천으로 보내 버린 천면호리. 그 무공을 사냥꾼들은 감히 경시할 수가 없었다.

사냥꾼들은 서로에게 눈짓을 하며 포위를 좁혀갔다.

사실 이들이 여기까지 오는 중 천면호리의 경공을 따라잡기는커녕, 만약 절벽이 앞을 가로막지 않았다면 천면호리의 얼굴을 대면하기도 힘들었을 사람이 50명 중 20명이 넘는다.

하니 이럴 땐 힘을 합하는 게 상책이다. 배분은 나중이다.

사냥꾼들은 먹이를 본 들개 떼처럼 흉흉하게 다가들었다.

당문주가 도착한 건 바로 이때였다.

그는 모든 사람들이 똑똑히 들을 수 있게끔 사자후를 토했다.

"모두 멈추시오!"

"……?"

현상금 사냥꾼들의 시선이 당문주에게 집중되었다.

가슴에 '당(唐)'이라는 글자가 새겨진 의복을 걸친 중년인.

하지만 그 '당' 자는 일반 당문도들의 것과는 구별되게 금박으로 테가 둘러 있었다.

삽시간에 찬물을 끼얹은 듯 조용해지는 사위.

당연한 반응에 당문주는 힘주어 말했다.

"나는 당문의 문주인 당문준이오! 저자의 등에 업힌 놈은 우리 당문을 턴 도둑이오! 허니 내가 데려가겠소!"

사냥꾼들은 당문 밖에서 진을 쳤던 터라 이 얘기는 굳이 설명을 안 들어도 이미 모두가 짐작하는 바였다.

현상금 사냥꾼들은 일제히 눈알을 굴렸다.

"……."

침묵이 흘렀다.

곧 그것은 나직한 웅성거림에 의해 깨졌다.

"쳇! 당문이고 뭐고 우리는 지금 황금장의 도둑을 잡으러 온 거잖아?"

투덜대는 소리가 점차 커지기 시작했다.

"맞소이다! 당문과 황금장은 엄연히 다른 것. 황금장이 찾는 도둑을 당문이 데려가게 할 수는 없소이다!"

"그렇다! 보물에 주인이 어디 있겠는가?!"

"먼저 잡는 게 임자다!"

당문주의 등장에 바짝 얼었던 웅산객이 때를 놓치랴 싶어 얼른 사람들을 선동했다.

"살인까지 저지른 저 도둑놈을 어서 잡읍시다!"

이에 사냥꾼들이 저마다 고개를 주억거린다.

"옳소! 우리는 관부에서 공개 수배하는 살인범을 잡는 거요!"

"맞다, 맞아! 우리는 관부를 대신해서 살인마를 잡는 거다!"

일심이 된 사람들이 아우성을 치자 웅산객이 당문주에게 경고했다.

"당문주! 저 도둑놈이 당문에서 뭘 훔쳤는지는 우리가 알 바 아니오! 하지만 관부가 찾는 살인범을 개인이 빼돌리려는 건 국법을 위반하는 일이라는 것을 알아두시오!"

"……!"

당문주의 눈에 무시무시한 한광(寒光)이 떠올랐다.

당문주 평생 이런 무시를 당해보기는 처음이었다. 더욱이 당문을 바로 지척에 둔 사천 땅 안에서!

당문주의 주먹이 불끈 쥐어지며 부들부들 떨렸다.

'이놈들이 돈독이 올라 눈깔이 멀었구나!'

한시바삐 저 도둑놈을 곰국 단지로 돌려보내야 하는 마당에 국법까지 들먹이며 제지를 당하자 열화 같은 분노가 치솟는다.

마음 같아선 당장에라도 독을 풀어서 이 오합지졸들을 사그리 몰살시켜 버리고 싶다.

그러나 도둑의 신체에 행여 해가 가지나 않을까 하는 우려 때문에 당문주는 독을 사용할 수가 없었다.

그렇다고 해서 당문의 자랑인 암기를 뿌릴 수 있느냐 하면 그것도 아니었다. 당문주의 행동을 가로막는 무시무시한 기세들이 있었기 때문이다. 등 뒤로 느껴지는 그것은 다름 아닌 숲 속에 숨어 있는 고수들이었다.

당문주는 고심했다.

'저 숲에 숨어 있는 놈들은 지금 호시탐탐 기회만을 엿보지만 분명히 때가 되면 나서리라. 그래, 암기를 써서 이 사냥꾼 놈들을 일시에 죽이는 건 간단한 일이나, 그 후에 나는 저 고수들한테 공격을 당할 것이다.'

급히 나오느라 암기를 챙길 시간이 없었던 탓에 당문주는 지금 지니고 있는 암기들을 사냥꾼들한테 다 써버린다면 혼자서 열 명이 넘는 저 숲의 고수들을 대적할 자신이 없었다. 더불어 자신이 이 오합지졸 개 떼들과 싸우는 사이에 숲 속의 누군가가 도둑놈을 채가기라도 하면 큰 낭패다.

결국 당문주는 도둑을 산 채로 다시 솥 단지에 넣기를 포기했다.

'할 수 없다. 일이 이렇게 됐으니 일단은 지켜보다가 도둑의 시체라도 가져갈 수밖에. 어쨌든 문도들이 오면 대세는 가름된다! 헌데 문도들이 좀 늦는구먼?'

당문주는 끓어오르는 울분을 참으며 수하들이 도착하기만을 학수고대했다.

그리고 당문주가 아무런 행동을 안 취하자 사냥꾼들은 천면호리에게 슬금슬금 다가섰다.

이때 하오문주 암흑대제는 독고미향의 등에 업힌 구달비를 보며 궁금증을 피워 올리고 있었다.

'흐음. 그러니까 저 빡빡대가리 놈이 간도 크게 황금장이랑 당문을 털었단 말이렷다? 대체 저놈은 당문에서 무엇을 훔쳤을까?'

암흑대제는 호기심이 들었지만, 그렇다고 저 무시무시한 당문주한테 직접 물어볼 용기는 없었다. 하니 그저 참을밖에.

‘아서라. 너무 많은 것을 알려고 하면 화가 된다.’

이렇게 암흑대제가 자기 분수를 알고 참을성을 발휘하는데… 옆에 있던 마봉팔이 사팔뜨기 눈을 빛내며 말을 걸었다.

“두목! 저 빠박이가 당문에 있다는 걸 제보한 게 우리니까, 우린 황금장에서 돈을 받을 수 있는 거죠?”

“헉!”

암흑대제는 눈치없이 나서는 마봉팔 때문에 미쳐 버릴 것만 같았다.

울화가 터진 그는 일단 마봉팔의 머리통을 한 대 후려갈겼다.

퍽!

“이놈아! 내가 네놈 때문에 진짜 돈다!”

“아이쿠! 너무 아파요!”

화가 나서 세게 때린지라 마봉팔은 머리를 감싸고 절절맸다.

암흑대제는 얼른 주위를 돌아보았다.

아니나 다를까? 모든 사람들이 마봉팔이 한 말을 똑똑히 들었다.

그리고 체구에 걸맞지 않게 눈치가 빠른 웅산객이 재빨리 되새김질을 하여 상황을 악화시킨다.

“오! 하오문주께서 이번에 큰 재물을 얻으시는구려!”

웅산객의 말로 인하여 암흑대제의 신분과 내막을 알게 된 당문주.

당문주의 얼굴이 당장 시뻘겋게 달아올랐다.

곧이어 그의 입에서 천둥 같은 호통이 터져 나왔다.

“이 우라질 하오문 놈들! 이제 보니 바로 네놈들이 한 짓이었구나! 네까짓 것들이 감히 우리 당문을 건드려?! 으드득~ 우리 당문이 강호에 있는 한 네놈들과는 절대로 같은 땅 위에서 살지 않겠다!”

“……!”

멸문(滅門)을 뜻하는 당문주의 말에 암흑대제는 가슴이 덜컥 내려앉았다.

암흑대제는 '당문'이라는 당문주의 뒷배경이 두려웠다.

비록 암흑대제 본인이 일류고수라고는 하나, 기껏해야 건달들의 우두머리에 불과한 그는 급히 머리를 조아렸다.

"당문주님! 오해입니다! 우리 하오문은 그저 우연히 황금장과 연이 닿았을 뿐입니다! 우리는 당문을 팔 의도는 눈곱만큼도 없거니와 실제로도 그런 행동은 전혀 하지 않았습니다! 제발 진노를 거두어주십시오!"

열악한 하오문을 이끄는 암흑대제로서는 저 무서운 당문과 대적할 세력도, 배짱도 없기에 그저 머리를 숙일 수밖에 없었다.

그러나 오리발을 내미는 암흑대제에게 웅산객이 싱글거리며 제동을 걸었다.

"거 무슨 소리요? 난 하오문도한테서 당문에 황금장 도둑이 있다는 소리를 은 한 냥을 주고 샀구만?"

"맞아! 나도 하오문도한테서 정보를 들었어!"

빼도 박도 못하는 증거가 속속들이 나온다.

당문주의 주의를 하오문주한테로 돌리려는 수작이다.

하오문주 암흑대제는 미칠 것만 같았다.

"으으……!"

하오문주의 안색이 거무죽죽하게 변했다.

금세라도 저 유명한 당문의 암기가 비 오듯 날아올 것만 같다.

그러나 당문주는 냉랭한 낯으로 암흑대제를 외면해 버렸다.

이에 암흑대제는 가벼운 한숨을 내쉬었다.

하지만 완전히 안심할 수 없었다. 당문은 자기네가 당한 원한은 절대로 잊지 않는 문파였기 때문이다.

그것을 증명이라도 하듯, 석 달 후 당문은 사천 땅에 있는 모든 하오문을 괴멸시킨다.

그리고 그 사건은 후일 암흑대제가 하오문이 갈 앞길을 가름할 큰 결심을 하는 데 결정적인 계기가 된다.

어쨌거나 당문주는 지금 이 자리에서 하오문주를 닦달할 마음이 전혀 없었다.

이런 당문주의 태도에 사냥꾼들은 적잖이 실망했다.

그들은 당문주의 눈치를 보면서 천면호리를 에워쌌다.

천면호리 독고미향과 사냥꾼들 사이에 팽팽한 긴장감이 돌았다.

50명에 달하는 사냥꾼들은 서로 눈짓을 주고받으며 서서히 접근했다.

웅산객이 이들을 독려한다.

"아무리 천면호리가 일류고수라고는 한들, 한 손이 열 손을 상대할 수는 없다!"

이 말에 자신을 얻은 사냥꾼들이 동시에 짓이기듯이 덤벼들었다.

천면호리를 향해서 칼과 창 등의 각종 무기가 수도 없이 파고든다.

그러나 천면호리가 원수의 낯짝으로 보이는 자들은 관계가 없었지만, 정다운 가족의 얼굴로 다가오는 사람들은 공격을 제대로 하지 못했다. 그렇다고 두 눈을 질끈 감고 칼을 휘두를 수도 없는 노릇이 아닌가?

하지만 사냥꾼들은 나름대로의 계획이 있었다.

'도둑놈을 산 채로 황금장까지 데리고 갈 수는 없다' 는 게 이들의 공통된 생각이었다. 그 까닭은 산 채로 데려가는 게 물론 현상금이 더 많긴 하지만 그렇게 되면 쉽게 다른 사냥꾼들의 표적이 되기 때문이다. 결국 액수가 적어지더라도 현상금을 타낼 때 증거로 쓸 도둑의 '머리통' 만 떼어가자는 게 이들의 목표였다.

"천면호리! 도둑놈을 내놔랏!"

천면호리는 채찍을 짧게 말아 쥐고 칼 대신 휘둘렀다.

채째째째챙~

가죽 채찍과 부딪친 도검에서 어이없게도 불꽃이 작렬한다.

가로막혀진 무기로 인해 공격자들이 움찔한 순간, 독고미향은 가장 근접한 사냥꾼을 발로 내질렀다.

"크악!"

단 한 발에 갈비뼈가 우두둑 나가며 뒤로 나동그라지는 사냥꾼.

부러진 갈비뼈가 폐를 찌른 바람에 피를 꾸역꾸역 토해내던 그는 몸을 바들바들 떨더니 그 자리에서 죽어버렸다.

하나 그 죽음에 연연하는 이는 단 한 사람도 없었다. 모두들 그저 눈에 살기를 띤 채 자기한테 다가온 기회를 잡으려고 발버둥을 칠 뿐이다.

"쳐라! 돈이다, 돈!"

"팔자 좀 고쳐 보자! 으야압~!"

숨 한번 쉴 틈 없이 사방에서 들이치는 공격은 천면호리보다는 구달비의 목을 겨냥한다.

독고미향은 등에 업은 구달비를 보호하면서 사냥꾼들과 거리를 두기 위해서 채찍을 휘둘렀다.

채찍이 마치 살아 있는 생명체마냥 꿈틀거리며 현란하게 하늘을 가른다.

휘리릭~ 촤악—

쨍강!

공력이 주입된 채찍에 맞은 칼이 두 동강이 났다.

칼의 주인은 허겁지겁 뒤로 물러나며 경고를 발했다.

"조심해라! 보통 채찍이 아니다! 저 채찍은……."

말이 채 끝나기도 전에 채찍이 그 사내의 복부를 훑었다.

사내는 멀거니 자신의 배를 내려다보았다.

채찍이 지나간 자리가 크게 벌어지며 조각난 내장이 쏟아진다.

“……!”

사내는 더 이상 말없이 앞으로 고꾸라졌다.

털썩~

그러나 옆에서 사람이 죽거나 말거나 사냥꾼들은 전혀 개의치 않고 가진 재주를 다 쏟아냈다.

한 사냥꾼이 두 개의 수리단검을 던졌다.

치유웅~

단검들은 경쾌히 바람을 가르며 천면호리의 복부에 날아들었다.

독고미향은 채찍을 뻗어 그것들을 퉁겨냈다.

그러나 그냥 막아내는 것만이 아니다. 그녀는 채찍을 틀어 단검에 각도를 주었다.

그러자 난데없이 날아든 단검에 한 사냥꾼이 급한 숨을 토한다.

“끄륵!”

목 중앙과 명치에 수리단검이 꽂힌 그는 천천히 뒤로 넘어갔다.

이렇게 해서 50명 중에서 10명이 죽은 것은 고작 눈 몇 번 깜박하는 짧은 순간이었다.

일류고수인 독고미향에게 삼류무사들의 동작은 눈에 훤히 들어왔다.

하나 정작 문제는 그들 뒤에 몸을 숨기고 공격하는 야비한 이류고수들과 내공은 약하지만 초식 면에서는 일류 급인 사냥꾼들이었다.

거치적거리는 잡배들이 다 죽은 이제 남은 자들은 무공이 제법 되는 사람들이다.

독고미향은 암담했다.

시간이 걸려서 그렇지, 그녀는 이들을 다 해치울 자신이 있었다.

그러나 저 앞에서 팔짱을 끼고 묵묵히 주시하는 당문주와 그 뒤의 숲에서 조용히 숨죽이고 있는 고수들은 독고미향의 희망을 꺾고 있었다.

하지만 등으로 느껴지는 구달비의 체온.

구달비의 생명을 포기할 수 없는 독고미향은 이를 악물고 채찍에 힘을 실었다.

앞에서 방패막이를 하던 사냥꾼이 바닥에 시체로 뒹굴자 살대태부는 그제야 도끼에 힘을 실었다.

도끼는 쇠든 사람이든 그 무엇이라도 두 조각을 낼 만한 무서운 기세로 내려쳐졌다.

그러나 무지막지하게 떨어지던 커다란 도끼는 가녀린 채찍에 의해서 차단됐다.

쩡!

도끼가 퉁겨 나갔다.

그 반동으로 살대태부는 도끼를 부여잡고 두어 걸음 물러났다.

"어허! 이제 보니 저놈의 채찍은 금강석을 뿌려놨구나?!"

도끼날을 손으로 만져 보는 살대태부.

그가 금쪽처럼 아끼던 도끼는 무참히 이가 빠져 버렸다.

살대태부는 분에 못 이겨 악을 썼다.

"내 분신을 고철 덩이로 만들어놔? 이런 육시랄 놈의 천면호리!"

화가 머리끝까지 치민 살대태부는 콧구멍으로 더운 김을 뿜으며 달려들었다.

부우 부우웅—

너 죽고 나 죽자는 식의 앞뒤 안 가리는 무모한 공격.

잠자코 지켜보던 당문주는 눈살을 찌푸렸다.

그에겐 아직도 아버지의 얼굴로만 보이는 천면호리.

사냥꾼들의 공격에 당당히 대적하는 건장한 아버지의 모습에 감회가 새롭기도 했지만 당문주는 그런 것에 현혹되지 않았다.

당문주는 지금 속으로 계산을 하는 중이었다.

그는 청부단주 천면호리가 일류고수인 줄은 예전부터 익히 짐작하고도 남음이 있었으나, 막상 실제로 보니 내공을 포함해서 자신보다도 몇 수 높았다.

'흐음. 여우같이 둔갑하는 저놈을 여기서 놓치면 다시 잡기 어렵다. 일단 천면호리가 절대로 도망 못 가게 부상을 입혀야 한다. 그러나 천면호리 정도의 고수한테는 암기가 쉽게 먹히질 않는다. 아무래도 저놈이 사냥꾼들과 싸우느라 정신이 없는 지금 암기를 날리는 게 좋은 방책인 듯싶다.'

당문주의 오른손이 소매 속으로 슬며시 사라졌다 싶더니 그 손은 바늘만한 굵기의 침 한 개와 함께 곧바로 밖으로 나왔다.

그리고 그의 다섯 손가락이 기묘하게 비틀리며 침을 퉁겨냈다.

한데 그 침은 손을 떠나는 순간 수십 개로 갈라지며 제각기 천면호리를 향해 무섭게 쏘아졌다.

쑤이이이이익—

수상한 음향을 들은 독고미향의 낯이 당문주 쪽으로 향했다.

무엇인가 미세한 것들이 떼를 지어 빛살처럼 쏘아온다.

'암기다!' 하는 생각과 동시에 그녀는 바닥에 몸을 눕혔다.

채찍으로 암기를 막을 수도 있었지만 당문의 암기에 어떤 장치가 되어 있는지 모르니 일단은 피하는 게 상책이라는 판단이 만든 결과다.

독고미향은 구달비의 몸에 충격이 가지 않도록 두 다리를 있는 대로 구부려 몸무게를 받치며 뒤로 납작 누웠다.

쒸유우우우우—

암기들이 코끝을 스치듯이 지나간다.

살대태부는 땅에 누운 상태의 천면호리가 눈에 들어오자 있는 힘을 다해서 도끼로 내리찍었다.

"뒈져라, 이놈! 크아합!"

부우우웅—

"어딜!"

독고미향은 오른손에 쥔 채찍으로 살대태부의 도끼를 막아냈다.

한데 그것은 살대태부가 죽자 사자 내려친 덕에 엄청난 힘을 내포하고 있었다.

카가강!

독고미향은 채찍으로 도끼를 밀면서 두 다리로 땅을 박찼다.

그녀의 고운 목에서 경쾌한 기합성이 터지며 신형이 곤두섰다.

"얍!"

"어이쿠?"

천면호리의 내공에 밀린 살대태부가 도끼와 함께 뒷걸음질을 친다.

살대태부를 밀쳐 낸 독고미향은 옆구리를 찔러오는 두 개의 창을 수도로 절단했다. 다행히도 창대는 쇠가 아닌 나무로 만든 것이라 쉽게 부러져 나갔다.

이때 독고미향의 안색이 갑작스레 굳어졌다.

천 길 벼랑밖에 없는 뒤쪽에서 살기가 풍겼다.

웅산객이었다.

그는 절벽을 타올라 뒤에서 암습을 감행했다.

웅산객의 야심에 찬 일격이 질풍노도처럼 구달비의 목에 내리 꽂힌다.

쉬익—

동시에 앞에선 살대태부의 도끼가 독고미향의 머리를 산산조각으로 빠개려고 힘차게 떨어졌다.

부웅—

그뿐이 아니고 엎친 데 덮친 격으로 당문주가 2차로 발출한 암기가 또다시 파고들었다.

쒸이이이이—

독고미향은 옆으로 한 발 디디면서 급히 몸을 틀어 채찍으로 살대태부의 도끼를 막아냈다.

까강!

쒸이이이이이이이이이—

암기가 무시무시한 속도로 옆구리를 스쳐 간다.

하나 독고미향은 도끼와 암기는 피해낼 수가 있었지만 암습을 하는 웅산객의 칼날까지는 완벽히 막아내질 못했다.

웅산객의 검이 구달비의 목이라는 목표에서 약간 빗나가 구달비의 등판에 적중했다.

퍼억!

다행히 천잠사를 입은 덕택에 무사는 했지만, 충격을 받은 구달비의 몸뚱이가 꿈틀! 한다.

그러잖아도 죽을 둥 살 둥 하는 구달비가 칼에 맞자 독고미향은 가슴이 찢어지는 것만 같았다. 차라리 자기가 대신 저 칼을 맞았으면 좋았을 텐데 하는 자책과 함께 입술이 피나게 물려졌다.

독고미향은 번개같이 뒤로 돌며 채찍으로 웅산객을 후려갈기려 했다.

그러나 그전에 웅산객이 먼저 비명을 질렀다.

"크억!"

그의 목덜미와 손목에는 작은 구멍이 시커멓게 패어 있었다.

지켜보던 당문주가 구달비의 모가지가 떼어질 위기에 처하자 독이 발린 암기를 날린 것이다.

목과 손의 피부가 순식간에 검게 변한 웅산객이 눈을 하얗게 까뒤집으며 절벽으로 추락한다.

동시에 독고미향이 나직한 침음성을 토했다.

"흐윽!"

어느새 그녀의 허벅지에는 머리카락보다도 가는 쇠침이 한 개 박혀 있었다.

이는 당문주가 소리를 내는 암기로 두 차례에 걸쳐 독고미향의 주의를 끈 후 곧이어 웅산객과 독고미향에게 각각 무음(無音)의 암기를 던진 까닭이다.

독고미향은 재빨리 쇠침을 뽑아냈다.

그 후 그녀는 다급히 품속을 뒤져서 해독단을 한 개 입속에 털어 넣었다.

"으음!"

침이 박혔던 허벅지가 뭉근하게 저려온다.

분명히 독이 발동하는 것이리라.

독고미향은 자신이 복용한 해독단이 제대로 작용하기만을 바라며 다시금 채찍을 휘둘렀다.

그러나 채 호흡을 몇 번 하기도 전에 그녀의 얼굴은 하얗게 질려 버렸다.

'내공이 안 모인다!'

쇠침에는 독이 아닌, 내공을 흩어지게 만드는 '산공독(散功毒)' 이 발라져 있었던 것이다.

독고미향의 안색이 절망감에 물들었다.

'내공이 없으니 이젠 죽으나 사나 초식만 믿고 싸울 수밖에 없다.'

한데 내공이 없어지자 천면환혼술이 풀어지며… 천면호리의 진면목이 드러났다!

그러자 당문의 암기가 날아들어 웅산객과 천면호리가 당하자 겁이 나서 주춤거리던 사냥꾼들, 당문주의 눈치를 보며 천면호리를 에워싸고 있던 그들 사이에서 경악성이 터져 나왔다.

"헉! 이제 보니 여자였잖아?"

"워메! 어린 년의 무공이 지랄스럽구먼!"

다들 천면호리의 진면목은 꼬장꼬장하게 생긴 전대 기인일 거라 예상했었다. 그런데 사내가 아니었다니? 역시 여자는 털이 부숭부숭 난 건장한 무사보다 훨씬 만만해 보인다.

젊은 처녀인 독고미향의 모습에 사람들은 큰 자신감을 얻었다.

"크흐흐~ 계집이었단 말이지? 이 오빠가 네년을 예쁘게 토막 내주마!"

"내 평생 여자는 죽여본 적이 없지만, 오늘 처음으로 시도를 해보겠다. 이년! 각오해라!"

모두가 앞 다투어 나서며 난리법석을 피운다.

독고미향은 참담한 심정이 되었다.

내공을 잃은 지금, 그녀는 등에 업은 구달비의 몸무게마저 버거웠다.

독고미향의 얼굴에 아쉬움이 떠올랐다.

'달비의 단도를 내가 가지고 있었다면 좋았을걸!'

무엇이나 베는 검은 단도는 당문에서 구달비에게 천잠사 잠행복을 입혀주면서 한옥패와 함께 그의 품에 넣어주었다.

독고미향은 채찍에 내공을 실을 수가 없는 터라 그 검은 단도가 절실

히 필요했으나 업고 있는 구달비를 끌어 내려서 그의 품속을 뒤질 만큼
한가하지가 않다.

독고미향은 땅에 떨어져 있는 장검을 발로 차올렸다.

기다란 장검이 빨려들 듯이 손에 쥐어진다.

오른손에는 채찍을, 왼손에는 장검을 쥔 그녀는 크게 외쳤다.

"덤벼라! 모두 상대해 주마!"

그러나 힘차게 부르짖는 그녀의 패기와는 달리, 상대할 적들은 숲 속
의 고수들과 당문주를 제외하고도 아직 30명이 넘게 남아 있다.

당문주가 또다시 암기를 던질 기미가 안 보이자 사냥꾼들은 다시금 공
격을 감행했다.

그러나 생명을 도외시한 채 버티는 천면호리는 녹록한 상대가 아니었
다.

당문주는 미리 나서서 힘을 뺄 필요가 없기에 그저 돌아가는 사태를
구경만 하고 있었다.

그는 천면호리의 정체가 젊은 여성이었다는 점이 실로 뜻밖이었다.

"으으음! 천면호리! 내공이 없는데도 저렇게 날뛰다니 정말 무서운 년
이군!"

산공독이 칠해진 암기를 던지길 아주 잘했다는 생각이 든다.

천면호리가 산공독에 당했으니 이제 당문도들만 도착하면 천면호리와
사냥꾼들을 다 쓸어버리고 숲 속의 고수들에게 겁을 주면서 당문으로 몸
을 빼기만 하면 된다.

그러나 계획은 틀어지고 있었다.

당문주는 무척 초조했다.

도대체 문도들이 왜 안 오는지 이해가 안 갔다.

‘지금쯤이면 도착하고도 남아야 할 시간이다. 무언가 정상이 아니다.’

불안한 느낌에 기분이 언짢아진다.

그렇다고 문도들을 찾아보자고 이 자리를 떠날 수도 없음이다.

당문주는 이럴 수도 저럴 수도 없는 상황이라 미칠 것만 같았다.

독고미향의 악다문 입에서 신음 소리가 새어 나왔다.

“크흑!”

내공이 없어진 지금, 그녀의 무공은 이류고수 30여 명을 한꺼번에 상대하기엔 턱없이 역부족이다.

결국 독고미향은 비명을 지르고야 말았다.

“꺄악!”

길게 베인 그녀의 팔뚝에서 피가 줄줄 흐른다.

“요년! 어떠냐? 우리 누나 얼굴을 또 한 번 해봐라!”

“천면호리! 뒈져라!”

독고미향은 죽음을 목전에 두고 몹시 안타까웠다.

살 만큼 산 자신이야 이제 죽어도 그만이었지만, 제대로 한번 살아보지도 못하고 젊은 나이에 생을 마감해야 하는 구달비가 불쌍했다.

‘달비는 가게를 차려서 예쁜 아낙이랑 사는 게 꿈이라고 했지? 하지만 그 꿈은 이루어질 수가 없구나.’

“죽어라, 이년!”

슈 악~

날이 시퍼렇게 선 도검들이 사방에서 떨어진다.

독고미향은 두 눈을 질끈 감았다.

‘이젠 끝장이다! 달비야! 우리 다음 생에선 좋은 인연으로 만나자!

마침내 삶을 포기하는 독고미향.

이때였다.

허공에서 벼락치는 소리가 터졌다.

"크아아아아~! 이 죽일 놈들! 멈춰라아~!"

第二章

독고 남매의 과거

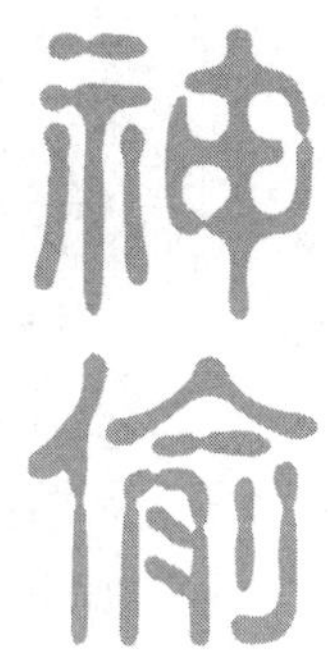

"이놈들! 멈춰라~!"

어마어마하게 큰, 실로 우레와도 같은 노성(怒聲)이었다.

천면호리를 칼로 내려치던 사냥꾼들은 귀가 멍멍해져서 자기도 모르게 행동을 멈추고 하늘을 우러러보았다.

귀가 멍멍하기는 독고미향도 마찬가지였다.

그러나 그녀의 얼굴은 곧 환히 밝아졌다.

"오라버니!"

하늘에서 떨어지는 사람은 바로 오빠인 독고강이었다.

단숨에 거리를 좁힌 독고강은 검을 떨쳤다.

한 개의 검이 수십 개로 나눠지는 듯한 착각을 일으키며 번갯불같이 폭사됐다.

그리고 사냥꾼들의 머리 위로 때 아닌 날벼락이 떨어졌다.

츄쐬쐬쐬―

"크악!"

"아악!"

검의 파형은 사냥꾼들의 목덜미에 정확히 내리 꽂혔다.

천면호리에게 검을 겨누었던 자들의 모가지가 썽둥썽둥 잘려 나갔다.

"죽어라, 죽어! 다 죽어라!"

독고강은 양 떼 속에 들어간 늑대처럼 마구 날뛰었다.

죽음을 각오했던 독고미향.

그녀의 눈에서 감격의 눈물이 넘쳐흘렀다.

"오라버니! 오라버니!"

위기의 순간에 등장한 늠름한 오빠의 모습에 독고미향은 그만 울음을 터뜨리고 말았다.

"오라버니… 흐흑, 흐아아아~"

여동생이 피로 물든 몸뚱이를 찢어진 옷자락으로 가린 채 어린아이처럼 엉엉 운다.

그 비참한 몰골에 독고강은 완전히 눈이 뒤집혀 버렸다.

"크으으으… 다! 다 죽이겠다!"

30명 중에서 삽시간에 20명이 죽고 이제 단 10명만이 남은 지금, 독고강의 말을 허풍으로 듣는 사람은 아무도 없었다.

그러나 갑작스레 벌어진 일에 사냥꾼들은 도망갈 생각도 못하고 뻣뻣이 얼어붙은 채 바들바들 떨 뿐이었다.

모두의 낯빛은 사색으로 변했고 돈독이 올랐던 눈에는 대신 짙은 공포가 자리를 잡았다.

아닌 게 아니라 이들의 주변 광경은 참으로 끔찍스러웠다.

널브러진 시신 옆에 주인을 잃은 모가지들이 피를 흘리며 나뒹구는 것은 둘째 치고, 개중에는 눈을 끔벅이거나 입을 뻐끔거리는 목들도 있었다.

그리고 그 중앙에 지옥에서 튀어나온 사신이 떡 버티고 섰다.

사신이 으르렁거린다.

"이 죽일 놈들!"

독고강은 손에 쥔 연검을 앞으로 뻗었다.

남자가 연검을 쓰다니 우습다는 생각이 들 수도 있건만 아무도 감히 그런 생각은 하지 못했다. 독고강의 연검은 낭창낭창 휘어지는 특성은 어디론가 사라지고, 기를 주입해서 도(刀)보다도 더 단단하게 변한 지 오래였기 때문이다.

독고강의 연검이 쏜살같이 날아든다.

누군가가 소리쳤다.

"피해라!"

그러나 피할 틈이라곤 없었다.

검이 운다고 했던가.

즈 윙—

독고강의 연검은 울음소리를 토해내면서 두 배로 길어졌다.

당문주의 입에서 떨리는 목소리가 새어 나왔다.

"거, 검강(劍罡)!"

당문주의 말이 채 끝나기도 전에 남아 있던 십 인(十人)의 목은 일제히 땅바닥을 굴렀다.

고로 독고미향을 쫓아온 현상금 사냥꾼들 중에서 생존자는 단 한 명, 굶어 죽은 여동생을 떠올리고 자리를 떴던 궁신신이라는 삼류무사뿐이다.

그 외에 살아남은 자라고는 멀찌감치 떨어져서 사태를 관망하던 당문주와 당문주의 위세에 놀라 숲으로 도망간 암흑대제, 마봉팔, 그리고 숲 속에 숨어 있는 자들이다.

"……."

침묵만이 흘렀다.

비단 당문주뿐 아니라, 숲 속에서 지켜보던 자들도 예상치 못한 인물의 등장에 놀라서 숨을 멈춘 터라 사위에는 바늘 하나 떨어지는 소리도 들을 수 있을 정도로 정적만이 감돌았다.

독고강은 동생의 상세를 살피는 한편 우렁차게 소리쳤다.

"뒈지고 싶은 놈들은 다 나와라!"

하나 나서는 자는 아무도 없다.

독고강의 불타는 눈이 유일하게 우뚝 서 있는 당문주한테 꽂혔다.

당문주는 독고강의 놀라운 무공에 입을 딱 벌린 상태다.

'허어! 검강을 쓸 수 있는 고수는 당금 무림에서 열 손가락 안에 들 텐데? 저 영감은 누굴까?'

독고강의 정체가 궁금한 당문주.

그는 무엇보다도 일단 독고강의 엄청난 내공에 깜짝 놀랐다.

'저렇게 높은 공력을 보유한 자가 현 무림에 있었을 줄이야? 대체 저 자는 어떻게 저다지도 엄청난 내공을 보유할 수 있었을까? 저건 정녕 인간이 아니라 괴물이다!'

당문주가 이처럼 놀라하는 건 결코 무리가 아니었다.

왜냐하면 일반적으로 일류고수라면 이류고수 2~3명을 한번에 죽일 수 있다.

그런데 검강도 검강이지만, 20명의 목을 한번에 베어내는 힘으로 보아 저 괴물의 내공은 아무리 못 잡아도 3갑자는 족히 되어 보인다.

3갑자! 180년의 공력! 엄마 뱃속에서부터 내공심법을 쌓았다손 치더라도 인간이 저렇게 높은 공력을 쌓기란 불가능한 일이다. 설마 저 늙은이의 나이가 200살일 리도 없으니 말이다.

당문주는 연신 고개를 갸우뚱했다.

그는 독고강을 향해 포권을 하며 물었다.

"당문의 문주 당문준올시다. 고인께서는 존성대명이 어찌 되십니까?"

"알 것 없다!"

딱 잘라서 말하는 독고강 앞에서 당문주는 울화가 끓었다.

오늘 하루 동안에 벌써 두 번째 당하는 무시다.

얼굴이 굳어지는 것을 애써 참으며 당문주는 다시 입을 열었다.

"고인께서는 황금장 도둑으로 한재산 장만하실 생각인가 본데, 그놈은 우리 당문을 털었고, 오늘 새벽까지만 해도 우리가 잡고 있었기 때문에 우리 당문한테 우선권이 있습니다. 허니 당문 전체를 적으로 돌리고 싶지 않으시다면 고려를 해보심이……."

"으잉? 이놈이 황금장 도둑?"

구달비의 정체를 몰랐던 독고강은 화들짝 놀랐다.

전 중원이 혈안이 되어 찾고 있는 천문학적인 숫자의 현상금이 바로 자기 손안에 있었기 때문이다.

독고강은 머리 속으로 재빨리 주판알을 퉁겨보았다.

'이 도둑놈을 황금장에 팔아넘기면 난 떵떵거리며 살 수 있다. 으음… 하지만 그러면 미향이가 형제의 인연을 끊자고 나올 거야.'

돈도 좋았지만 젊은 도둑놈한테 목숨을 거는 동생 때문에 절로 신음이 나온다.

"끄응!"

이때 오빠가 무엇을 생각하는지 재빨리 눈치를 챈 독고미향이 오빠의 주의를 돌리고자 고자질을 했다.

"오라버니! 저는 당문주가 던진 산공독이 발린 암기에 맞았어요!"

“뭐야?”

독고강의 부릅뜬 두 눈에 분노가 활활 타올랐다.

“당문주, 네놈이……?”

손안에 들어온 현상금 도둑.

그러나 동생 때문에 차마 도둑을 팔아먹을 수 없기에 화가 나는 판이다. 한데 거기에 보태어 ‘산공독’ 소리를 듣자 더욱 울화가 치밀었다.

독고강의 화풀이가 당문주한테 쏟아졌다.

그는 연검을 쥐고 한 발 성큼 내디디며 소리를 질렀다.

“당문주 이놈아! 뒈지고 싶지 않으면 당장 산공독의 해독약을 내놔라!”

그러나 당문주는 사냥꾼들과는 달리 순순히 당하지만은 않았다. 독고강의 무공을 본 그는 은행알만한 크기의 녹색 독탄을 던지려고 만반의 준비를 다하고 있었기 때문이다.

이 독탄은 현재까지 당문이 개발한 독 중에서 가장 강한 것으로, 무림에서는 당문도가 아니고서는 그 누구도 해약을 지니지 못했다.

당문주의 입가에 득의의 미소가 떠올랐다.

‘암습이라면 모를까, 저렇게 막강한 괴물 앞에서는 암기가 소용없다. 허니 도둑놈의 몸에 영향을 주든 말든 이젠 죽으나 사나 독을 사용할 수밖에 없다. 일단 괴물을 쓰러뜨린 후 도둑놈에게 최대한 빨리 해약을 복용시켜야 한다!’

당문주는 독탄을 높이 치켜들고 자신만만하게 소리쳤다.

“그 자리에서 꼼짝 마라! 움직인다면 이 독탄을 던지겠다! 이 독탄의 해약은 우리 당문만이 가지고 있다!”

당문주는 괴물이 독탄 앞에서 모종의 타협을 해오리라 예상했다.

하지만 그의 계획은 독고강의 희한한 행동에 의해서 가로막혔다. 독고강이 빙그레 웃으며 혀를 쑥 내밀었던 것이다.

연로한 나이에 전혀 안 어울리는 애 같은 짓거리다.

그와 더불어 독고강은 혀를 내민 채 방정맞게 웃기까지 했다.

"크헷헷헷헷!"

괴상한 웃음소리에 '저 늙은이가 돌았나?' 라는 생각을 할 법도 하지만, 그 대신 당문주는 경악을 했다.

"아닛! 저, 저건?"

당문주는 눈이 금방이라도 튀어나올 것만 같이 부릅떠졌다.

독고강이 내민 혀의 중앙에는 녹색의 원형 반점이 새끼손톱만하게 자리잡고 있었다. 해독약을 복용한 당문도한테만 공통적으로 보이는 현상이자 증표다.

"어떻게? 어떻게 그것을?"

낯이 하얗게 질려서 중얼거리는 당문주.

이때 그의 머리 속으로 스쳐 가는 기억.

당문주는 속으로 부르짖었다.

'당문 역사상 해약이 외부로 반출됐었던 적은 딱 한 번뿐이다! 고모! 그렇다! 저놈은 고모님이 끝까지 숨기던 바로 그놈이다!'

이제야 모든 실마리가 풀린다.

저 괴물의 내공이 왜 저렇게나 턱없이 높은지, 저자가 대체 어떻게 당문의 해독약을 복용했는지가!

당문주는 그가 어린 시절에 목격했던 참혹한 죽음을 떠올렸다.

그를 유난히도 아꼈던 고모.

아버지의 여동생이었던 고모는 그가 보는 앞, 아니, 전 문도들이 지켜보는 앞에서 당시 당문의 문주였던 그녀의 오라비한테 맞아 죽었다.

이유는 그녀가 외부인과 정을 통하는 것만으로도 모자라서 연인에게 당문의 해독약과 각종 영약을 빼돌렸다는 사실이 발각되었기 때문이다.

그래도 고모는 일말의 양심은 있었는지 당문 최고의 보물인 공청석유만큼은 손대지 않고 남겨두었지만, 워낙 귀중한 영약들을 훔쳐 낸지라 추궁 끝에 매질이 시작되었다.

그런데 고모는 오라비의 혹독한 매질을 받으면서도 끝내 사내의 이름을 대지 않았다.

모질게 패는 오라비와 여러 번 혼절할 만큼 두들겨 맞으면서도 결국은 죽을 때까지 버티던 여동생.

그 사건은 당씨 핏줄이 독하다는 면을 보여주는 일화였으며, 지켜보던 어린아이한테는 그 무서운 장면이 또렷이 각인되었다.

그때 아이는 자기 아버지의 행동이 도를 넘어섰다고 생각했었다.

'아버지가 고모를 죽일 것까지는 없었는데' 하고 늘 생각해 오던 당문주다.

"고모… 헉!"

당문주는 고모를 생각하다 말고 깜짝 놀라며 뒤로 후다닥 물러서려고 했다. 저 멀리 있던 독고강의 신형이 쭈욱— 늘어나며 바로 코앞에 유령같이 나타났기 때문이다.

당문주는 순식간에 멱살을 잡혀 버렸다.

동시에 그의 혈이 짚인 것은 물론이다.

이제 뻣뻣하게 굳어진 당문주.

독고강은 아무렇지도 않게 마치 자기 물건을 집듯이 당문주의 손에 들린 독탄을 빼앗아서 품속에 넣었다.

"이건 내가 접수하겠다."

당문주는 가문의 창피한 일이라 남들이 못 듣게 나직한 목소리로 분을 토했다.

"이놈! 바로 네놈이었구나! 난 어릴 때 고모님을 따라가서 네놈을 한 번 본 적이 있다! 고모님은 네 이름을 발설치 않는 바람에 끝내 죽음을 당하셨다! 그것도 매를 맞다가 돌아가셨다!"

이를 가는 당문주에게 독고강은 안됐다는 표정으로 혀를 찼다.

"저런, 쯧쯧. 자네 고모는 그냥 내 이름을 댈 것이지 왜 그런 고통을 자초했누? 헌데 그녀 본인이 원해서 내 이름을 안 댄 걸 설마 날더러 그 책임을 지라는 소리는 아니겠지?!"

"이, 이런 비겁한!"

"내 말은 말야… 내가 그녀와 혼인을 약속한 것도 아니고… 그녀가 내 새끼를 낳은 것도 아니고… 대체 왜 내가 그녀의 행동에 책임을 져야 하냔 말이지?"

"이놈! 네놈의 그 높은 내공은 다 어디서 얻은 거냐? 네가 고모님을 이용해 우리 당문의 영약을 훔쳐 내고도 그따위 발뺌을 할 수 있단 말이냐?!"

흥분한 당문주는 이제 남이 듣든 말든 있는 대로 악을 썼다.

이에 독고강은 눈을 과장되이 크게 떴다.

"허! 별소리를 다 듣겠군! 자네 고모는 자발적으로 영약을 훔쳐서 내게 준 거야! 내 맹세코 내 쪽에서 먼저 여자한테 무얼 달라고 한 적은 단 한 번도 없다네. 설령 그게 여자의 몸뚱이든 보물이든 말야. 그리고 나한테 영약을 갖다 바친 여자는 자네 고모 하나만이 아니야! 내가 사귀는 여자가 많다 보니 고모는 내 마음을 사로잡으려고 선물 공세를 한 거라구."

모든 책임 전가를 고모한테 하는 독고강에게 당문주는 발작적으로 소리를 질렀다.

"이놈! 그런 귀한 영약은 훔쳐 온 것이라는 사실을 당연히 알았을 텐데 왜 그걸 받아 처먹었느냐?"

"자네 같으면 여자가 성의로 주는 선물을 모른 척할 수 있겠나? 나는 마음이 약해서 그렇게 냉정하게 거절을 못한다네."

"……."

당문주는 어이가 없었다.

그는 이런 식으로 뻔뻔스럽게 나오는 고인은 본 적도 들은 적도 없었다.

"우리 고모님이 너 같은 놈을……!"

당문주는 분에 겨워 말을 이을 수가 없었다.

설레설레 고개를 젓던 그는 악이 바쳐서 물었다.

"넌 누구냐?"

"너 바보냐? 척 보면 알지 그걸 꼭 물어야만 알겠느냐? 이런 멍청한 놈. 나는 청부단의 태상단주다."

"이름이 뭐냐? 별호는?"

"알 것 없다."

천왕문에 혹여 폐가 갈까 봐 배경은 안 밝히는 독고강이다.

독고강은 당문주의 옷을 마구 벗겨내며 말했다.

"얘야, 눈물나는 과거 들추지 말고 산공독의 해약이나 내놔라."

삽시간에 당문주는 속옷바람이 되었다.

이에 당문주의 얼굴은 굳어지다 못해 새파랗게 질렸다.

숲 속에서 여러 사람들이 지켜보는 판에 이런 개망신은 또다시 없다.

그러거나 말거나 독고강은 아무렇지도 않은 양 물었다.

"당문주, 어떤 게 해독약이냐?"

"……."

당문주는 입을 굳게 다물고 대답하지 않았다.

그는 수하들이 도착하기만을 학수고대했다.

'우리 문도들만 온다면 네놈의 해골을 갈아 마시리라!'

그런 당문주의 내심을 짐작한 독고강이 이죽거렸다.

"흥! 혹시 네놈의 부하들을 기다린다면 일찌감치 꿈 깨라. 걔들은 지금 죽지도 살지도 못하고 있으니까. 큭큭큭."

"……!"

당문주는 심장이 철렁 떨어졌다.

독고강은 몹시 재미있다는 듯 소리 내어 웃었다.

"크하하하~ 당문에 도착해 보니 당문도들이 개미 떼같이 줄지어 어디론가 오골오골 가길래 끝에서부터 한 놈씩 잡아서 팔다리를 분질러 주고 왔지. 우리 애를 따라가는 것 같길래 말야. 하지만 이런 개 떼들한테 우리 애가 당하고 있는 줄 알았다면 더 빨리 올 걸 그랬어."

"……!"

이제야 백 명이 넘는 수하들이 도착하지 않는 이유를 알게 된 당문주는 기가 막혀서 말이 안 나왔다.

이렇게 무서운 고수가 몰래 따라붙어서 한 명씩 소리없이 해치웠다면 모두가 반항 한번 못해보고 당하는 게 당연지사. 이 모두는 고모가 사랑에 눈이 멀어서 이놈한테 영약을 빼돌린 행동의 소산이다.

이제 그 결과를 보니 고모를 때려죽인 아버지의 처사는 조금도 과한 게 아니었다.

"우, 우리 문도들이……!"

당문주는 정신이 아득해졌다.

그의 뒤통수에 손바닥이 작렬한다.

철썩!

땅바닥에 뒹구는 십여 개의 병을 발로 뒤적이던 독고강이 짜증을 내며 물었다.

"야 이놈아! 해독약이 어느 거냐고 묻잖아?!"

"……."

너 죽고 나 죽자는 심정이 된 당문주는 입을 꽉 다물고 버텼다.

이에 독고강은 약간 어조를 누그러뜨리며 말했다.

"얘야, 당문주. 해독약을 주면 살려주겠다. 허니 내 마음이 바뀌기 전에 얼른 불어라."

"……."

잠시 생각하던 당문주는 이를 악물고 대답했다.

"…흰 옥병에 든 환단이다. 한 알만 먹이면 된다."

독고강은 당문주가 말한 환단을 꺼내 들고 물었다.

"산공독이 풀린 후 얼마나 지나야 몸이 완벽하게 정상으로 돌아오느냐?"

"산공독은 일각 안에 사라지지만 무공을 쓸 수 있는 건 반나절 후다."

"반나절씩이나? 누가 당문 아니랄까 봐 정말 지독한 독이군. 쳇!"

독고강은 인상을 찌푸리며 투덜댔다.

그러나 그는 이내 안색을 바꾸어 당문주의 어깨를 두드리며 큰 인심을 쓴다는 식으로 말했다.

"네 고모의 얼굴을 봐서 이번 한번만은 살려주겠다. 허나 내게 복수를 할 생각이라면 일찌감치 버려라. 나는 네 고모 덕택에 너희 당문의 암기 만드는 비법을 낱낱이 다 알고 있다."

"뭐, 뭣이라고?!"

번갯불에라도 맞은 듯한 큰 충격에 몸을 떠는 당문주.

그를 재미있다는 표정으로 들여다보며 독고강이 말을 잇는다.

"나이가 드니 기억력이 나빠지길래 그 암기 제조법들을 종이에 적어
놨지. 만일 내게서 연락이 끊긴다면 내 수하들이 그걸 만천하에 공개할
게다. 허니 나를 건드려서 매를 벌지 마라. 아, 물론 너희가 나를 어쩌려
고 해도 쉽지는 않을 테지만 말이지. 큭큭큭."

"고모가 암기 제조법까지 누설했다니?!"

당문주는 전신을 부들부들 떨었다.

만약 이 자리에 고모가 있다면 그녀를 자기 손으로 죽여 버리고 싶은
심정이다.

당문주는 너무도 분에 겨워 의식이 혼미해졌다.

분노에 떠는 당문주를 독고강은 발로 걷어차 버렸다.

그러자 그리도 당당했던 대당문의 문주는 속옷바람으로 땅바닥을 구
르는 처지가 돼버렸다.

독고강은 동생한테 서둘러 해독약을 복용시켰다.

이어 다정히 묻는 음성.

"괜찮으냐?"

"예, 오라버니. 오라버니가 안 와주었다면 어찌 되었을지……."

독고강은 눈물짓는 독고미향을 다독였다.

"이 오라비가 있으니 이젠 아무 걱정 말고 좀 쉬어라."

독고강은 동생의 진기를 유통해 주는 한편, 구달비를 처음으로 살펴보
았다.

정신을 잃고 사경을 헤매는 젊은 도둑.

그 도둑의 물에 붙고 익어버린 살덩이를 보니, 당문에서 무슨 짓을 당
했는지 묻지 않아도 해답이 나온다.

한데 구달비의 얼굴을 본 독고강은 기가 차서 아무 말도 할 수 없었다.

아주 빼어난 인물의 소유자인 독고강은 자기만큼의 미남이 세상에 있으리라 생각은 당연히 안 했다. 하지만 그래도 동생이 정을 준 꼬맹이가 최소한 자신의 반의반 정도는 되리라 예상했었다.

그런데 이건 뭔가? 뜨거운 물에 데인 데다가 퉁퉁 불었다손 치더라도 눈, 코, 입 어느 곳 하나 변변한 데가 없었다. 그렇다고 해서 직업이라도 번듯하냐, 무공이라도 뛰어나냐 하면 그것도 아니다. 도대체가 어디 하나 내세울 구석이라곤 없는 놈이 하나밖에 없는 동생의 마음을 사로잡았다.

독고강의 눈꼬리가 치켜 올라가며 이빨이 악 다물려졌다.

'으음… 고작 이런 거지발싸개 같은 놈 하나 구하려고 이 난리를 피웠단 말이지?!'

가슴 저 깊은 곳에서부터 울화가 부글부글 끓어오른다.

독고강은 구달비의 맥문을 움켜잡았다.

금방이라도 끊어질 듯 꼴딱거리는 맥이 '난 곧 죽소'라고 말한다. 이는 절벽을 타올라 암습을 한 응산객의 칼에 맞은 까닭이다.

'흐음. 길어야 한 시진(時辰:2시간)을 못 넘기겠군. 허니 굳이 내 손으로 죽일 필요는 없겠구먼.'

독고강은 흐릿한 미소를 머금었다.

그러자 아직도 구달비를 업고 있는 독고미향이 얼른 묻는다.

"오라버니, 달비의 상태는 어때요?"

"……."

여동생의 눈길을 외면하며 독고강은 신경질적으로 숲 쪽을 돌아보았다.

그는 숲을 향해 짜증스럽게 외쳤다.

"또 없느냐? 다 나서라! 야, 거기 처박혀 있는 놈들!"

독고강의 우렁찬 고함에 '이제 때가 되었다' 싶었는지 숲에 숨어 있던 자들이 꾸역꾸역 몰려나왔다.

무려 16명에 달한다.

한데 그중의 한 명! 눈에 띄는 복색을 한 자가 있다.

그자의 나이는 20대로 아직 한참 젊은데도 불구하고 대여섯 명에 달하는 고수를 한 무리 이끌고 있었다.

그 젊은이의 행색을 보는 독고강의 눈이 가느다래지며 그는 혼잣말을 중얼거렸다.

"호오~ 방귀깨나 뀌는 집안의 자식인가 보구먼."

아닌 게 아니라 젊은 공자의 꾸밈새는 극도의 화려함을 추구하고 있었다.

휘황찬란한 비단옷은 기본이고, 머리에 쓴 영웅건에 박힌 큼직한 단백석(蛋白石:오팔)의 다채로운 빛깔이 보는 이의 시선을 잡아끈다. 그것에만 그치는 것이 아니고 허리에 찬 무인의 상징인 검(劍)은 자루가 상아로 되어 있고, 검집에는 보석이 수두룩 박혀 있었다. 이 젊은 공자는 하다못해 발에 신은 신발마저도 가죽에 금가루를 뿌려놓았다.

독고강의 시선 속에서 귀공자가 거드름을 피우며 포권한다.

"나는 황금장의 셋째아들 황삼보요."

"…그런데?"

독고강은 황삼보를 아래위로 훑으며 시큰둥하게 반문했다.

황삼보는 지금 기가 살 대로 산 상태였다. 황금장에서부터 대동한 일류고수 다섯 명의 호위를 받고 있는 데다가, 저 무서운 당문의 문도들이 이 자리에 오지 못하게 되었다는 사실에 잔뜩 고무되었기 때문이다.

황삼보는 주위에 늘어선 무인들을 둘러보았다.

황금장 소속의 다섯 고수들 외에도 전대 기인으로 보이는 늙은이들 모두가 황삼보의 행동을 주시하고 있다.

이유는 뻔했다. 황삼보는 황금장의 아들. 고로 황금장의 혈육과 황금장 직속무사들이 뜬 이 마당에 도둑을 잡는다고 해도 혼자 독식하기는 어렵다. 그러니 현상금의 배분은 이 자리에 있었던 황삼보의 증언에 의해서 결정될 터. 결국 황삼보한테 잘 보여야 국물이라도 돌아온다.

황삼보는 고수들이 자신의 눈치를 보며 굽실거리는 이 상황이 몹시 만족스러웠다.

그는 독고강에게 거만한 어조로 물었다.

"귀하는 현상금이 필요없으시오?"

나이도 어린 게 계속 반공대를 한다.

독고강의 입술이 뒤틀리며 비릿한 웃음이 새 나왔다.

"흐흐흐……."

"윽!"

황삼보는 신음성을 냈다.

자신을 노려보는 독고강의 살기등등한 눈.

어찌 인간의 눈빛이 이리도 섬뜩할 수 있을까?!

마치 거대한 칼날이 앞에 우뚝 서서 날을 시퍼렇게 세운 채 내려쳐지기 일보 직전인 것만 같다.

황삼보는 강력한 살기에 자기도 모르게 멈칫거리며 물러섰다.

그러자 도련님을 보호하려고 황금장 호위무사 다섯 명이 칼을 빼 든다.

차차창~

황삼보는 얼굴이 달아올랐다.

자신이 상대편의 기세에 밀려서 뒷걸음질을 쳤다는 사실이 쪽팔렸다.

그는 침을 한번 꿀꺽 삼키곤 허리에 찬 보도로 손을 가져갔다.

자신을 에워싼 호위무사들로 인해 두려울 것이 없는 데다가 그간 소림사에서 배운 무공을 써먹어보고 싶다는 호승심이 고개를 치켜든다.

황삼보는 마지막으로 한 번 더 물었다.

"도둑을 우리 황금장에 넘겨줄 것이오, 말 것이오?"

이에 독고강이 슬그머니 뒤를 돌아보며 독고미향한테 묻는다.

"도둑놈을 내달라는데 어찌할 거냐?"

"절대로 그럴 수 없어요! 이 애는 내가 지킬 거예요!"

독고미향이 강경한 어조를 토했다.

독고강은 허리에 찬 연검을 손가락으로 톡톡 치며 황삼보에게 말했다.

"이보게, 돈으로 처바른 공자. 우리 애는 도둑놈을 넘겨줄 생각이 없다는군?"

황삼보의 얼굴이 일그러지며 울컥하는 성미로 고함쳤다.

"매를 버는구나! 그렇다면 무력으로 상대해 주는 수밖에!"

황삼보는 휘황찬란한 검을 뽑으며 앞으로 한 발 디뎠다.

그런데 그의 앞을 가로막는 자가 있었다.

"잠깐!"

그자는 뒤쪽에서 어물거리며 눈치나 보던 늙은이였다.

늙은이는 두 손을 과장되이 휘저어 황삼보를 만류했다.

"어허! 공자는 닭 잡는 데 어찌 소 잡는 칼을 쓰려고 하시오?"

스스로를 '닭 잡는 칼'이라고까지 깎아내리면서 나서는 인물. 산에서 무공을 익히다가 현상금 소리에 눈이 뒤집혀져 헐레벌떡 뛰어내려 온 기인 중의 한 명이다.

노인이 치켜세워 주자 황삼보는 우쭐한 기분이 되어 승낙했다.

"크흠. 그럼 고인께서 저놈한테 뜨거운 맛을 보여주시구려."

"허면 내가 저 버릇없는 놈의 다리뼈를 추려서 공자 앞에 무릎을 꿇게 만들겠소."

늙은이는 앞으로 걸어나기며 황심보와 눈을 한번 슬쩍 맞추었다.

그 눈도장의 의미는 '이렇게 내가 제일 앞장을 섰으니 현상금 배분 때 내 몫은 좀 더 생각해 주시오' 라는 뜻이다.

그리고 어슬렁어슬렁 걸어나오는 배포있는 늙은이.

늙은이는 입가엔 비웃음을 가득 머금고 독고강에게 이죽거렸다.

"흥! 고작 잡배 몇 놈 해치우고 목에 힘주는 꼴이라니 정말 못 봐주겠구면. 그것도 뒤에서 갑자기 공격을 한 주제에. 게다가 뭐? 아까 들어보니 당문의 여자를 후려서 얻은 내공이라며? 허허허~ 뺀질한 상판이 얼굴값을 하는구면."

늙은이는 손가락질까지 하며 빈정댔다.

이는 쪽팔리는 구석을 들춰내서 상대방의 심기를 교란시키려는 작전이었다.

그러나 상대는 낯가죽의 두께가 한 뼘 철판에 버금가는 독고강이다.

고로 이 작전은 전혀 먹히지가 않았다.

독고강은 팔짱을 끼고 노인을 멀거니 응시했다.

덕지덕지 기운 옷이 개방의 제자를 방불케 하는 늙은이. 다 떨어진 신발을 뚫고 나온 열 개의 발가락이 시야를 어지럽힌다. 저럴 바에야 차라리 벗고 맨발로 다니지 뭐 하러 신발을 걸쳤나 의문스럽다.

독고강의 머리 속은 민활히 돌아가고 있었다.

전신으로 느껴져 오는 팽팽한 공기로 보아 늙은이는 예상외로 강한 자였다. 게다가 늙은이의 꾀죄죄한 몰골은 '나 시래기죽도 제대로 못 먹었소' 라고 주장하고 있다. 한마디로 이 늙은이는 현상금을 타기 위해서라면 무슨 짓이라도 할 태세였다.

'황금장 현상금 때문에 산속에 처박혀 있던 노물(老物)들이 죄다 기어

나왔다더니 정말 그렇군. 젠장! 이런 노물이 지금 눈앞에 한두 놈이 아니니… 휴우, 이곳을 벗어나기가 쉽지만은 않겠구나.'

독고강은 허리에 두른 연검을 풀며 늙은이한테 말했다.

"어디 한번 네가 말한 대로 내 다리뼈를 추려보아라. 그 나이에 말해 놓고 못 지키는 것도 바보다."

"아무렴! 자아~ 어디 한번 솜씨를 발휘해 볼까?"

늙은이는 허리를 비틀더니 손가락을 우두둑우두둑 꺾었다.

이어 그는 다 떨어진 소매를 걷어 올리고 팔뚝에 감긴 철삭(鐵索)을 풀어냈다.

끝에 계란만한 철추(鐵椎)가 달린 쇠사슬이다.

하지만 아무리 철추가 작다고 해도 결코 무시할 수는 없다. 쇠 계란에는 뾰족한 침이 잔뜩 나 있고 더불어 고수의 철추에는 내공에 의해서 바윗덩어리만한 무게가 실리기 때문이다.

부웅 부웅 부웅─

늙은이가 철삭을 머리 위로 휘휘 돌리자 철추는 무거운 소리를 내며 공기를 갈랐다.

이윽고 철추가 쏜살같이 날아들었다.

독고강은 늙은이에게서 눈을 떼지 않으며 연검으로 철추를 막아갔다.

그러나 철추는 중간에 방향을 바꾸었다.

그것은 야비하게도 독고미향을 노리고 날아들었다.

독고강의 눈에 살기가 돌며 그는 팔을 뻗어 연검을 회전시켰다.

연검이 자석처럼 철삭을 덥석 잡더니만 한번 감은 후 콩 덩굴처럼 철삭을 타고 올라간다.

치치치치칭!

연검과 철삭이 밧줄 꼬이듯 칭칭 감겨졌다.

그리고…….

썩뚝! 썩뚝! 썩뚝!

경쾌한 소리와 함께 쇠사슬이 토막토막 잘려 나갔다.

"어헉?"

늙은이는 손잡이만 남은 철삭을 들고 후다닥 물러섰다.

돈이 없어서 남들처럼 만년묵철로 무기를 만들지 못한 게 천추(千秋)의 한(恨)이다.

늙은이는 잘려진 무기를 내려다보았다.

이대로 물러나기엔 창피하고 화가 난다.

하지만 무기도 없는데 더 이상 싸울 수는 없었다.

그러나 늙은이가 물러서려는 순간!

9할에 달하는 내공을 한번에 끌어올린 독고강의 신형이 그림자같이 앞으로 다가서며 연검이 빛처럼 휘둘러졌다.

이어 터지는 비명.

"크악!"

잘려 나간 늙은이의 오른손이 흙을 움켜쥔다.

늙은이는 피가 펑펑 솟구치는 손목을 붙잡고 악을 썼다.

"내, 내 손이? 끄아아! 차라리 날 죽여라! 날 죽여!"

어느 틈에 뒤로 물러서서 동생을 보호하는 독고강.

독고강은 눈알을 번들거리면서 연검으로 늙은이를 가리켰다.

"오냐! 죽여줄 테니 이리 가까이 와라!"

그러나 늙은이는 앞으로 나가는 대신 주춤거리며 뒷걸음질을 쳤다.

곧이어 그는 후딱 몸을 돌리더니 독고강과는 반대편으로 달렸다.

그러면서도 늙은이는 한마디 하는 것을 잊지 않았다.

"두고 보자!"

“흥! 사내새끼가 치사하게 꽁무니를 빼다니! 차라리 죽여달라는 말이나 말지?!”

독고강은 코웃음을 쳤다.

동시에 그의 연검이 주인의 손을 떠났다.

부우우—

“크악!”

연검이 마치 살아 있는 생명체마냥 허공을 격타해 늙은이의 허리를 깨끗하게 이등분했다.

한데 땅에 떨어지는 상체는 뒤에 두고 하반신은 그대로 몇 걸음 달린다.

상체와 하체가 따로 노는 희한한 꼴이다.

하지만 그렇다고 해서 구경꾼들이 웃음을 터뜨린 건 아니다.

검이 하늘을 나는 광경을 목격한 그들은 지금 충격으로 경직된 상태였다.

황삼보가 떨리는 목소리로 중얼거렸다.

“시, 심검……!”

그 소리에 고수라 자칭하던 자들의 안색이 새파랗게 질렸다.

혹시나 했는데 역시 심검이었다.

마음이 가는 대로 검이 간다고 하야 붙은 이름인 심검(心劍)!

검술 최고의 경지라는 심검!

당금 무림에 심검을 구사할 수 있는 자가 그 누가 있을까?

전설로만 듣던 심검에 고수들은 혼이 빠져 버렸다.

사람들이 얼어붙자 독고강은 슬며시 미소를 띠었다.

싸움에서 적의 기세를 제압하는 일은 매우 중요한 일이다.

사전에 기가 꺾인 적은 아무리 용을 써도 실력을 제대로 발휘하지 못하기 때문이다.

독고강은 연검을 회수한 후 실실 웃으며 밀했다.

"내가 왜 저놈을 죽였는 줄 아나? 난 두고 보자는 놈은 신경에 거슬리거든. 저놈이 찾아올 때까지 노심초사 기다리는 것보다는 눈앞에 있을 때 아예 싹을 베어버리는 게 낫지. 크ㅎㅎㅎㅎ."

"……!"

사람들은 오싹 소름이 끼쳤다.

도망치는 적까지 죽여 버린 지독한 심기가 두려웠기 때문이다.

그러나 이들은 하루가 멀다 하고 호수 속의 대왕잉어를 잡느라 '능공섭물'에 도통한 독고강이, '심검'하고는 거리가 먼 '능공섭물'로 연검을 조종하는 사기를 쳤다는 사실을 전혀 눈치채지 못했다.

독고강은 그들을 둘러보며 겁을 주었다.

"어떠냐? 무신(武神)의 경지인 내 심검을 잘 봤겠지? 목숨을 잃은 다음에야 돈이 무슨 소용이냐? 오늘부로 이승을 하직하고 싶지 않거든 당장 꺼지거라!"

독고강은 눈을 부라리며 호통 쳤다.

그러나 겁을 줘서 쫓아버리려는 독고강의 뜻은 오히려 역효과를 냈다. 오히려 이들은 하나로 똘똘 뭉쳤던 것이다.

황금장 호위무사 중의 한 명이 비장하게 외쳤다.

"여러분! 우리 중에 심검을 구사할 수 있는 사람은 하나도 없을 것이오! 허니 우리가 한 명씩 희생당하기 전에 모두 같이 덤벼서 저놈을 죽여야 할 것입니다!"

그러자 모두가 이구동성으로 합창을 했다.

"맞소이다! 동도 여러분! 우리는 뭉쳐야 합니다!"

"옳소! 일단 저 노괴물부터 죽인 후에 현상금을 어떻게 배분할 것인지

의논합시다!"

독고강이 어안이 벙벙해져서 외쳤다.

"이런 비열한 놈들! 여러 명이 합공을 하겠다는 말이냐?"

"흥! 비무대회도 아니고 도둑놈의 패거리를 잡는데 합공이 왜 비겁한 거냐? 여러분! 공격합시다!"

말을 끝마치기가 무섭게 무인들이 떼거지로 달려들었다.

마치 커다란 곰 한 마리를 늑대들이 떼지어 공격하는 광경이다.

아까 전에 독고미향이 받던 이·삼류 무사들의 공격과는 본질적으로 다른 이것은, 한 수에 생명이 왔다 갔다 하는 긴박한 순간이 줄을 잇는 그야말로 생명을 내건 싸움이었다.

차차차창~

도검이 난무하며 불똥이 튄다.

내공이 높은 독고강의 움직임은 빠르기가 전광석화를 방불케 했다.

눈에 안 보일 정도의 빠름 속에서 그의 연검은 한 개의 검을 쳐내고 곧이어 다른 검을 맞받아쳤다.

그러나 1 대 1이라면 몰라도 사방에서 쏟아지는 열 개가 넘는 칼을 쳐내느라 뒤로 물러서는 적을 쫓아가 죽일 수가 없었다.

독고강은 자기 혼자라면 충분히 이곳에서 빠져나갈 수가 있었지만, 지금의 상황은 여동생이 운신을 못하는 데다가 환자까지 달고 있다. 그에 보태어 동생의 안위를 지키며 싸우는 통에 독고강에게는 이 싸움이 버거웠다.

그래도 한 가지 다행한 점이라면 심검의 경지(?)를 보여주었기 때문에 고수들은 행여나 심검이 공중을 격타해 자신의 목을 뗄까 두려워 몸을 사리며 공격하고 있었다.

독고강은 빠르게 곁눈질을 했다.

뒤쪽에 물러서서 잠시 호흡을 고르는 적이 눈에 들어왔다.

그자는 내공을 회복했는지 다시금 장세로 뛰어들었다.

독고강의 안색이 어두워졌다.

'이놈들이 차륜전까지 펼치는구나. 이렇게 가면 결국 당하는 건 나다.'

독고강은 내공의 7할을 써가며 싸움에 임했다.

만약의 사태에 대비해서 3할은 남겨두어야 한다.

한데 그는 싸움을 하는 한편, 도둑 청년의 맥박에 가끔씩 귀를 기울였다.

시간이 갈수록 구달비의 심장 박동이 희미해지고 있었다.

두 근, 두 근, 두… 근…….

독고강은 초조해졌다.

'저 도둑놈만 죽으면 여기를 빠져나갈 묘수가 있는데!'

도둑이 죽는다면 동생을 데리고 이곳을 벗어날 방도가 있었다.

그런데 도둑이 죽기를 기다리자니 자기가 먼저 죽을 판이다. 결국 가장 좋은 방법은 도둑을 자기 손으로 해치우는 길인데… 하지만 저 도둑 청년을 끔찍하게 위하는 여동생을 생각하면 그건 결코 쉬운 일이 아니었다.

이때였다.

도(刀)에 의한 섬광이 번쩍이더니…….

서걱!

독고강의 소맷자락이 잘려졌다.

"……!"

독고강의 잘생긴 얼굴이 일그러지다 못해 새파랗게 변했다.

80세가 넘도록 숱하게 싸움을 해보았지만, 옷이 잘려지는 수모는 처음 당한다.

아울러 그것은 끝없이 이어지는 차륜전에 그가 힘이 빠지고 있다는 증거이기도 했다.

'이대로 가다가는 정말 위험하다!'

독고강은 결정을 내려야만 했다.

'도둑놈이 죽어서 길을 열어주느냐, 아니면 내가 먼저 죽느냐다. 아무래도 저 도둑놈을 내 손으로 죽이는 수밖에 방도가 없을 것 같구나!'

그러나 독고강은 자신의 행동으로 인해 동생이 입을 충격을 생각하자 선뜻 몸이 움직여지지가 않았다.

이렇게 독고강이 구달비를 죽이느냐 마느냐 고민하고 있을 때였다.

숲 속의 가장 높은 나뭇가지 위로 새처럼 날아 내리는 자들이 있었다.

검고 하얗게 입은 독특한 복장의 두 사내와 검은 복면의 한 사내.

흑선, 백선과 그들의 수하인 일호다.

나뭇가지를 밟고 선 그들은 장내를 내려다보았다.

그런데 벌어지는 광경을 본 백선의 두 눈이 부릅떠졌다.

"……!"

그간 이들은 아주 바빴었다.

'활불국에 불사지체가 나타났다'는 말 같지도 않은 정보가 사실인지를 확인하느라 시간을 소요하다가 황금장 도둑, 즉 신투문주가 당문에 잡혀 있다는 소식에 급히 달려왔다.

아닌 게 아니라 저 멀리 신투문주로 보이는 고깃덩이가 정신을 잃고 있는 게 보인다.

거기까지는 좋았다.

문제는 그를 업고 있는 여인네다.

'헉! 저 여인은 독고미향!'

독고미향과 그녀의 오라비인 독고강.

백선은 만나기 원치 않던 인물들을 뜻밖의 자리에서 대하자 머리카락이 쭈뼛 서는 듯했다.

그러나 백선은 얼른 정신을 수습하고 곁에 선 흑선을 살펴보았다.

아니나 다를까.

흑선은 얼마나 큰 충격을 받았는지 그가 밟고 선 나뭇가지가 휘청거렸다.

"저, 저 여인은?"

흑선의 얼굴은 핏기가 사라진 채 종잇장처럼 하얗게 질려 있었다.

백선조차도 이런 흑선의 얼굴은 처음이다.

하나 그는 흑선만큼은 놀라지 않았다.

그래서 백선은 그저 탐스러운 백염을 쓰다듬으며 감탄할 뿐이다.

"호오? 저건 독고강이 아닌가? 세월이 유수라더니 못 보던 사이에 독고강도 많이 늙었군. 엉? 아니, 저것 좀 보게? 독고미향 소저와 저리도 닮다니? 아마도 독고강의 손녀인가 싶군."

"독고 소저! 독고 소저!"

흑선은 정신없이 독고미향을 되뇌었다.

그의 신형이 벌벌 떨린다.

첫사랑이자 마지막 사랑.

단 하루도 그녀를 잊어본 날이 없다.

백선이 무심히 말한다.

"허어! 저 처녀는 독고 소저랑 정말 똑같이 생겼군."

흑선이 벼락같이 덤벼들어 백선의 멱살을 움켜쥐었다.

"백선! 자네는 우리 조직에서 정보를 담당하니 다 알지? 저 처녀는 누구인가?"

백선은 흑선에게 목이 잡힌 채 짜증스럽게 말했다.

"내가 어떻게 아나? 나라고 해서 강호에서 벌어지는 모든 일을 다 아는 게 아닐세! 그리고 자네가 그간 독고 소저를 애타게 찾아왔다는 걸 잘 아는데, 저렇게 똑같은 처녀가 있었다면 내가 어찌 자네한테 말하지 않았겠는가?"

사실 백선은 독고 남매를 수십 년 전에 천왕문에서 찾아냈었다.

그러나 백선은 독고미향을 발견하고도 흑선에게 알려주지 않았다.

백선과 흑선은 그 옛날 독고미향을 사이에 둔 연적이었다.

한데 독고미향을 얻으려면 그녀의 오빠인 독고강을 비무로 이겨야 하는데, 독고강을 이길 자신이 없었던 백선은 자기가 못 갖는 것은 남도 못 갖게 해야 한다는 못된 심보로 흑선에게 독고미향의 거처를 말 안 했던 것이다.

그리고 백선은 처음에야 독고미향을 두고 흑선과 경합을 벌였지만, 세월이 흐른 지금에는 과연 그때 자기가 독고미향을 진심으로 사랑했었는지 아니면 그저 흑선이 잘나가는 것을 방해하려는 비뚤어진 심사였었는지 확신이 안 섰다.

아무튼 독고미향이 천왕문에 있다는 사실을 흑선에게 비밀로 하고 그에 보태어 수하들의 입단속까지 하며 그렇게 하루 이틀 일 년이 지나자, 그 후에는 거짓말이 들통날까 봐 찾았다는 말을 아예 할 수가 없는 상황이 되어버렸다.

그래도 백선은 아무런 양심의 가책을 느끼지 않았다. 백선은 '거짓말 좀 했기로 친척이자 죽마고우인 나를 어쩔 거냐?' 하는 배 째라 식의 인간성이었기 때문이다.

백선은 정색을 하고 말했다.

"나는 저 처녀가 누군지 모르네!"

백선은 흑선을 흔들림이 없는 눈빛으로 정시했다.

흑선은 백선의 눈을 주시하며 백선의 말이 사실인지를 간파하려고 노력했다.

백선은 당당하게 친구의 눈길을 마주한다.

전혀 거리낄 게 없다는 태도다.

"……."

"……."

잠시 시간이 흐른 후, 흑선은 시선을 독고미향에게로 돌렸다.

잊을래야 잊을 수 없는 그리운 얼굴.

저 호리호리한 몸매와 가죽 채찍.

흑선은 혼란한 심정으로 고개를 저었다.

"저렇게 똑같을 수는 없다!"

"하지만 독고 소저의 나이로 보아 저 처녀는 절대로 독고 소저일 수가 없네."

멱살을 뿌리친 백선이 손으로 목을 만지며 쓴웃음을 지었다.

흑선은 아무 말도 나오지 않았다.

그는 지금 자신의 눈을 믿을 수가 없었다.

꿈에도 그리던 여인이 바로 손 뻗으면 닿을 만한 곳에 있었다.

그러나 그녀는 자신이 사랑하는 여인이 아니란다.

'그래… 독고 소저일 리가 없다.'

흑선은 착잡한 마음으로 고개를 떨구었다.

그런데 이 외중에도 저 밑에서 벌어지는 싸움은 몹시 긴박한 상황이었다. 독고미향과 꼭 닮은 여인이 위험에 처해 있다.

흑선은 옆에 있던 일호의 복면을 벗겨서 자신의 얼굴에 썼다.

백선이 당황해하며 급히 흑선의 앞을 가로막는다.

"어딜 가는가? 설마 저들을 도와주려고 하는 건 아니겠지?"

"비키게!"

흑선은 백선을 피해 옆으로 몸을 틀었다.

백선이 다시금 앞을 막아선다.

그는 눈에 불을 켜며 외쳤다.

"흑선! 그때 저 독고강 놈이 우리한테 했던 말을 잊었나? 놈의 여동생한테 구혼하는 우리를 실컷 팬 후에 했던 그 소리 말일세!"

"……."

흑선은 말이 없다.

백선이 분개하며 말했다.

"그놈은 '개뿔 실력도 없는 놈들! 엄마 젖이나 더 먹고 와라!' 라고 했네! 난 그 말을 결코 잊을 수가 없어!"

"……."

흑선이라고 해서 백선의 마음을 모르는 게 아니다.

한참 혈기 왕성하던 때 그런 소리를 듣자 자신은 너무도 창피하고 분해서 자결을 해버리고 싶었었다.

잠자코 듣고 있는 흑선에게 백선은 말을 이었다.

"그때 우리는 강제로 맹세를 당했지. 독고강을 다섯 합 안에 제압할 자신이 없는 한 절대로 그 앞에 나타나지 않겠다고!"

백선은 굳어진 얼굴로 흑선에게 물었다.

"흑선, 자네는 지금의 자네가 독고강보다 무공이 월등히 높다고 자신하나? 아무리 자네가 복면을 쓴다 한들, 독고강은 자네를 알아볼 것이야!

그러면 독고강한테 옛날의 맹세를 깬 것에 대해 뭐라고 할 텐가?”

“……”

그 당시 스무 살이 갓 넘었던 흑선은 독고강에게 완패를 당한 후 절치부심(切齒腐心)으로 무공을 연마했다. 그러기를 이십 년. 흑선은 무공에 자신이 생기자 독고강 남매를 찾으려고 했다.

그러나 전 중원을 뒤덮는 조직망으로도 그 둘을 찾아낼 수는 없었다.

한데 이제 독고강을 다시 만나고 보니 자신의 무공이 얼마나 알량한가를 잘 알 수가 있었다.

독고강은 뒤에 여인을 보호하면서도 15 대 1로 밀림이 없이 싸우고 있었다. 그간 무공이 늘어난 것은 흑선 자기 혼자만이 아니었던 것이다.

독고강이 두렵다.

그를 이길 자신이 없다.

흑선은 내공이 2갑자가 넘었지만, 지금 독고강과 싸운다면 다섯 합은커녕 오십 합도 모자랄 판이다.

백선이 안타깝다는 어조로 흑선을 말렸다.

“흑선! 다시 개망신당하지 말고 그냥 보고만 있게. 그 옛날 두들겨 맞은 것만으로도 모자라서, 이젠 맹세를 깨는 비겁한 놈으로까지 전락당해야만 하겠는가?”

“…….”

“독고강의 무공을 보게. 이 세상에 그 누구도 저놈을 다섯 합으로 제압하지 못해!”

“…….”

말이 없는 흑선.

잠시 후 그는 입을 열었다.

“백선, 우리는 신투문주를 지켜야 하네. 저대로 그냥 두면 신투문주가 위험하네.”

“으으음!”

공은 공이고, 사는 사다.

신투문주를 들먹이자 그제야 백선은 아무 말도 못하고 뒤로 물러났다.

흑선이 나뭇가지를 박차고 장내로 날아 내린다.

그 모습을 소태 씹은 낯빛으로 보던 백선은 수하인 일호에게로 얼굴을 돌렸다.

그는 말없이 무시무시한 눈초리로 일호를 노려보았다.

일호가 사색이 되어 기죽은 목소리로 겨우 입을 연다.

“…청부단주 천면호리가 와 있을 줄은 몰랐습니다.”

백선은 버럭 역정을 냈다.

“네놈은 무슨 일을 이따위로 하는 거냐? 천면호리 일당이 흑선의 눈에 띄지 않도록 하라고 그토록 누누이 당부를 했건만!”

“죽을죄를 지었습니다.”

백선의 눈에 섬뜩한 살기가 돈다.

그는 나직이 말했다.

“나중에 처벌하겠다.”

“……”

침묵을 지키는 일호.

일호는 백선이 조직을 그의 사조직처럼 운영해도 아무런 항변이나 불만을 토로할 수가 없었다. 왜냐하면 백선은 조직 내에서 성정이 가장 무서운 인물이었기 때문이다. 백선의 눈에 벗어난다는 건 그 길로 죽음을 뜻한다.

일호는 눈을 내리깔고 한숨지었다.

‘이런 사람을 친구로 알고 있는 흑선님이 불쌍하다.’

일호는 천면호리가 주안과를 복용했다는 사실도, 그녀가 흑선이 애타게 찾던 여인이라는 것도 다 알고 있었다.

그러나 백선이 두려운 일호는 흑선에게 아무 말도 해줄 수가 없었다.

第三章

구달비 죽다!

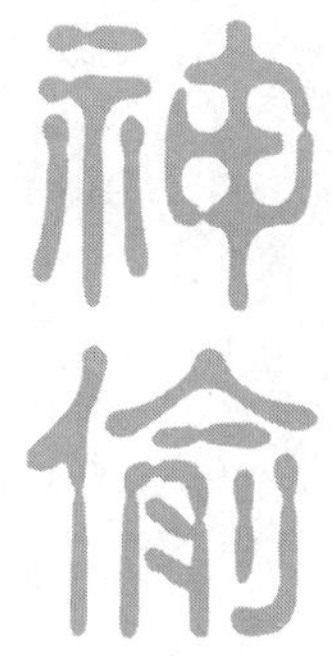

흑선은 장쾌한 휘파람을 불며 멀리 도약했다.

삐이이익~

갑작스레 뒤에서 나는 휘파람 소리에 고수들이 긴장을 하며 돌아본다.

"뭐야?"

"엇! 적인가?"

흑선은 비호같이 고수들의 머리 위로 떨어져 내렸다.

한데 흑선은 고수들에게 닿기 전, 두 팔을 가슴 위에 교차했다가 곧이어 새의 날개처럼 양옆으로 벌렸다.

그러자 양쪽 소매 속에서 갈고리 모양의 칼날들이 튀어나왔다.

취잉— 취잉— 취잉—

한 팔에 3개씩, 도합 6개의 칼날!

조공(爪功)이다.

6개의 칼날은 각각의 길이가 무려 2척(二尺:60cm)에 달했다.

마치 기다란 발톱을 손에 단 것만 같은 형상이다.

흑선은 고수들 속으로 뛰어들자마자 양팔에 장착된 칼날을 휘둘렀다.

황삼보가 대경실색해서 외쳤다.

"적이다! 막아랏!"

이에 앞쪽의 고수들은 독고강을 공격하고 뒤쪽의 고수들은 새로운 적을 맞아 서로를 도우며 합공을 했다.

흑선의 조공이 한 고수의 배를 쒀악~ 긁었다.

그 고수는 뒤로 번개같이 물러나며 암기를 쏘았다.

피융~

공기를 가르고 날아오는 암기들.

흑선은 왼 손목을 돌려 암기를 막아내는 한편, 옆구리로 찔러 들어오는 검을 오른쪽 조공 칼날 사이로 잡아 비틀었다.

뚝!

검이 두 동강이 나며 검의 주인이 주춤하는 사이, 흑선은 몸을 틀어 다리로 그의 배를 걸어찼다.

동시에 그는 두 팔을 뻗어 암기를 쏜 자의 면상과 하복부를 그으려 했다.

하지만 흑선은 그 둘을 죽이지 못했다.

한 고수는 배를 걸어차이면서 부러진 검으로 흑선의 다리를 막아냈고, 면상과 하복부를 드러낸 고수는 그가 당하기 직전 다른 고수가 덤벼드는 바람에 흑선은 뒤로 물러나야만 했기 때문이다.

1 대 1이면 모를까, 한 놈을 죽이려고 하면 다른 놈들이 개 떼같이 덤빈다. 부상을 안 당하려면 죽이고자 했던 놈을 포기하고 다른 놈들의 검을 막아내야만 한다.

흑선은 치가 떨렸다. 개개인이 일류고수인 이런 무서운 놈들과 15 대

1로 평수를 이루고 있는 독고강의 놀라운 무공이 다시 한 번 뼈저리게 느껴진다.

흑선은 내공을 더 끌어올렸다.

그의 신형이 폭풍과도 같이 회전하며 칼날이 용트림을 토한다.

취워어어어~

한편,

흑선이 뛰어들 때 독고강은 자못 긴장했었다.

갑자기 검은 옷을 입은 복면인이 뛰어들더니 마구잡이로 설친다. 일류 고수를 능가하는 상당히 고강한 무공의 소유자다.

독고강은 인상을 그으며 고개를 갸우뚱거렸다.

'저 시커먼 놈… 분명히 어디서 보던 놈인데?

저 검은 복장과 특이한 칼날은 상당히 낯이 익다.

한데 너무 오래전 일인지 당최 기억이 안 난다.

'언제 만났던 놈이지? 십 년 전도 아니고… 이십 년 전도 아니고?

과거를 거슬러 올라가는 독고강은 머리가 복잡해졌다.

도와줘서 고맙기는 한데 왜 도와주는지 그 연유를 모르겠다.

기억을 더듬어보지만 누구한테 은혜를 베푼 적은 눈 씻고 찾아봐도 없다.

생각하다 생각하다 나중엔 의심까지 드는 독고강.

'저놈이 나를 도우려고 온 놈인가, 아니면 기회를 엿봐서 도둑놈을 채 가려는 놈인가?

마침내 독고강은 더 이상 추측하기를 접고 눈앞의 적을 상대하는 데 집중했다.

버겁던 15라는 숫자의 절반이 흑선한테로 몰려가니 연검에 거꾸러지는 적들이 한 놈씩 생겨난다.

그러자 시체 냄새를 맡고 왔는지 하늘엔 끼미 거란 놈이 불길하게 떠 있다.

까마귀는 쌓여만 가는 시체에 눈독을 들이고 있는 듯 하늘을 선회하며 장내를 주시하고 있다.

시체 더미를 만드는 데는 흑선도 한몫하고 있었다.

그의 칼날은 맹수의 발톱처럼 적들을 후비고, 파고, 절단해 나갔다.

한데 흑선의 싸움을 보는 독고미향의 얼굴이 곤혹감으로 물들었다.

저 검은 옷의 사내는 고수들을 물리치며 자기한테로 한발 한발 다가오고 있었다.

그의 표적이 분명히 자기라는 판단이 든다. 왜냐하면 저 사내는 틈이 날 때마다 자신을 쳐다본다. 그리고 저 무기와 무공은 어디선가 본 기억이 있다.

독고미향이 자신을 주시하자 흑선은 더 이상 참지 못하고 복면을 벗어 버렸다.

그러자 드러난 얼굴!

동시에 독고미향의 머리 속에 아련히 떠오르는 옛 추억이 있었다.

'…혹시?

독고미향의 눈빛이 달라졌다.

그 눈을 대한 흑선의 신형이 부르르 경련을 일으켰다.

저 젊은 처녀의 눈빛은 그 옛날에 기억하던 여인의 눈빛과 똑같았다.

이성은 '독고 소저가 저 나이일 수는 없다' 라고 하지만, 가슴은 '저 눈빛의 여인은 내가 사랑하는 독고 소저일 수밖에 없다!' 라고 말한다.

그런데 독고미향을 향한 흑선의 아릿한 눈초리에 오라비 독고강은 정신이 번득 들었다.

‘그래! 이제 생각났다! 저 검은 놈은 그때 그놈이다!’

저 검은 옷의 사내는 수십 년 전에 여동생을 쫓아다니던 자다.

그는 우연히 이곳을 지나다가 동생이 위기에 처하자 팔뚝을 걷어붙이고 나선 것 같다.

독고강의 눈매가 샐쭉해졌다.

그 옛날 두들겨 팼던 놈한테서 도움을 받자니 별로 좋은 기분이 아니다.

그러나 지금은 고양이 손이라도 빌려야 할 처지.

독고강은 이를 악물고 아무 말 없이 연검을 휘둘렀다.

피가 튄다.

‘제기랄! 내가 어쩌다 이런 꼴이 됐누? 그나저나 이 거지 같은 도둑놈이 빨리 죽어줘야 되는데 말야.’

독고강은 구달비의 심장 소리에 다시금 귀를 기울였다.

아까부터 심장 박동이 금방이라도 끊어질 듯 몹시 희미해졌기 때문이다.

마침내!

두… 근, 두… 근, 두……!

박동 소리가 사라졌다.

‘심장이 멈췄다!’

독고강의 만면에 희색이 떠올랐다.

심장 박동은 이제 완전히 끊어져서 더 이상 고동이 들려오지 않았다.

도둑은… 죽은 것이다!

그렇다. 도둑은 죽었다. 구달비는 자신이 중원 최고 부자인 신투문주라는 사실을 모른 채 26세의 젊은 나이로 제대로 한번 잘살아보지도 못하고 이렇게 생을 마감했다.

독고강은 엷은 미소를 입가에 배어 물었다.

당문의 산공독에 당했던 터라 현재까지도 내공을 못 쓰는 여동생은 등에 업은 구달비가 이미 시체가 되었다는 사실을 전혀 모르고 있었다.

독고강은 앞에서 달려드는 고수에게서 시선을 떼지 않으며 뒤에 있는 동생한테 넌지시 말했다.

"얘야, 그놈은 이미 죽었다. 허니 이제 그만 포기해라. 세상에 사내는 많다."

"예?"

깜짝 놀란 독고미향은 등에 업은 구달비를 허겁지겁 끌어 내렸다.

그녀의 손이 다급히 구달비의 맥을 잡아본다.

아무것도 느껴지지 않는다! 심지어 세맥조차도!

독고미향은 자신이 내공을 잃는 바람에 혹시 감지력이 떨어졌나 싶어 구달비의 코밑에 손가락을 갖다 댔다.

그러나 호흡을 안 하는 구달비.

구달비는 오빠의 말대로 죽은 게 확실했다.

"이, 이럴 수가?"

독고미향은 넋을 잃고 앉아서 시체가 된 구달비를 멍하니 바라보았다.

그녀의 낯빛은 죽은 사람처럼 해쓱했다.

며칠 내내 물 한 모금 못 마시며 밤낮을 달려서 당문에 도착한 후 연이어 벌어진 전투. 상처를 입고 피를 흘린 것도 모자라 산공독에까지 당한 그녀는 이 큰 충격에 더 이상 몸을 지탱할 기력이 없었다.

독고미향은 눈을 하얗게 까뒤집으며 스르르 허물어졌다.

"아아……."

털썩!

연검을 휘두르며 동생의 주변을 차단하고 있던 독고강은 동생의 쓰러지는 소리에 놀라 얼른 뒤를 돌아보았다.

그는 동생이 기절까지 할 줄은 정말 몰랐다.

동생이 입었을 마음의 상처에 독고강은 기분이 우울해졌다.

하지만 어쨌거나 도둑이 죽었으니 짜놓았던 계획을 실행에 옮길 때다.

독고강은 내공을 실어 사자후를 터뜨렸다.

"모두 멈춰라! 여기 네놈들이 원하는 돈 덩어리가 있다!"

싸움이 멈춰지는 듯하자 독고강은 두 팔로 구달비를 번쩍 들어 올렸다.

사람들이 이글이글 타오르는 탐욕의 눈으로 주시한다.

그들은 독고강의 다음 말을 기다렸다.

그러나 독고강은 아무 말도 하지 않았다.

그는 그저 생각해 뒀던 계획을 행동에 옮겼을 뿐이다.

사람들이 비명을 질렀다.

"으악! 뭐 하는 짓이냐?"

"헉! 아니, 저런?"

지켜보던 중인들은 깜짝 놀랐다.

독고강이 구달비의 시신을 절벽 밑으로 던져 버렸던 것이다.

휘익~

이것은 그가 구달비의 죽음을 기다리면서부터 짠 계획이었다.

독고강은 이 천 길 절벽 밑으로 떨어진 도둑의 시신이 완전히 으깨져서 그 누구도 구달비의 얼굴을 이용하지 못하게 하려는 생각이었다. 이것은 그가 여동생을 위해서 해줄 수 있는 최대한의 것이었으며, 동시에 그것은 '내가 못 타는 현상금! 에라이~ 아무도 현상금을 못 타먹게 해주겠다!'라는 못된 심보의 발로이기도 했다.

독고강의 손을 떠난 구달비가 운무를 뚫고 밑으로 밑으로 떨어진다.

그러자 시체를 노리고 있던 까마귀란 놈이 도둑을 향해서 하늘에서 쏜 살같이 곤두박질친다.

눈앞에서 벌어진 황당한 일에 황삼보는 다급히 명했다.

"내려가서 도둑놈의 머리를 떼어와라! 머리를 떼어오는 자한테 현상금을 주겠다!"

황삼보는 도둑의 머리가 반드시 필요했다. 도둑을 잡아야만 재산을 나눠주겠다고 큰형이 그러지 않았나?

황삼보의 말에 고수들은 급히 낭떠러지로 달려갔다.

도둑이 뼈도 못 추리고 가루가 되든 말든, 일단은 누가 먼저 바닥에 당도하는가에 사활이 걸린 문제라 너도나도 앞을 다투어 절벽을 타고 내려갔다.

독고강이나 혹선한테 칼을 겨누는 자는 더 이상 존재치 않았다.

독고강은 싸움을 멈추려는 계획이 들어맞자 마냥 흐뭇했다.

이제 그에겐 기절한 여동생을 업고 이곳을 떠나는 일만 남았다.

그런데 갑자기 황삼보가 눈이 휘둥그레져서 소리쳤다.

"저게 뭐야?"

그 소리에 절벽을 타던 사람들이 눈을 크게 떴다.

"잉?"

"어?"

절벽 밑을 뒤덮은 운무를 뚫고 무엇인가가 하늘로 날아오른다.

황삼보가 경악에 찬 비명을 질렀다.

"괴, 괴물이다!"

"으악! 괴물이닷!"

고수들은 너나 할 것 없이 비명을 질렀다.

그랬다. 그것은 사람이라기보다는 괴물이라 불러야 마땅했다.

자욱한 구름 위로 도둑이 솟아오르고 있었다.

한데 축 늘어진 그의 등판에는 절대로 인간의 형태라 볼 수 없는 박쥐 날개가 큼직하게 돋아나 있었다.

사람들은 시야에 들어온 괴물의 정체가 무엇인지 도무지 알 수가 없었다.

"뭐야, 저건? 사람이야, 새야? 저거 그 도둑놈 맞아?"

"분명히 그놈이 맞긴 한데 이상한 날개가……?"

"어떻게 사람 몸에서 저런 게 돋아날 수 있단 말이오?"

고수들이 저마다 웅성거린다.

그 외중에 막대한 현상금이 붙은 황금장 도둑은 박쥐 날개를 퍼득이며 반대편 절벽을 향해 날아가고 있었다.

이때 독고강의 얼굴에는 자못 흥미롭다는 기색이 떠올랐다.

머리가 잘 돌아가는 그는 박쥐 날개의 정체를 쉽게 짐작할 수 있었다. 그는 박쥐의 날개에서 뻗어 나온 엄지손가락 두께의 검은 밧줄이 도둑의 가슴을 한 바퀴 두르고 있다는 것은 볼 수 없었지만, 좀 전에 하늘에서 낙하하던 까마귀가 붉은 눈알에 붉은 목걸이까지 하고 있었다는 사실이 머리 속에 떠올랐던 것이다.

'저게 바로 악마란 놈이군!'

당문으로부터 말로만 듣던 악마를 실제로 보니 정말 신기했다.

독고강은 감탄을 하다가 힐끗 뒤를 돌아보았다.

그는 아직도 땅에 뒹굴고 있는 당문주의 얼굴이 괴이하게 변한 것을 확인할 수 있었다.

당문주는 자기도 모르게 부르짖었다.

"저놈은 악마! 붉은 눈알의 까마귀는 악마였구나!"

한편 당문주의 소리를 들은 하오문주 암흑대제는 몹시 외아했다.

'엉? 악마? 저게 무슨 소릴까? 도무지 알 수 없는 소리를 하는군. 아무래도 당문에서 허드렛일을 하는 놈들한테 악마가 무엇인지 물어봐야겠다.'

하오문주가 이렇게 의혹을 품을 때 독고강은 팔짱을 끼고 악마가 도둑을 구출해 가는 광경을 지켜보았다.

그는 악마를 보며 코웃음을 쳤다.

'흥! 친구를 버리고 도망갔던 악마 놈이 기특하게 돌아왔지만, 이미 죽어버린 도둑놈을 어쩌겠다고?'

독고강은 악마와 구달비의 모습을 강 건너 불 구경하듯 지켜보았다.

운무 위로 솟아오른 박쥐 괴물은 반대편 절벽으로 날아가고 있는 중이다.

그런데 박쥐 날개는 도둑의 몸무게가 힘에 버거운지 휘청거렸다.

그 허부적대는 꼴로 보아… 멀리 날 수 있을 것 같지가 않다.

금방이라도 하늘에서 곤두박질칠 것만 같은 꼬락서니.

그 모양에 황삼보는 기세가 등등해져서 소리쳤다.

"저놈을 쫓아라!"

사람들은 절벽을 건너기 위해서 바닥을 향해 서둘러 내려갔다.

독고강은 그 광경에 혀를 끌끌 찼다.

"쯧쯧. 듣자니 악마는 해독약도 없는 지독한 맹독이 있다고 하던데. 저러다가 여러 놈 다치지."

독고강은 악마한테 물릴 사람들의 안위가 전혀 걱정이 되지 않으면서도 괜히 너스레를 떨었다.

이때였다.

갑자기 독고강이 몸을 틀며 장풍으로 무엇인가를 쳐냈다.

그것은 계란만한 한 개의 구슬이었다.

펑!

구슬은 소리를 내며 터졌다.

동시에 시야를 가리는 짙은 연기가 뭉게뭉게 피어올랐다.

"연막탄?"

의혹에 찬 독고강.

그는 경악성을 터뜨렸다.

"헉!"

한줄기 바람이 스쳐 지나간다 싶더니만, 곁에 쓰러져 있던 여동생이 온데간데없이 사라졌다.

독고강은 고개를 번쩍 들어 바람이 지나간 방향을 보았다.

싸움을 도와주었던 검은 의복의 복면인이 혼절한 동생을 납치해서는 아련한 연기 속으로 사라지고 있었다.

기절초풍한 독고강은 그 뒤를 쫓아 쏜살같이 몸을 날리는 한편, 벼락같이 악을 썼다.

"서랏!"

흑선은 가슴이 진탕되었다.

사랑하는 여인과 꼭 닮은 처녀를 품에 안은 지금, 그는 심장이 터져 나갈 것만 같았다.

여인의 눈빛! 아까 전 마주쳤던 그 눈빛의 의미는?

혹시 이 처녀가 진짜 독고미향인지 확인을 해보아야만 한다.

그러나… 확인하기가 두렵다.

만약 독고미향이 아니라면 그 실망을 어찌 감당할 수 있을까.

흑선은 확인해 보고 싶으면서도 한편으로는 그냥 이대로 끝없이, 이 생명 다할 때까지 계속 달리고 싶었다.

하지만 뒤에서 추격하는 독고강의 기색이 점점 가까이 느껴졌다.

거리가 좁혀지자 마침내 흑선은 자리에 멈추어 섰다.

그는 급히 독고미향의 뒷머리를 쓸어 올려보았다.

드러난 처녀의 목덜미.

그곳엔 초승달 모양의 점이 있었다.

"……!"

흑선의 눈이 더 이상 커질 수 없을 정도로 벌어지며 입에서 신음과도 같은 소리가 새 나왔다.

"미향!"

그녀였다.

오랜 세월 내내 미치도록 그리워하던 그녀였다.

흑선은 독고미향을 왈칵 끌어안았다.

사내는 여인의 보드라운 뺨에 마구 얼굴을 비비며 격정적으로 외쳤다.

"미향! 내 그대를 다시는 놓치지 않겠소!"

그때 흑선의 뒤통수로 공기가 파동 치며 다가들었다.

쉬이익—

흑선은 급히 한 팔을 뻗어 그것을 막아냈다.

불꽃이 작렬하며 독고강의 연검과 흑선의 3개 칼날이 맞부딪쳤다.

카가강!

이어 들려오는 독고강의 분노에 찬 목소리.

"오호라! 그간 재주가 제법 늘었구나? 한번 해보겠단 말이지?"

독고강은 연검을 고쳐 잡았다.

하수였던 놈한테서 공격이 차단당하자 몹시 자존심이 상한 독고강.

그에 보태어 흑선이 여동생을 끌어안고 있는 모습은 독고강의 눈을 뒤집기에 충분했다.

"이놈! 당장 내 동생한테서 손을 떼라!"

주인이 화가 나자 연검이 부르르 떨며 화답한다.

우우우웅—

무시무시한 살기가 대지를 뒤엎는다.

독고강이 살수를 펼치려 하자 흑선은 뒤로 물러나며 다급히 청했다.

"잠깐! 잠깐만! 내게 말을 할 기회를 주시오!"

"뭐냐? 뒈지기 전에 마지막으로 하는 말이니 심사숙고해서 지껄여라."

살기를 풀지 않는 독고강에게 흑선이 물었다.

"선배, 나를 기억하시지요?"

"기억하다마다! 그 옛날 나한테 두들겨 맞고 쫓겨간 놈이 아니더냐?"

"선배! 나는 수십 년 동안 독고 소저를 찾아왔소이다! 이제는 내 품에 들었으니 절대로 놓치지 않겠소! 설령 내 무공이 선배를 못 당한다고 할지라도 나는 독고 소저를 품에 안고 죽겠소!"

흑선은 비장하게 자신의 결심을 밝혔다.

그러나 독고강은 코웃음을 쳤다.

"뭐? 이젠 안 놓쳐? 흥! 이놈아! 그따위 헛소리하기 전에 먼저 거울한테 물어봐라!"

"…거울?"

"그래! 거울! 거울 들여다보고 네놈의 주제를 깨달아라! 그런 늙은 몸으로 어찌 젊은 여인의 사랑을 얻겠다는 거냐?"

"……!"

생각지 못한 부분을 지적하는 소리에 흑선의 얼굴이 굳어졌다.

독고강은 늙어 빠진 자신의 몸은 상관 않고 흑선만을 몰아세웠다.

"내 동생은 주안과를 복용했다. 허니 너같이 늙은 놈은 네 꼴에 맞는 늙다리 할망구나 만나서 연애해라!"

당황한 흑선은 독고미향을 더 깊이 끌어안으며 소리쳤다.

"그, 그래도 나는 독고 소저를 사랑합니다!"

"그건 네놈 혼자만의 감정이다! 내 동생은 젊은 애랑 이미 눈이 맞았다. 아까 미향이가 목숨 걸고 지키던 도둑놈, 아니, 청년을 못 보았느냐?"

"……!"

독고강은 흑선을 매섭게 다그쳤다.

그는 무공이 크게 성장한 흑선을 대하자 얄밉고 괘씸하다는 생각에서 일부러 더 이죽거렸다.

"네 추억으로부터 이미 60년이란 세월이 흘렀다. 사람의 뜨거웠던 감정이 식어버리기에는 충분하고도 남는 시간이지. 이놈아, 똑똑히 알아둬라! 너에게 사랑은 오직 하나일지 모르지만, 다른 사람한테는 사랑이 하나가 아닐 수도 있음이야!"

"……!"

흑선은 독고미향을 안은 채 충격으로 망연히 서 있다.

독고강은 서슬 퍼렇게 호통 쳤다.

"더 길게 말할 것 없이 너의 손을 한번 봐라!"

"……?"

흑선은 여인을 안고 있는 자신의 손을 내려다보았다.

탄력을 잃은 데다가 검버섯까지 핀 늙은 피부.

여인은 아직도 젊은데 자신은 이미 영감이다.

독고강은 빠르게 쏘아붙였다.

"주안과를 복용했으니 내 동생은 죽을 때까지 그 아름다운 젊음을 유지할 게다. 그러니 이미 쭈그렁바가지가 돼버린 너와 우리 미향이는 갈 길이 다르다! 암! 다르고 말고!"

"……."

흑선은 정신이 아득해졌다.

자신은 독고미향을 사랑한다. 한 목숨 다 바쳐서 진정으로 사랑한다.

그러나 그녀는 아가씨고 자신은 할아버지라는 사실만큼은 어찌할 수가 없다.

자기의 늙은 손이 붙잡고 있는 아름다운 젊은 육체.

초라한 마른 손이 부들부들 떨린다.

그리고 노안(老眼)에는 눈물이 고였다.

이제는… 사랑을 갈구할 자격이… 없다!

"크흑!"

안타까운 감정이 눈물되어 떨어졌다.

흑선은 숨죽여 흐느꼈다.

그토록 찾아 헤매다 겨우 만나게 되었는데 이렇게 떠나보내게 되다니…….

하늘이 무너지는 심정이었다.

그러나 독고강은 티끌만큼의 동정도 포함되지 않은 목소리로 냉정하게 말했다.

"더 이상 네 감정을 앞세워 내 동생 근처에 얼쩡대지 말아라!"

독고강은 서둘러서 여동생을 빼앗으려 했다.

"내 동생을 이리 내라!"

"크흐흑!"

흑선은 독고미향을 끌어안고 처절한 눈물을 흘렸다.

그는 여인의 가슴에 얼굴을 묻었다.

그리운 냄새가 난다.

'크흑! 이대로 시간을 멈추고 싶다……'

하지만 소망은 이루어지지 않고 현실을 일깨우는 고함만이 쩌렁쩌렁
하게 울린다.

"아, 어서 이리 내!"

사랑하는 여인을 인계해야만 하는 늙은 손이 감정을 못 참고 파르르
떨린다.

今離何相逢 이제 헤어지면 언제를 기약하리오

懷恨後生解 이생에서 못한 인연, 다음 생에서 만날까

君不忘呼我 잊지 말고 내 이름을 불러주오

我必歸去來 나는 반드시 그대를 찾아가리다

마침내 동생을 넘겨받은 독고강은 큰기침을 했다.

"크흠!"

그는 흑선이 조금 안됐다는 생각이 들기도 했지만, 어쨌든 동생은 저
자한테 마음이 없다.

흑선은 어깨를 축 늘어뜨리곤 힘없이 자리를 떴다.

사랑하는 여인으로부터 멀어지는 한 걸음 한 걸음이 천근만근 무겁기
만 하다.

그런 흑선의 뒷모습을 보며 독고강은 인상을 썼다.

"내 동생은 너무 예뻐서 큰일이란 말야? 이놈저놈 다 개 떼같이 덤벼
드니 이거야 원!"

그런데 구시렁대던 독고강은 깜짝 놀란 표정이 되었다.

“아차! 칠보동보!”

그는 고수들의 공격 속에서 동생의 경황이 화급에 놓였던 터라 칠보동보에 대해서는 까맣게 잊고 있었다.

독고강은 기대에 부풀어 동생의 손을 살폈다.

그러나 무지갯빛 칠보동보는 흔적조차 없다.

“으잉? 이 벌레 가루들이 어딜 갔어?”

순간 독고강은 칠보동보가 흑선한테로 옮겨간 게 아닌가 하는 의심이 들었다.

그러나 흑선의 손에서 그런 무지갯빛 가루는 보지 못했다.

독고강은 의식을 잃은 동생에게 진기를 주입했다.

“애야! 정신 좀 차려봐라! 애야!”

“으으응. 달비야…….”

독고강은 눈을 뜨는 여동생한테 급히 물었다.

“애야, 칠보동보는 어디 있느냐?”

“칠보동보? 칠보동보가 뭐예요?”

“네 손에 있던 그 일곱 빛깔 가루 말이다! 그거 어디 있느냐?”

“그건 달비의 가슴으로 옮겨갔는데? 헉! 달비! 달비는 어디 있어요?”

독고미향은 주위를 두리번거렸다.

이어 그녀는 구달비가 죽었다는 기억을 떠올렸다.

“까악! 달비야!”

독고미향은 기절을 할 듯이 구달비의 이름을 외치며 자리에서 퉁겨 일어났다.

그녀는 두 주먹을 꽉 쥐고 오빠에게 악을 썼다.

“달비는 진짜로 죽은 거야? 달비 어디 있어? 달비 어디 있난 말야?”

“아이구~ 귀청 따가워라. 애야, 그렇게 소리 지르지 말아라. 그러잖아도 지금 그놈한테 가는 길이다.”

독고강은 동생을 덥석 품에 안고 몸을 날렸다.

지금 그의 내심은 몹시 초조했다.

동생으로부터 들은 ‘도둑의 가슴으로 칠보동보가 옮겨갔다’는 소리는
전혀 뜻밖의 사태였다.

‘급하다! 칠보동보가 현상금 사냥꾼들 중 어느 놈의 몸으로 옮겨가기
전에 빨리 회수해야 한다!’

독고강은 뼈저리는 후회로 가슴을 쳤다.

흑선이 도와주고 있었으니 결국 시간이 지나면 적들을 모두 죽일 수도
있었는데, 고새를 못 참고 도둑을 절벽에 던져 버린 게 후회막급하다.

독고강은 인상을 북북 그었다.

‘이 모든 게 약혼녀를 급류에 던져 버린 선우운철 놈 탓이다. 그놈한
테서 배우지만 않았던들 내가 사람을 절벽에 던져 버리는 그런 몰상식한
구상은 미처 못 했을 거 아니여?’

투덜투덜 선우운철의 욕을 하면서 독고강은 구달비를 찾아 발바닥에
서 불이 날 정도로 달렸다.

第四章

또 한 번의 기연

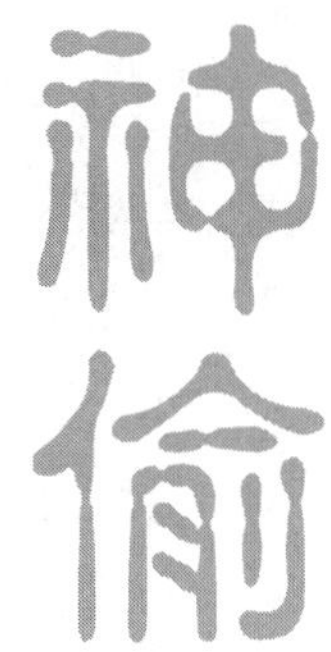

*퍼*덕퍼덕~

박쥐 날개로 변한 채 구달비를 단단히 끌어안은 흑아.

녀석은 날아가면서 걱정이 태산같았다.

"큰일이다. 이제 어디로 가야 하나? 달비가 어서 정신을 차려야 할 텐데. 달비야! 대답 좀 해봐! 야, 달비야!"

까마귀로 변해 있던 흑아는 하늘 높이 떠 있느라 구달비의 죽음을 눈치채지 못했다. 녀석은 기회를 놓치지 않고 구달비를 낚아채는 데까지는 성공했지만, 그 후 가야 할 곳을 몰라서 헤매는 중이다.

그래도 흑아는 나름대로 머리를 굴렸다.

"따라오는 놈들이 저 깊은 절곡을 건너려면 시간이 꽤 걸리겠지? 그사이에 최대한 멀리까지 도망가자. 가다 보면 달비가 깨어나겠지."

힘차게 날개를 퍼덕이면서 흑아는 뒤를 돌아보았다.

절벽을 타고 내려가는 자들이 개미 떼처럼 보인다.

한데 그 가운데 놀라운 자가 한 명 있었다.

흰옷을 입은 신선처럼 생긴 노인네가 절벽을 타고 내려가는 게 아니라 허공을 걸어서 절벽을 건너고 있었던 것이다.

신선은 우아하게 한발 한발 공중에 발을 떼어놓았다.

그렇게 백선은 허공답보(虛空踏步)로 남보다 앞서서 흑아를 추격할 수 있었다.

백선을 본 흑아의 눈이 휘둥그레졌다.

“흐엑! 저 영감탱이는 또 뭐야? 저렇게 빨리 쫓아오다니 큰일이다!”

백선의 놀라운 무공에 흑아는 기절초풍을 해서는 날개를 저었다.

퍼덕퍼덕~ 퍼덕퍼덕퍼덕~

그러나 아무리 결사적으로 날개를 퍼덕여도 작은 흑아의 몸으로 덩치 큰 구달비를 멀리까지 운반하기는 역부족이었다. 게다가 당문의 동정을 엿보느라 며칠 내내 제대로 먹지도 못한 흑아.

당연히 힘이 빠진다.

하지만 흑아는 여기서 구달비를 버리고 갈 수가 없었다.

친구를 두고 또다시 혼자서 도망가면 안 된다는 일념에 흑아는 비지땀을 흘리며 젖 먹던 힘까지 다 짜냈다.

그러나…….

“헥헥헥~ 에고, 더 이상 못 가겠다!”

끙끙대고 구달비를 구출해 가던 흑아는 마침내 허공에서 곤두박질치고 말았다.

흑아는 추락하면서 사방을 둘러보았다.

저 멀리 산기슭에 뚫린 자그마한 동굴의 입구가 눈에 들어온다.

흑아는 동굴을 향해서 기를 쓰고 날개를 휘저었다.

동굴 안에 도착하자마자 흑아는 구달비를 흔들어 깨웠다.

"달비야, 정신 좀 차려봐. 이제 어떻게 해야 돼? 놈들이 추격해 오고 있어. 달비야! 눈 좀 떠봐!"

그러나 구달비는 꿈쩍도 하지 않았다.

"달비야! 달비야, 눈을 떠! 느긋하게 잘 때가 아니라구!"

애타게 친구의 이름을 부르는 흑아.

녀석은 구달비의 몸을 흔들다 못해 조그만 앞발로 쥐어 팼다.

퍽 퍽 퍽!

"야! 야, 달비야! 그만 자고 일어… 엉?"

주먹질을 하던 흑아는 멈칫했다.

구달비의 상태가 이상했던 것이다.

흑아의 얼굴이 굳어졌다.

뭔가 정상이 아니라는 느낌이 든다.

흑아는 구달비의 가슴에 귀를 대보았다.

한데 아무 소리도 들리지 않았다.

"어? 시, 심장이… 안 뛰잖아?"

흑아의 목소리가 떨려 나왔다.

녀석은 허둥지둥 구달비의 옷을 헤치고 다시금 심장에 귀를 대보았다.

심장 위에 있는 칠보동보가 무지갯빛으로 반짝인다.

그런데 다른 세계에서 온 흑아한테는 그 가루가 눈에 보이지 않았다. 천면호리의 술법을 꿰뚫어 본 흑아가 이 무지갯빛 가루는 보질 못하는 것이다.

흑아의 귀가 심장 위에 닿자 무지갯빛 가루는 소리없이 녀석의 귀로 이동했다.

그리고 구달비의 몸에서 흑아한테로 옮겨간 가루는 엄청난 빛을 발했다.

버 언 쩍—

무지갯빛 가루들이 마치 이제야 찾을 것을 찾았다는 양 기쁜 듯이 아롱댄다.

인간의 몸에 옮겨졌을 때에 비해서 수십 배에 달하는 광채를 내는 가루들.

그리고 그 빛을 백선은 보았다.

반면에 흑아는 동굴을 환하게 밝히는 엄청난 광채가 났음에도 불구하고 그 빛을 전혀 보지도 느끼지도 못했다.

게다가 가루는 겉으로 드러나던 여느 때와는 달리 흑아의 피부에 나타나지 않았다. 가루는 인간과는 다른 흑아의 몸속 깊이 파고들어 가 어디론가 사라진 것이다.

이제 흑아의 검은 몸에는 무지갯빛 가루가 옮겨졌다는 그 어떤 표시도 보이지 않는다.

흑아는 가루가 자기 몸으로 이동한 줄도 모르고 구달비한테 매달렸다.

“다, 달비야……?”

떨리는 목소리는 곧 울먹이는 음성으로 바뀌었다.

“심장이… 심장이 안 뛰어… 으으… 어떻게 해야 돼? 달비야, 나 어떡해?”

안절부절못하며 어쩔 줄을 몰라 하는 흑아.

구달비의 심장에 고양이의 조그만 발이 놓여졌다.

흑아는 두 앞발로 구달비의 심장을 눌렀다.

“달비야, 심장을 다시 뛰게 해봐! 내가 도와줄게. 너도 해봐! 웃챠 웃챠~”

흑아는 이미 죽은 구달비한테 말을 걸며 발로 심장을 압박했다.

"웃챠, 웃챠! 달비야! 이대로 죽으면 안 돼!"

흑아의 애타는 외침에도 불구하고 구달비는 축 늘어진 채 꼼짝도 하질 않는다.

그래도 흑아는 포기하지 않고 열심히 심장을 눌렀다.

그러나 심장은 움직이지를 않았다.

싸늘하게 식은 구달비의 가슴팍에 뜨거운 눈물이 떨어진다.

"내가 잘못했어. 이제 다시는 배신하지 않을게, 눈을 떠! 달비야, 제발 눈을 떠! 엉엉~ 우와앙~"

친구를 버리고 도망갔던 흑아는 자책감에 펑펑 눈물을 쏟았다.

하지만 아무리 울어도 구달비는 눈을 뜨지 않았다.

흑아는 구달비가 죽었다는 사실을 받아들일 수밖에 없었다.

"엉엉~ 달비가 죽었어. 어떻게 해? 달비를 여기 두고 나 혼자 도망가야 하나?"

추격자들이 금방이라도 들이닥칠 것만 같은 불안감에 흑아는 발을 동동 굴렀다.

녀석은 동굴 밖을 내다보았다.

그 순간 흑아는 흠칫 몸을 떨었다.

절벽을 걸어서 건넌 무시무시한 신선이 하얀 점이 되어 날아오고 있었다.

*   *   *

나무 꼭대기만을 밟으며 경공을 펼치던 백선은 땅에 사뿐히 내려섰다.

그는 하얀 수염을 쓰다듬으며 중얼거렸다.

"흐음. 이곳이 분명한데? 굉장한 빛이었어. 내 평생 그런 빛은 처음이다. 대체 그 빛은 무엇이었을까?"

백선은 빛의 정체가 몹시 궁금했디.

그렇게 강렬한 광채는 화섭자 백 개를 동시에 태운들, 야명주 천 개를 모아놓은들 절대로 낼 수 없었다.

백선의 양미간이 살짝 일그러진다.

"참으로 희한한 일이로세. 그건 그렇고 신투문주가 이 근방에 내리는 것을 보았는데? 등의 날개는 어떻게 된 걸까? 기문둔갑의 일종인가? 못 보던 사이에 재주가 늘었구면."

흑아를 모르는 백선으로서는 구달비 등에 솟은 날개가 뜻밖이었다.

백선은 연신 고개를 갸웃거렸다.

그는 빛의 정체와 구달비를 찾아 주변을 샅샅이 뒤졌다.

하지만 아무리 찾아봐도 빛은커녕 빛이 났었다는 흔적조차 없고, 신투문주의 행방 또한 묘연하다.

그러던 중 백선의 예리한 눈이 한곳에 꽂혔다.

그곳은 숲이 끝나가며 나무가 듬성해진 산기슭이었다.

그 산자락은 돌이 무성했는데 지금 백선이 보고 있는 곳은 한구석에 형성된 암벽이다.

암벽 위에는 검은 도마뱀 한 마리가 달라붙어 있었다.

도마뱀은 햇빛을 쬐며 빨간 눈알을 굴리고 있는 중이다.

그러나 그 모습은 곧 눈이라도 내릴 정도로 겨울이 가까웠다는 점을 감안하자면 계절에 전혀 안 어울리는 광경이었다. 고로 저 도마뱀은 계절을 모르는 멍청한 놈이라 수일 내로 얼어 죽을 것이다.

도마뱀에 잠시 시선을 주던 백선은 아랫배 부분에 손을 모으며 지그시 눈을 감았다.

그는 내공을 있는 대로 다 끌어올렸다.

…귀가 열린다.

천지만물의 소리가 들려온다.

도마뱀과 근처에 있는 산새 몇 마리의 호흡이 느껴진다.

백선은 감았던 눈을 떴다.

그는 조금 곤혹스러운 표정이 되었다.

"크흠. 신투문주의 종적이 없다니 이상도 하군. 분명히 이 근방에 떨어졌는데 말야. 혹시 귀식대법을 펼치느라 호흡과 심장 박동이 없나? 아니면 하늘이 아니라 이번엔 나무 사이로 경공을 펼쳐서 도망가는 중인가?"

백선은 우거진 숲을 보며 잠시 궁리를 했다.

"신투문주는 서쪽에서 동쪽으로 가던 중이었는데 이젠 어느 쪽으로 갔을까? 북쪽? 남쪽? 음… 일단은 동쪽으로 먼저 가보자."

결심을 한 백선은 허공에 몸을 띄웠다.

그러나 백선은 그전에 도마뱀을 향해 지풍을 쏘았다.

핑—

"곧 겨울이라 어차피 얼어 죽을 놈이니 내가 아량을 베풀어서 빨리 죽여주마."

백선은 구달비를 찾아 사라졌다.

그의 손가락에서 발출된 지풍은 도마뱀의 몸통에 적중했다.

작은 도마뱀은 끽 소리도 못 내고 반 토막이 났다.

그러나 도마뱀은 피 한 방울 흘리지 않았다.

아니, 오히려 조각났던 몸이 하나로 다시 합쳐졌다.

도마뱀이 조그맣게 중얼거린다.

"나쁜 자식! 나는 아무것도 안 하고 가만히 있었는데 괜히 때리고 지랄이야!"

욕을 하던 도마뱀은 갑자기 깜짝 놀란 표정을 지었다.

어디선가 사람들의 대화하는 소리가 들려왔기 때문이다.

도마뱀이 허둥댄다.

"또 얻어맞기 전에 이번엔 숨어 있자."

도마뱀의 몸이 물컹거리더니만 녀석의 몸이 암벽으로 스며들었다.

이어 누군가 땅에 내려섰다.

휘리릭~

바람을 가르며 사뿐히 내려선 자는 독고강이었다.

그의 품에 안긴 독고미향이 울먹이며 말한다.

"오라버니, 달비는 정말로 죽은 걸까요? 아까 그 빛은 무지개 가루였어요."

"그래, 나도 안다. 빛이 났다는 건 칠보동보가 누군가의 몸으로 옮겨갔다는 소리지."

독고강은 여동생과 대화를 하면서 땅 위를 빠르게 살폈다.

그의 안색이 밝아졌다.

"찾았다! 누군가 방금 전에 이곳에 있었군! 일류고수다!"

백선의 흔적을 발견한 독고강.

그는 눈을 번득였다.

"이놈이 칠보동보를 가져간 거다!"

말이 끝나기가 무섭게 나무 위로 몸을 솟구치는 독고강.

저 멀리 사라져 가는 하얀 점이 시야에 들어온다.

독고강은 동생을 끌어안고 급히 그 뒤를 쫓았다.

그리고 독고 남매가 사라지자 도마뱀이 암벽 위에 나타났다.

하지만 그것도 잠시,

도마뱀은 다시금 서둘러서 몸을 숨겨야 했다. 한 떼거지의 사람들이 등장한 때문이다.

그들은 구달비를 쫓아 절벽을 내려갔던 전대 기인들과 황금장 패거리들이었다.

한데 그중 황금장의 셋째 아들인 황삼보의 모습은 꼴이 말이 아니었다.

황삼보의 얼굴은 피가 흥건하고 참혹하리만큼 퉁퉁 부어올라 있었다.

이는 독고강이 장난 아닌 장난을 한 까닭이다.

독고강은 허공답보로 절벽을 건너다가 황삼보가 절벽을 기어오르는 모습을 발견했다.

그 광경에 독고강이 즉각 머리 속으로 떠올린 것은 시건방지게 굴던 황삼보의 뺀질한 낯짝이었다.

'오라, 요 발칙한 놈! 때마침 잘 만났다!' 싶자, 독고강의 주먹은 황삼보의 뒤통수에 작렬했다.

워낙 찰나지간에 생긴 일이라 황삼보는 방어하고 어쩌고 할 틈이 없었다.

그건 주변에서 함께 기어오르던 호위무사들도 마찬가지였다.

그들은 설마 허공밖에 없는 뒤쪽에서 누가 공격을 해오리라고는 꿈에도 생각지 못했다.

결국 독고강에 의해 황삼보의 얼굴은 자동적으로 눈앞의 암벽을 강타할 수밖에 없었다. 그리고 황삼보가 절벽에 면상을 부딪치고 기절해서 떨어지는 것을 곁에 있던 호위무사가 가까스로 붙잡았다.

귀한 집안의 막내아들로 태어난 황삼보는 귀빠지고 나서 매라는 걸 처음 맞아보았다.

그의 앞니는 위아래가 몽땅 빠져 버렸고 코뼈도 부러져 버렸다.

남한테 굽히기 싫어하는 독고강 앞에서 거들먹댔던 황삼보.

그리고 이런 황삼보가 괘씸해서 한 주먹 먹이고 간 독고강.

독고강은 그의 이 행동이 후일 어떤 결과를 가져올지 전혀 예측치 못했다. 만약 이 일로 인해 자신이 피눈물을 흘리게 될 줄 미리 알았다면, 독고강은 황삼보를 살려두지 않고 차라리 깨끗하게 죽여 버렸을 것이다.

어쨌거나 독고강은 통쾌하게 웃으며 절벽 너머로 사라졌다.

"크하하하~ 아무리 비단옷을 걸치면 뭐 하나? 상판이 개떡인데!"

이런 까닭으로 졸지에 추악한 얼굴이 돼버린 황삼보.

그는 흑아가 내린 산기슭에 도착해서 이빨을 갈았다.

"내가 청부단을 그냥 내버려 두면 성을 간다! 으드득~ 커헉!"

청부단의 태상단주인 독고강을 저주하던 황삼보는 숨넘어가는 신음과 함께 오만상을 찌푸렸다.

이를 가는 바람에 송곳니가 한 개 더 빠졌기 때문이다.

잇몸이 엄청나게 쑤셔온다.

황삼보는 두 손으로 뺨을 감싸고 끙끙댔다.

이때 호위무사 중 한 명이 조심스럽게 자기 의견을 말했다.

"도련님, 제가 생각키로 청부단의 태상단주라는 놈은 이번 도둑의 일로 청부단을 폐업할 작정이기 때문에 도련님한테 이런 못된 짓을 할 수 있었던 것 같습니다. 놈은 숨어버릴 작정이니까 우리 황금장이 무섭지 않은 거지요. 그러니 앞으로 강호에서 청부단을 찾기는 어려울 듯싶습니다."

황삼보는 벌컥 역정을 냈다.

"나도 안다! 그 정도는 나도 짐작할 수 있단 말이다!"

"……"

무안해진 호위무사는 고개를 숙이고 말이 없다.

황삼보는 주위를 둘러보며 명했다.

"어서 도둑놈을 찾아라!"

이 말에 전대 기인들이 웅성거린다.

"그 이상한 빛이 여기 어디서 났었지요?"

"맞소. 분명히 이 근처였소. 그 도둑놈이 떨어져 내린 곳도 여기 어디요. 그리고 청부단의 태상단주도 이 근방에 내렸다가 다시 다른 곳으로 갔소이다."

"기다려 보시오. 내가 천이통으로 들어볼 테니."

한 기인이 가부좌를 틀고 앉는다.

그에 뒤질세라 여기저기서 쭈구리고 앉아 제각기 천이통을 시전한다.

…호흡을 가다듬고 고요하게 귀를 기울이는 기인들.

많은 소리가 들린다.

나무에 앉아 있는 산새의 숨소리, 작은 벌레들의 움직임 소리.

그러나 인간의 것으로 추정되는 심장 박동은 없다.

이에 모두는 실망한 기색이 되었다.

"아무도 없구만."

"참 이상도 하군. 귀식대법을 쓰고 있나?"

사람들은 구달비가 귀식대법은커녕 아예 죽어버렸다는 사실을 몰랐다.

이때 한 기인이 벌떡 일어나며 말했다.

"나는 아무래도 먼저 간 사람들을 쫓아야겠소이다!"

그자는 말을 끝내기가 무섭게 독고강이 사라진 곳을 향해 몸을 날렸다.

그러자 나머지 사람들이 분분히 뒤를 따른다.

황혼이 내려앉은 후 어둑해질 무렵.

산기슭의 암벽 위에는 예의 그 도마뱀이 모습을 나타냈다.

녀석은 붉은 눈알을 굴리며 사방을 훑어봤다.

도마뱀이 중얼거린다.

"이젠 더 이상 아무도 안 오겠지?"

스스로의 말에 확신을 하듯 조그만 머리를 끄덕이는 도마뱀.

녀석의 몸이 스르르 암벽 속으로 흡수되었다.

이어 암벽은 엿처럼 녹아내렸다.

그것은 꾸덕꾸덕 뭉쳐서 한 마리 검은 고양이의 모습으로 변신했다.

그리고 암벽이 사라지자 나타나는 동굴.

고양이는 동굴로 쏜살같이 뛰어들어 갔다.

"달비야!"

흑아는 구달비한테 엉겨붙어 친구의 이름을 애타게 불렀다.

그러나 시신이 된 구달비는 말이 없다.

"다 내 탓이야. 내가 진작에 당문에서 달비를 구했으면 이런 일이 없었을 텐데. 엉엉~"

흑아는 울기 시작했다.

녀석은 당문에 이미 오래전에 도착했었다.

그러나 흑아는 겁이 나서 조제실 안으로는 침입을 못하고 그 주위만 맴돌았다.

그러던 녀석은 독고미향이 구달비를 빼내는 것을 보고 그 뒤를 쫓았다.

연후 싸움이 벌어지자 흑아는 까마귀로 변해서 하늘에서 기회만 엿보고 있었다. 그런데 이제 구달비의 시체를 앞두고 왜 자기는 용기가 없었나 하는 후회만이 가슴속에 남는다.

흑아는 슬피 울었다.

"으아아앙~ 내가 달비를 죽였어. 엉엉~"

흑아는 마냥 울었다.

한 시진이 지나고 두 시진이 지났다.

흐느끼던 울음소리가 차츰 작아진다.

녀석은 구달비의 가슴팍에 올라앉아 친구의 얼굴을 물끄러미 내려다
보았다.

동그란 눈을 아무리 크게 뜨고 쳐다보아도 친구는 말이 없다.

"달비야……."

대답이 없을 줄 알면서도 불러보는 흑아.

목이 메인다.

"키힝……."

흑아는 구달비의 활짝 웃는 얼굴을 다시 한 번 볼 수 있다면 그와 같이
죽어도 여한이 없을 것만 같았다.

흑아는 구달비의 가슴에 머리를 묻었다.

여느 때와 같은 온기 대신 시체의 서늘한 냉기가 느껴진다.

그래도 흑아는 구달비의 가슴팍을 떠나지 않았다.

한참을 그렇게 있던 흑아는 잠이 들었다.

그런데 구달비와 만년인형삼왕을 반씩 나눠 먹은 흑아는 꿈을 꾸었다.

흑아의 눈앞에 붉은 옷을 입은 조그만 사람의 형태가 보인다.

한 명의 홍의(紅衣)동자가 심술궂은 얼굴로 우두커니 앉아 있다.

이때 어떤 여자 아이의 목소리가 들려왔다.

앙칼지고 차가운 음성이다.

"그러게 내가 진작에 손을 잡자고 했지? 이자가 죽었으니 네 반쪽의

영성(靈性)이 가까이 온 지금이 마지막 기회다. 자, 어찌할 테냐?"

"……."

동자는 말이 없다.

그러나 녀석의 표정은 사뭇 심각해졌다.

계집애가 다시 재촉한다.

"나는 이자를 끓는 물 속에서 지킨 터라 더 이상 힘이 없다! 네가 더 지체하면 나는 이자를 살려낼 능력이 없어져!"

"……."

꾸물거리며 고민을 하는 동자.

마침내 녀석은 슬그머니 손을 내밀었다.

그러자 어디선가 나타난 푸른 저고리에 감싸인 손이 동자의 손을 잡는다.

그렇게 청의동녀와 홍의동자의 손이 맞닿은 순간!

우주의 진리가 파동 친다.

옴—

그리고…….

두 근!

갑자기 구달비의 심장이 뛰었다.

두근, 두근, 두근, 두근…….

죽은 사람도 살린다는 공청석유.

효자 당문주가 자신의 아버지가 죽었을 때 쓰려고 했던 공청석유.

그 공청석유는 지금 엄청난 힘을 발휘하고 있었다.

공청석유는 만년인형삼왕과 합세해 구달비의 심장을 두드리며 세맥을 통해 세포 하나하나에 퍼져 갔다.

새 역사가 창조된다.

심장에서 뿜어져 나온 영약의 힘은 힘차게 전신을 강타했다.

뜨거운 물에 익었던 죽은 살점이 쩍쩍 갈라지기 시작했다.

그 밑에서는 뽀얀 새살이 돋아나고 있었다.

삶아졌던 고깃덩이가 몸에서 떨어져 갔다.

투두둑 투둑~

더불어 구달비의 민둥 머리에 새 머리카락이 자라났다.

흑아는 친구가 되살아난 줄 모른 채 정신없이 자고 있다.

그간 당문의 상공을 배회하느라 쌓인 피곤은 흑아를 세상모르고 곯아 떨어지게 했다.

구달비는 아직 의식이 안 돌아온 상태다.

그런데 그의 몸이 점점 위로 떠올랐다.

한 치, 두 치…….

그리고 갑자기 구달비의 몸에서 찬란한 서기가 뻗어 나왔다.

동굴 안이 빛으로 환해졌다.

서기에 싸인 구달비는 허공에서 한 바퀴 천천히 회전했다.

그 바람에 구달비의 가슴팍에 엎드려 있던 흑아는 땅으로 굴러 떨어졌다.

"켁!"

나동그라진 흑아는 깜짝 놀라서 잠이 깼다.

일순 녀석의 눈이 휘둥그레지더니 곧 그 눈엔 눈물이 그렁해졌다.

"달비야!"

친구의 이름을 외치며 환호하는 흑아.

흑아는 구달비가 살아났다는 사실을 알았다.

어떻게 해서 다시 심장이 뛰게 되었는지는 모르지만 하여간 친구는 죽음으로부터 벗어났다.

흑아는 정신없이 소리쳤다.

"달비가 살아났다! 달비가 살아났어! 만세~ 달비가 살아났다!"

기쁨에 겨워 깡충깡충 뛰는 흑아.

그런데 동굴 앞에 사람의 그림자가 생겼다.

백선이었다.

그는 이 근방을 지나다가 동굴 밖으로 뻗어 나오는 광채를 발견하고 날아 내린 것이다.

백선은 동굴 속을 엿보았다.

동굴 안에는 온몸에서 빛을 내는 신투문주가 가부좌를 튼 채 공중에 떠 있었다.

그리고 그 밑에는 검은 고양이 한 마리가 벌떡 일어서서 두 앞발을 쳐들고 춤을 추고 있었다.

정녕 기이한 광경이었다.

그러나 백선은 그따위 일에 신경을 쓰고 싶지 않았다.

단지 신투문주를 찾아낸 것만으로 만족해하는 백선.

그는 이마에 맺힌 땀방울을 소매로 찍었다.

몹시 피곤했다.

'죽일 놈의 독고강!'

독고강한테 추격을 당하자 깜짝 놀란 백선은 죽을힘을 다해서 도망쳤다.

그러나 결국엔 잡혀서 옷을 홀라당 다 벗기는 수모를 당했다.

옆에선 독고미향이 하늘만 쳐다보며 오라비의 만행을 방관하고 있었다.

독고강은 백선의 몸에서 무엇인가를 찾고 있었다.

무엇을 찾는지는 모르지만, 하여간 그것을 백선이 가지고 있지 않다고 판단하자 독고강은 단 한 마디의 사과도 없이 자리를 떴다.

백선은 독고강이 찾는 게 뭔지 전혀 궁금하지 않았다.

다만 그는 독고미향 앞에서 벌거숭이가 되었다는 점이 못내 창피했다.

더불어 그는 독고강의 놀라운 무공에 다시 한 번 이를 갈았다.

항상 느끼는 거지만 독고강 앞에만 서면 고양이 앞의 쥐처럼 맥을 못 춘다. 아마도 예전에 진탕 얻어맞은 적이 있어서 그런 걸 게다.

백선은 동굴에서 조금 떨어진 나무 밑에 앉았다.

그는 품에서 폭죽을 꺼내더니 캄캄한 밤하늘에 쏘아 올렸다.

퍼엉!

잠시 시간이 흐르자 백선 앞에 복면인이 나타났다.

수하인 일호다.

백선이 묻는다.

"흑선은?"

"성(城)으로 귀환하셨습니다."

"흐음."

백선은 고개를 끄덕였다.

그 모습에 일호는 머뭇거리다가 어렵사리 입을 열었다.

"저어… 그분은 독고 소저의 일로 충격을 많이 받으신 것 같았습니다."

"……."

백선은 아무 말 없이 일호를 노려보았다.

'건방지게 어느 안전에서 네 따위가 감히 의견을 고하느냐?' 라는 그 눈초리에 일호는 찔끔했다.

일호는 서둘러 허리를 굽혔다.

"죄송합니다."

"……."

잠시 침묵하던 백선이 조용히 명했다.

"저 동굴 속에는 신투문주가 있다. 지금부터 나는 휴식을 취할 테니 누구도 침입을 못하게 동굴과 이 둘레에 진을 설치해라."

"예!"

일호는 품에서 기묘하게 생긴 작은 깃발 여러 개를 꺼내서 땅에 꽂기 시작했다.

그러자 주변의 경물이 희미하게 바뀌며 전혀 다른 지형이 나타난다.

*　　　*　　　*

백선은 조용히 앉아 호흡을 가라앉혔다.

두어 시진 정도 그러고 있을 때 전음이 들려왔다.

나무 꼭대기에서 망을 보고 있던 수하 일호였다.

『보고 드립니다. 진을 뚫고 통과하는 자가 있습니다.』

"……!"

백선의 눈이 번쩍 떠졌다.

혹시 독고강이 나타났나 해서 심장이 철렁해진 백선.

그는 다급히 물었다.

『그자가 누구냐?』

『토끼 한 마리와 포두 한 명입니다.』

일호의 대답에 백선은 어리둥절해졌다.

『토끼? 포두?』

『예. 저 포두는 토끼포두라고 불리는 자인데, 애완동물로 데리고 다니는 토끼를 앞세워 진을 통과하고 있습니다.』

백선은 당최 이해가 안 갔다.

『허? 저 진이 어떤 진인데 일개 포두 따위가 깰 수 있단 말이냐?』

『포두는 토끼의 뒤를 따라가고 있을 뿐입니다. 그걸로 보아 진을 격파하는 능력을 가진 자는 포두가 아니라 토끼로 추정됩니다. 저 토끼는 본능이나 아니면 무슨 특별한 능력에 의해서 진 속의 생문(生門)을 찾아가고 있는 것 같습니다.』

"……!"

백선은 자리에서 벌떡 일어났다.

저 진 속에 갇히면 사람이고 동물이고 할 것 없이 죄다 방향 감각을 잃고 헤매야 정상이다. 그런데 저 토끼는 대체 뭐란 말인가? 진을 격파한다는 토끼를 눈으로 확인해 봐야겠다.

백선은 일호가 있는 나무 위로 도약했다.

밑을 내려다보니 일호의 말대로 하얀 토끼 한 마리와 중년 사내 하나가 진의 생문만을 따라서 동굴로 다가서고 있었다.

일호가 곁에서 설명한다.

『저 토끼는 한번 맡은 냄새는 평생 잊지 않기로 유명한 토끼입니다. 일전에 죽은 황금장주의 방에서 신투문주의 냄새를 맡고 여기까지 쫓아온 듯싶습니다.』

『흠…….』

『토끼의 주인인 포두는 하남성주의 지시로 황금장 도둑인 신투문주를 체포하려는 걸 겁니다. 어떻게 할까요?』

일호가 묻는다, '포두와 토끼를 죽일까요? 살릴까요?' 라고.

백선은 아무 말 없이 백염을 쓰다듬었다.

그는 낮에 무지갯빛의 엄청난 광채를 보고 이곳에 당도했었을 당시의 상황을 떠올렸다.

생각해 보니 그때 저 동굴은 이곳에 없었다.

한데 지금은 동굴이 뻥하니 입을 벌리고 있다.

기억하기론 분명히 그 자리는 암벽뿐이었고 그 위엔 도마뱀 한 마리만이 붙어 있었다.

박쥐의 날개. 사라진 암벽. 사람처럼 춤을 추는 검은 고양이.

이해가 안 가는 면이 많다.

그리고 이제는 진을 뚫는 희한한 동물까지 등장했다.

백선은 느릿하게 말했다.

『흠… 좀 더 지켜보지.』

『예!』

백선과 일호는 밑에서 벌어지는 광경에 시선을 두었다.

그곳에는 하얀 토끼 한 마리가 진 사이를 깡총거리며 뛰고 있었고 중년의 포두는 행여 토끼를 놓칠세라 열심히 뒤를 쫓고 있는 중이었다.

마침내 흰 토끼 백아는 동굴 앞에 멈춰 섰다.

다시 한 번 냄새를 맡아보는 백아.

"킁킁?"

30년 전에 익숙했던 냄새가 아련히 풍겨난다.

하지만 그 냄새는 황금장주의 방에서보다는 많이 희미해져 있었다.

백아의 눈이 사르르 감겼다.

'이 냄새는 그자의 냄새.'

그렇다. 이 그리운 냄새는 그자의 냄새였다.

그자를 처음 만난 건 지금으로부터 30년 전의 어느 봄날 밤.

그날 밤은 봄인데도 불구하고 무척 더웠다.

백아는 활불국 궁전의 자기 방에서 잠을 자다가 더워서 깼다.

눈을 비비고 일어나 보니 옆에서 부채질을 해주고 있어야 할 시녀는 침까지 흘리며 곯아떨어져 있다.

그 꼴을 본 백아는 '이년을 발로 걷어차, 말아?' 하고 잠시 고민하다가 북쪽 방으로 잠자리를 옮겼다.

제일 시원한 방인 북쪽 방. 그 방은 활불국의 옥새가 보관되어 있는 방이기도 하다.

그러나 북쪽 방에 들어서던 백아는 눈이 휘둥그레졌다. 방 안에 있는 옥새 함의 한구석이 뜯겨져 있었던 것이다.

놀라는 백아 앞에 검은 그림자가 하나 나타났다.

전신을 검은 잠행복으로 감싸고 얼굴엔 검은 복면을 한 자였다.

백아는 깜짝 놀랐다.

하나 녀석은 갑자기 유령처럼 나타난 그자보다는 그가 손에 들고 있는 단도 때문에 더 놀랐다.

단도에서 뿜어 나오는 무시무시한 기운.

그 기운으로 보아 단도 모양을 한 저 물체는 괴중괴(怪中怪)의 뿔이 분명했다.

백아가 살던 세계에서 가장 무서운 존재인 괴중괴.

대체 괴중괴의 뿔을 누가 잘라낼 수 있었으며, 저것이 어떻게 이 세계에 와 있는지 모르겠다.

백아가 이렇게 깜짝 놀라 하는 중에도 괴중괴의 뿔은 끔찍한 기운을 꾸역꾸역 토해냈다.

두려웠다.

백아는 도망쳐야 할지 말아야 할지 고민했다.

그러나 이자가 어떻게 괴중괴의 뿔을 손에 넣었는지가 알고 싶었다.

그때 전음이 들려왔다.

『네가 백아로구나. 그러잖아도 여기 일이 끝나면 네 방으로 가려고 했는데, 잘 만났다.』

백아는 이 복면인이 자기한테 무슨 용무가 있는지 궁금해졌다.

백아가 한 발짝 앞으로 다가서자 복면인은 백아가 나타나는 바람에 중지했던 작업을 마저 하기 시작했다.

복면인이 파손된 옥새 함에 다가서더니 괴중괴의 뿔로 함을 마저 부순다.

만년한철로 만든 함이 두부같이 으깨졌다.

그런데 복면인은 말하는 걸 좋아하는지 옥새를 훔쳐 내는 과정에서 쉬지 않고 입을 놀렸다.

『백아야, 나를 따라가지 않을래? 중원에 너를 기다리는 분이 계시단다. 일인지하(一人之下) 만인지상(萬人之上)인 그분께 가면 너는 여기서보다 훨씬 호강할 수가 있지. 나는 활불국의 옥새와 너를 데려오라는 명을 받고 왔어. 근데 나는 물건만 훔쳐 봤지 누구를 납치해 보는 건 처음이라서 네 의향을 먼저 물어보는 거야. 만약 네가 가기 싫다면… 흠 그건 좀 곤란하군. 어차! 이제 됐다! 이게 활불국의 옥새로구나. 호오~ 생각보다 훨씬 멋진데?』

백아는 옥새를 꺼내 드는 복면인을 물끄러미 바라보았다.

저 옥새는 특수한 독이 묻혀진지라 해독약을 복용한 활불과 독에 영향을 안 받는 자기만 만질 수가 있다.

이제 저자는 독으로 범벅된 옥새에 손을 댔으니 한 호흡도 채 쉬기 전에 죽으리라.

한데 그렇지가 않았다.

복면인은 죽기는커녕 마치 옥새가 자기 물건이라도 되는 양 태연하게 비단 주머니에 넣어 품에 간직했던 것이다.

백아는 놀랐다.

활불국의 일류무사들이 둘러싸고 있는 이 안까지 소리없이 잠입한 걸로 보아 복면인은 엄청나게 강한 놈이었다.

그런데 저놈이 옥새의 독에까지 무사할 줄은 정녕코 몰랐다.

옥새를 훔친 복면인이 묻는다.

『어떠냐, 백아야? 나랑 가지 않을래?』

괴중괴의 뿔을 가진 자가 손을 내민다.

그러잖아도 따분했던 활불국의 생활.

백아는 냉큼 고개를 끄덕였다.

그로부터 백아와 복면인과의 중원행 여행이 시작됐다.

여행은 즐거웠다.

복면인은 자신이 신투문주라고 했다.

신투문주는 20대의 젊은이로 아는 게 아주 많은 정말 박식한 사내였다.

더불어 그는 수다 떠는 걸 즐기는지라 백아한테 많은 지식을 쉴 새 없이 들려주었다.

그러나 그 즐거움은 경공을 펼치던 신투문주가 갑작스레 땅에 곤두박질치면서 끝이 났다. 옥새에 묻어 있던 독이 뒤늦게 발작했던 것이다.

아마도 신투문주는 거의 만독불침에 이르렀던 상태라 활불국 궁전의 북쪽 방에서 처음 독이 묻었을 시 온전했던 것 같다.

어쨌거나 죽어가는 신투문주 앞에서 백아는 적이 당황했다.

신투문주는 이 세계로 온 후 처음으로 마음에 드는 사람이었다.

백아는 신투문주를 살리려고 도움을 청하러 나섰다.

그래서 시작된 또 하나의 인연이 지금의 토끼포두 정현풍이다.

백아는 눈을 뜨고 슬며시 뒤를 돌아보았다.

정현풍이 바짝 긴장한 얼굴로 자기를 쳐다본다.

백아의 분홍빛 입가에 미소가 스쳐 지나갔다.

내 친구 현풍이.

정현풍한테는 내가 인생의 낙이요, 삶의 보람이다.

그는 꼽추 만수추군과는 천양지차로 달랐다.

만수추군이 나를 볼 때의 눈.

그 시선은 항상 아련히 먼 곳을 향해 있었다.

만수추군은 나를 보며 언제나 서장미녀를 그리워했던 것이다.

그리고 그 눈초리 때문에 나는 언제나 자존심이 상했었다.

참아보려고 했으나 아불리가(아프리카)를 떠나 서장미녀의 집에 가까워질수록 기분이 더욱 나빠졌다.

그러던 차에 활불국의 시종장이 궁전에서 살자며 손을 내밀었다.

그래서 나는 뒤도 안 돌아보고 신발을 바꿔 신었다.

울부짖는 만수추군.

그래도 난 양심의 가책 같은 건 느끼지 않았다. 나는 누군가에게 있어 최고의 의미가 되고 싶지 결코 남의 대타로는 살아갈 수 없었기 때문이다.

나는 만수추군의 손에서 벗어나 궁전에 남기를 백번 잘했다고 생각했다.

그러나 궁전의 나날은 몹시 지루했다.

처음엔 풍족한 생활이 기뻤으나 날이 갈수록 따분해졌던 것이다.

그때 홀연히 나타난 신투문주.

당연히 신투문주를 따라서 활불국을 등졌다.

뭐? 그래도 그간 궁전에서 잘 먹고 잘살았으니 보답으로라도 활불국의 옥새를 지켜야 했잖냐고?

…그따위 거 내가 알 게 뭐냐.

어쨌거나 소년 시절의 정현풍을 만났고 나는 지금 행복하다.

만약 신투문주를 따라 중원의 그 뭐 어쩌구라는 놈한테 가봤었자 활불국 궁전과 마찬가지로 따분했을 거 같다.

정현풍. 애는 정말 나를 끔찍하게 위해준다.

내가 선택을 잘했지. 큭큭큭…….

흡족한 미소를 머금던 백아는 동굴로 시선을 돌렸다.

저 안에는 신투문주의 아들놈이 있다.

황금장주의 방에서 맡은 도둑의 냄새 속에 신투문주 냄새가 오랜 세월에 걸쳐 깊이 스며 있을 때부터 도둑이 신투문주의 지인(知人)이나 친척쯤 되리라고 짐작은 했었지만, 도둑이 신투문주의 아들이란 건 정주의 음식점에서 녀석의 얼굴을 처음 봤을 때 확신했다. 도둑의 입매는 신투문주의 수다깨나 떨게 생긴 입과 똑같았던 것이다.

백아는 고민스러웠다.

여러 번에 걸쳐 우연히 스쳐 가는 길인 양 도둑을 만나보니 녀석은 아비에 비해서 무공을 비롯한 모든 게 현저히 떨어졌다.

대체 신투문주가 왜 아들을 저렇게 덜떨어지게 키웠는지 모르겠다.

하지만 현명한 신투문주이니만큼 반드시 뭔가 이유가 있겠지.

어쨌거나 신투문주의 아들은 체포하고 싶지 않았다.

그래서 차일피일 시간을 끌며 이리지리 돌아다니니 막판엔 정현풍이 눈치를 채고 다그친다.

정현풍과 신투문주와의 옛정 중에서 택일을 해야 했다.

결국 마음을 다잡고 여기까지 추격해 왔다.

이젠 신투문주의 아들을 체포하는 일만 남았다.

그런데 문제는!

백아는 코를 들어 냄새를 맡았다.

"킁킁?"

몇 달 전부터 신투문주의 아들과 함께 어우러져 있는 냄새.

이 냄새는 분명히 흑룡(黑龍)의 냄새다.

그런데 냄새로 미루어보아 흑룡은 성체(成體)가 아닌 아직 새끼다.

백아가 살던 세계에서 흉포하기로는 괴중괴(怪中怪) 다음가는 흑룡.

모든 동물이 다 그렇겠지만 특히 흑룡은 자기 새끼라면 죽고 못사는 동물이다. 흑룡은 800살이나 돼야 새끼를, 그것도 단 한 마리만 낳기 때문이다.

흑룡은 덩치가 사람 키의 20배에 달하지만 막 태어난 새끼는 겨우 손바닥만한 크기에 불과하다. 그래서 흑룡은 배에 있는 주머니에 새끼를 넣어 키운다.

한데 어미의 배 주머니 안에 있어야 할 흑룡의 새끼가 대관절 왜 이 세계에 와 있는지 도무지 알 수가 없다.

백아는 다시 한 번 조심스럽게 냄새를 맡아보았다.

"킁? 킁킁?"

어미 흑룡의 냄새는 흔적조차 없다.

아마도 새끼는 어미와 떨어진 지 꽤 오래되었나 보다.

그렇다면 어미는 어디에 있을까?

이 인간 세계에 있을까, 아니면 다른 세계에 있을까?

죽었을까, 살았을까?

만약 어미가 살아 있다면 잃어버린 새끼를 찾아 미친 듯이 날뛰고 있을 게 틀림없다.

저 흉포한 흑룡이 발악을 한다니 상상만으로도 끔찍하다.

만약 어미 흑룡이 새끼와 함께 있다면 백아는 뒤도 돌아보지 말고 도망쳐야 할 터.

그러나 어미 흑룡은 다행히도 이곳에 없다.

어미 흑룡으로부터 안전하다는 판단이 들자 백아는 동굴로 들어섰다.

뒤에는 토끼포두 정현풍이 검을 뽑아 들고 따른다.

第五章

두 영물의 대결

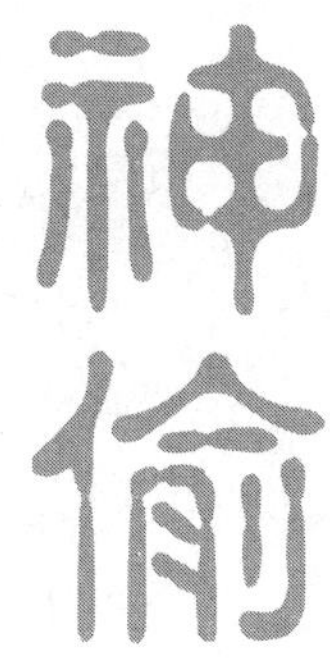

토끼가 동굴로 들어서니 검은 고양이 한 마리가 눈이 휘둥그레져서는 침입자를 쳐다본다.

그런 흑아를 보며 백아는 웃음이 터져 나올 것만 같았다.

겨우 고양이 크기의 흑룡.

성체가 아닌 줄은 익히 짐작했었지만 눈앞의 이 흑룡 새끼는 어려도 아직 한참 어린 새끼였다.

한데 흑룡의 새끼는 이 세계의 동물이 아닌 백아를 보고 뭔가 묘한 느낌을 받았다. 용과 뿔토끼가 같은 종족은 아니었건만 그래도 녀석은 뿔토끼로부터 일종의 동질감 비슷한 그 무엇인가를 느꼈던 것이다.

고양이 녀석은 호기심 어린 표정으로 주춤거리며 다가섰다.

그러나 그 발걸음은 우뚝 멈추어졌다. 토끼의 뒤를 따라 포두 복장을 한 중년인이 들어선 까닭이다.

더욱이 포두는 검까지 빼 든 상태.

흑아는 뒷골이 쭈뼛 섰다.

'적이다!'

흑아는 불안한 눈으로 토끼를 바라보았다.

아니나 다를까? 토끼 역시 두 눈에 적의를 가득 담고 노려보고 있는 중이다.

흑룡의 새끼인 흑아는 토끼가 왜 저렇게 살벌한 눈빛을 하고 있는지 이해할 수가 없었다.

그러나 백아한테는 충분한 연유가 있었다.

백아가 살던 세계는 온갖 괴물이 득시글거렸다. 그리고 이 세계에서 토끼란 동물이 약자이듯, 백아가 살던 세계에서도 뿔토끼는 아주 약한 동물에 속했다.

그래서 백아의 세계에서 작은 동물들은 기회가 있을 때마다 큰 동물의 새끼를 잡아먹는다. 큰 동물의 번식을 막기 위해서.

지금 흑룡의 새끼를 눈앞에 둔 백아.

오랫동안 잊어왔던 본능이 부르짖는다.

'저 큰 동물의 새끼를 당장 죽여라!'

'어서 죽여! 죽여어어어어어어!'

토끼의 붉은 눈알에 섬뜩한 살기가 돌았다.

사실 흑룡은 이빨 사이에 낄까 봐 뿔토끼 따위는 간식으로도 먹지 않았지만 백아는 큰 동물이 무조건 미웠다.

아직 흑룡의 새끼는 죽여본 적이 없는 백아. 그래도 저 정도의 크기라면 우습다.

뿔토끼는 고양이한테서 눈을 떼지 않으며 머리에 쓰고 있던 고깔을 벗어 들었다.

그러자 가려져 있던 뿔이 적나라하게 드러난다.

그 날카로운 뿔에 흑아는 깜짝 놀랐다. 뿔이 무서운 게 아니라 뿔 달린 토끼를 처음 본 까닭이다.

후다닥 물러서는 고양이.

이어 녀석은 급히 뒤를 돌아보았다.

구달비가 허공에 뜬 채 운기조식을 하고 있는 게 보인다.

저럴 때 건드리면 죽음뿐이다.

'달비를 보호해야 해!'

흑아는 독니를 드러내고 외쳤다.

"가까이 오면 물어 죽일 테다! 내 이빨엔 독이 있다구!"

포두가 움찔 멈춰 서는 게 눈에 들어온다.

그러나 포두의 일행인 뿔토끼는 코웃음을 쳤다.

"쿵!"

백아는 정현풍을 향해 뒷발로 땅을 굴렀다.

쿵쿵!

따라오지 말라는 신호다.

토끼포두 정현풍은 그 신호를 즉각 알아듣고 몸을 사렸다.

정현풍이 안전하다고 생각하자 백아는 본격적으로 싸울 태세를 취했다.

뿔토끼는 뿔이 달린 이마를 앞으로 곧추세우며 두 귀를 옆으로 펼쳐서 흔들었다.

커다란 귀에서 바람 소리가 난다.

부웅 붕~

토끼의 몸이 점점 위로 떠오른다.

흑아는 당혹스러웠다.

도대체 저 토끼가 뭘 믿고 저러나 모르겠다.

흑아는 입을 삐죽였다.

"그 정도는 나도 할 수 있어! 에잇!"

흑아의 앞발이 박쥐 날개로 변화되었다.

그때였다.

백아가 쏜살같이 덤벼들었다.

실로 번개와도 같은 몸놀림이었다.

푸 욱—

둔탁한 소음이 나며 흑아의 몸이 뻥 뚫렸다.

뒤에서 보고 있던 정현풍이 신이 나서 외친다.

"잘한다, 백아!"

그러나 응원하던 정현풍의 입이 딱 벌어졌다.

"헉!"

몸이 관통된 고양이박쥐 괴물.

괴물은 분명 몸통 가운데 커다란 구멍이 휑하니 뚫어졌음에도 불구하고 피 한 방울 흘리지 않았다.

고양이를 관통한 토끼는 두 발로 동굴 벽을 찼다.

팍!

돌 가루를 튀기며 다시 공격하는 백아.

이때 동굴 밖에서는 백선이 두 영물의 싸움을 흥미진진하게 주시하고 있었다.

백선은 흑아와 백아를 보면서 마냥 신기해했다.

'호오! 저렇게 희한한 동물들이 다 있을 수가! 참으로 놀랍구먼!'

그런데 백선은 뿔토끼를 보면서 고개를 갸우뚱거렸다.

뭔가가 기억이 날 듯 말 듯하다.

백선은 머리 속을 더듬었다.

이윽고 그의 얼굴에 즐거워하는 빛이 떠올랐다.

백선은 나직이 웃었다.

"맞아! 저 뿔토끼는 활불국의 토끼였다! 오래전에 신투문주가 가져오기로 했던 토끼. 헌데 신투문주는 빈손으로 왔지. 이제야 저 뿔토끼에 대한 기억이 나는군. 흐흐… 흐흐흐흐……."

옆에서 듣고 있던 일호는 소름이 오싹 끼쳤다.

저 음흉한 웃음소리로 보아 백선은 또 무슨 사악한 일을 꾸밀 기색이다.

그사이 동굴 속에서는 치열한 싸움이 계속되고 있었다.

토끼는 고양이의 몸을 다시 한 번 관통했다.

그러나 고양이괴물은 당하고만 있지는 않았다.

녀석은 목을 늘여 순식간에 토끼의 뒷다리를 물었다.

흑룡의 독니에서 나온 맹독이 살 속 깊숙이 스며든다.

"키약!"

토끼가 괴음을 토하며 파르르 떤다.

깜짝 놀란 정현풍은 비명을 질렀다.

"안 돼!"

토끼의 뒷다리를 문 흑아의 눈에 희열감이 돌았다.

그러나 그것도 잠시.

흑아는 몹시 당황했다.

토끼가 흑수(黑水)로 변하기는커녕 기운차게 몸을 털었기 때문이다.

흑아는 토끼의 몸에서 재빨리 떨어져 나왔다.

세상에서 제일 독한 독에도 꿈쩍 안 하다니 이런 놈은 처음이다.

흑아는 당장에 간이 콩알만해졌다.

"뭐, 뭐야 이 토끼는? 괴물이잖아?!"

성체가 아닌 어린 새끼에 불과한 흑아는 독이 안 통하자 당혹감에 젖어 어찔 줄을 몰라 했다.

녀석은 도망가고 싶었다.

그러나 친구인 구달비를 버리고 갈 순 없거니와 토끼와 포두가 동굴 입구를 막고 있는 터라 도망갈래야 갈 수도 없다.

흑아는 구달비한테 다급히 외쳤다.

"야, 달비야! 그놈의 무공 연습 좀 빨리 끝내! 너 내 말 들리지? 지금 하는 거 빨리 끝내란 말야!"

그러나 소리가 안 들리는지 구달비는 아무 반응이 없다.

고양이박쥐 괴물은 날개를 퍼덕이며 허둥댔다.

토끼가 머리를 돌려 뒷다리를 핥는다.

그러자 상처가 났던 부위가 신속하게 아물었다.

그 모양새에 흑아의 눈이 튀어나올 듯 부릅떠진 건 당연한 일.

녀석은 단박에 울상이 됐다.

반면 백아는 자신감에 찼다.

뿔토끼는 독에 대한 면역성과 상처 치유 능력을 가지고 있다.

만약 그마저 없었다면 괴물이 가득한 세계에서 약하디약한 뿔토끼 종족은 이미 오래전에 멸종되었을 게다.

백아는 살기가 번들거리는 눈으로 흑아를 노려보았다.

흑아는 와락 소름이 끼쳤다.

그러나 이대로 당할 수는 없다.

구달비를 지킨다기보다는 이젠 자기가 살기 위해서라도 저 토끼를 어떻게 해서든지 죽여야 한다.

백아가 공중으로 날아올랐다.

동시에 흑아도 토끼를 향해서 덤벼들었다.

두 마리의 영물이 엉켜서 뒹군다.

"삐이! 삐이!"

"끼이이이이이이이이이이—"

두 영물은 기성을 토하며 있는 힘을 다해서 치고 받았다.

마치 원수인 양 죽기 살기로 싸우는 흑아와 백아.

그 소란에 구달비는 의식이 돌아왔다.

'어? 이건 흑아의 목소리? 흑아! 흑아가 돌아왔구나!'

반가움에 가슴이 진탕된다.

그러나 운기조식 중이라 눈을 뜰 수 없는 구달비.

그는 귀를 기울였다.

흑아의 목소리와 함께 누군가 남자의 음성이 들린다.

"잘한다, 백아! 우리 백아 이겨라!"

"이놈의 토끼! 죽어랏! 끼이이이이이~"

구달비는 정신이 번쩍 들었다.

'백아? 토끼? 헉!'

토끼포두가 데리고 있던 흰 토끼.

구달비는 다급해졌다.

어찌 된 일인지는 모르지만 좌우지간 자신은 곰국 신세에서 벗어났고 흑아가 곁에 있다.

한데 흑아는 토끼포두의 토끼와 싸우고 있다.

그러나 소리로 들어보니 독이 있는 흑아가 우세하기는커녕 백중지세인 것 같다.

구달비는 자신의 몸 상태를 느껴보았다.

무엇인가 엄청난 기운이 온몸의 구석구석을 기운차게 누비고 있는 중이었다. 그 기운은 마치 살아 있기라도 하는 양 스스로가 제 갈 곳을 알아서 찾아다니고 있었다.

구달비는 그 기운이 가는 내로 몸을 맡겼다.

'아아! 전신에서 힘이 넘쳐난다! 조금만! 조금만 더 있으면 태산이라 도 움직일 수 있을 것 같다!'

흑아는 온몸을 검은 밧줄로 만들어서 토끼를 칭칭 옭아맸다.

그리고 녀석은 있는 대로 힘을 줘서 토끼를 바짝 조였다.

토끼의 뼈를 우드득 부러뜨리려는 흑아.

그러나 아직 새끼에 불과한 흑아의 조이는 힘은 강철 같은 뼈를 지닌 뿔토끼를 상대하기엔 너무도 미약했다.

백아는 머리를 숙여 흑룡을 힘껏 물었다.

토끼의 이빨에 물린 흑아가 비명을 지른다.

"으악!"

토끼는 두 앞발로 검은 밧줄을 움켜잡고 잘근잘근 씹었다.

흑아는 몸을 뒤틀며 비명을 질렀다.

"끼아아아아아아아~"

흰 토끼를 둘둘 감고 있던 검은 밧줄이 화닥닥 풀어지더니 토끼를 마 구 두들긴다.

퍽퍽퍽퍽!

그러나 토끼는 전혀 아무렇지도 않아 하며 씹는 데만 열중했다.

붉은 눈알을 번들거리며 질겅질겅 입을 우물거리는 백아.

토끼포두 정현풍은 몸을 떨었다.

저렇게 무서운 백아는 처음 본다.

흑아의 눈에서 기어코 눈물이 흘렀다.

"으앙~ 아파! 아프단 말야! 흐아앙~ 엄마야~ 끼이이이이이—"

빠져나가려고 버둥대는 흑아.

녀석은 다시금 독니로 토끼를 물었다.

그러나 토끼는 역시나 멀쩡하다.

토끼는 흑아를 꽉 잡은 앞발에 더 힘을 주며 이빨로 물어뜯었다.

흑아는 토끼로부터 빠져나가려고 발버둥을 쳤다.

하지만 토끼는 이를 악물고 놔주지 않았다.

흑아는 구달비를 애타게 불렀다.

"달비야! 달비야, 도와줘!"

구달비는 흑아의 비명이 들리자 미칠 것만 같았다.

그러나 지금 몸을 움직일 수 없는 구달비는 속으로만 안타까이 부르짖을 뿐이었다.

'흑아야! 조금만 더 버텨줘! 이제 한 번만 더 기를 돌리면 완벽해진단 말야!'

"끼이이이아아아~ 엄마~ 끼이이이이~끼이이이이이이~"

미친 듯이 버둥거리는 흑아.

흑아는 혼자서 살길을 찾아야 했다.

그렇다면 방법은 하나!

흑아의 몸이 넓게 퍼지며 검은 포대기가 토끼의 머리통을 감싼다.

토끼를 질식시켜 죽이려는 의도다.

하지만 백아는 흑룡이 이렇게 나올 줄 미리 예측하고 있었다.

뿔토끼는 당황하지 않고 힘을 주어 씹던 곳을 마저 씹었다.

토끼에게 씹히는 몸 부분이 금방이라도 끊어질 듯하다.

흑아는 태어나서 처음 당해보는 아픔에 전신을 떨었다.

생살이 씹히는 고통은 이루 말로 다 표현할 수 없었다.

결국 고통에 못 이겨 혼절지경에 이른 흑아.

녀석의 목소리가 급속히 잦아들었다.

"끼익 끼익 끼……."

버둥거리던 흑아는 마침내 힘을 잃고 추욱 늘어졌다.

구달비는 다급했다.

'흑아야? 흑아야! 이런 제길!'

백아는 흑룡의 새끼를 확실하게 죽이려는 양 머리를 흔들어 검정 포대기를 땅에 패대기쳤다.

토끼의 머리가 아래위로 흔들릴 때마다 흑아의 몸은 힘없이 땅을 쳤다.

철퍽 철퍽~

토끼의 눈이 승리감에 빛난다.

'이겼다! 흑룡의 새끼를 해치웠다!'

이때였다.

백아는 강력한 살기와 함께 무엇인가가 번개처럼 덮쳐 오는 것을 느꼈다.

토끼는 본능적으로 땅을 박찼다.

팍!

번개 같은 속도로 펄쩍 뛰어오르는 백아.

등으로 화끈한 통증이 전해져 왔다.

토끼는 공중에서 한 바퀴 회전하고 땅에 착지했다.

그 앞에는 구달비가 검은 단도를 손에 쥐고 분노로 덜덜 떨고 있었다.

"이, 이놈의 토끼… 죽여 버리겠다!"

"……!"

백아는 심장이 철렁 내려앉았다.

깜짝 놀란 토끼는 등에서 선혈이 흘러내리는 것도 모른 채 검은 단도만을 쳐다보았다.

무시무시한 기운이 뻗어 나오고 있는 괴중괴의 뿔.

토끼의 붉은 눈알에 공포의 빛이 서렸다.

새끼 흑룡을 해치우는 데 정신이 팔려서 그만 신투문주의 아들을 깜빡 잊고 있었다.

"이 개 같은 놈의 토끼야! 당장 우리 흑아를 내려놔라!"

구달비는 악을 쓰며 한 걸음 내디뎠다.

딱딱한 돌 바닥에 발자국이 깊이 패인다.

공력이 2갑자는 돼야 발생할 수 있는 일이다.

토끼는 입에 물고 있던 흑룡의 새끼를 바닥에 슬그머니 내려놓았다.

그러더니 토끼는 뒤로 슬금슬금 뒷걸음을 쳤다.

구달비는 다급히 흑아한테 달려들었다.

흑아를 마구 흔들며 구달비는 목이 터져라 친구의 이름을 불렀다.

"흑아야! 흑아야, 정신 차려! 흑아야!"

그러나 흑아의 검은 몸은 흔드는 대로 그냥 이리저리 흔들릴 뿐이었다.

"흑아야? 흑아야!"

구달비는 미쳐 버릴 것만 같았다.

그의 마지막 기억은 당문의 곰국 속이었다.

그러나 지금은 당문이 아닌 어느 동굴.

고로 당문에서 구출해 준 은인은 흑아가 분명하다.

흑아.

처음으로 사귄 친구.

세상에 하나밖에 없는 친구.

그 믿었던 친구한테서 배신을 당한 줄 알았는데 친구는 다시 돌아와서 목숨을 구해주고는 대신 이런 처참한 몰골이 되어버렸다.

구달비의 눈에서 뜨거운 눈물이 흘러내렸다.

"흑아야… 크흐흑……."

가슴이 미어질 듯이 아팠다.

구달비는 흑아를 껴안고 흐느꼈다.

"흑아야, 네가 나 대신 죽었구나. 으흐흐흐흑."

이때였다.

구달비의 눈물을 멈추게 하는 소리가 들려왔다.

"네 이놈! 네놈이 감히 우리 백아한테 상처를 입혀? 네놈이 바로 황금장을 턴 도둑놈이렷다? 이놈! 당장 무릎을 꿇고 포박을 받아라!"

토끼포두 정현풍은 동굴이 떠나가라 쩌렁쩌렁 호통을 쳤다.

구달비의 눈길이 토끼포두를 향했다.

구달비는 저자가 누구인지 익히 잘 알고 있었다.

포두는 한 손에는 검을, 다른 손에는 포승줄을 든 채 위협적인 자세를 취하며 다가들고 있었다.

구달비의 얼굴에 분노의 기색이 서렸다.

"……!"

구달비는 한 팔로 흑아를 안고는 몸을 날려 포두에게 덮쳐들었다.

휙─

실로 빛살과도 같은 속도였다.

천리비웅인들 이만큼 빠를까?

절대 인간의 눈으로는 쫓기가 불가능한 빠르기.

정현풍이 위험에 처하자 토끼가 비명을 지르며 날아들었다.

"삐 익─!"

그러나 먼저 당도한 구달비가 검은 단도의 손잡이로 포두의 머리를 내
려쳤다.

빠악!

머리통이 깨져서 피가 솟구친다.

정현풍은 의식을 잃고 바닥에 쓰러졌다.

백아가 허겁지겁 정현풍한테 매달린다.

"삐익? 삐익! 삐익!"

백아는 정현풍의 머리에 난 상처를 혀로 핥았다.

그러자 순식간에 피가 멈추고 상처에 새살이 돋기 시작한다.

구달비는 검은 단도를 쥐고서 부들부들 떨었다.

그는 아직 화가 안 가셨다.

차마 살인은 할 수 없었지만, 그간 토끼포두한테 쫓기면서 마음 졸였
던 추억이 울분이 되어 솟구친다.

구달비는 증오에 찬 눈으로 토끼를 노려보았다.

"이놈의 토끼! 줄기차게 나를 따라다니더니 결국 여기까지 쫓아왔구
나! 그래! 한번 맡은 냄새는 평생 잊지 않는다 하니, 내 냄새도 평생 못
잊겠지? 아무래도 넌 죽어야겠다!"

구달비는 마침내 살심을 품었다.

그는 검은 단도를 꽉 움켜쥐고 토끼를 겨누었다.

흰 토끼가 두려움으로 몸을 떤다.

그때였다.

"다… 달비야……."

팔에 안고 있던 검은 덩어리가 말을 했다.

"흑아? 흑아야! 네가 살아났구나!"

구달비는 급히 흑아를 살펴보았다.

흑아가 물컹거리며 모습을 갖추려고 애쓴다.

그러나 그것은 한낱 힘겨운 몸짓에 지나지 않았다. 흑아는 무엇인가로 모형을 만들기에는 너무 많이 다쳤던 것이다.

"흑아야! 아무 말도 하지 마! 그냥 푹 쉬어!"

"달비야… 기운이 없어……."

"흑아야, 힘을 내! 내가 먹을 걸 찾아볼게!"

구달비의 눈이 즉각 토끼에게로 향했다.

고기다!

흰 토끼는 정현풍 옆에서 몸을 웅크리고 있었다.

차마 그를 혼자 두고 도망갈 수 없다는 태도.

그러나 그런 눈물나는 우정은 지금 구달비 눈에 들어오지 않았다.

구달비의 단도가 다시금 토끼를 향한다.

"뽈토끼! 넌 우리 흑아의 요깃거리가 돼줘야겠다!"

그런데 흑아가 구달비를 말렸다.

"달비야… 잠깐만 기다려. 나 저 토끼한테 물어볼 게 있어."

구달비의 팔에 안긴 검정 밀가루 반죽에 빨간 눈알이 생겼다.

그리고 그 눈알은 토끼를 바라보았다.

"토끼야, 너 혹시 나같이 생긴 동물을 알아? 전에 나 같은 동물을 본 적이 있어?"

'흑룡을 아냐고? 알다마다!'

백아는 냉큼 고개를 끄덕였다.

흑아의 눈에 희망의 빛이 떠올랐다.

동시에 없던 기운이 다 생긴다.

흑아는 급히 물었다.

"그럼 혹시 우리 엄마도 알아?"

“…….”

백아는 잠시 생각했다.

‘엄마 흑룡이라니? 흑룡의 생김새가 다 거기서 거긴데 내가 어떻게 이놈 어미의 상판대기를 알랴? 하지만 다른 세계에서 살 때 흑룡을 여러 마리 봤으니 그중에 하나를 이놈의 어미라고 치자!’

백아는 힘차게 고개를 끄덕였다.

흑아의 눈에 눈물이 고인다.

“너 진짜로 우리 엄마를 알아?”

연신 고개를 끄덕이는 토끼.

“우리 엄마는 어딨어?”

“…….”

토끼가 고개 끄덕거리기를 멈췄다.

인간의 말을 못하는 뿔토끼는 ‘다른 세계’ 에 대해서 뭐라고 설명을 할 수가 없었다.

토끼는 손짓 발짓을 했다.

흑아와 구달비는 어리둥절해졌다.

도대체 이 토끼가 뭔 짓을 하는지 알 수가 없었다.

구달비가 투덜댄다.

“오른쪽 앞발을 들고 삐익? 왼쪽 앞발을 들고 삐익? 뭐야, 이놈은? 말을 못하잖아? 바보 같은 놈.”

“……!”

토끼의 움직임이 딱 멈춰졌다.

‘…바보 같은 놈?’

인간 세상에 온 이래 이런 대우는 처음 받아본다.

백아는 화가 났으나 검은 단도를 보면서 꾹꾹 참았다.

토끼는 더 이상 설명하기를 때려치웠다. '다른 세계'는 몸짓으로 표현할 수 있는 게 아니었기 때문이다.

토끼가 가만히 있자 흑아는 답답해하면서 여러 가지를 물었다.

그러나 흰 토끼는 고개를 끄덕이는 것 외엔 할 줄 아는 게 없었다.

그 모습에 구달비와 흑아는 슬슬 짜증이 나기 시작했다.

아울러 그들은 혹시 이놈의 흰 토끼가 목숨을 부지하려고 거짓말을 하고 있는 게 아닌가 하는 의심이 들었다.

구달비와 흑아의 눈이 마주쳤다.

구달비가 고개를 저었다.

더 이상 토끼한테 물을 필요 없다는 뜻이다.

그 와중에 토끼는 짧은 목을 억지로 돌려서 등에 난 상처를 핥았다.

생각보다 깊은 상처.

백아는 피를 너무 많이 흘려서 정신이 몽롱해지고 있었다.

만사가 다 귀찮다.

'에이, 죽이려면 죽이고 살리려면 살려라! 씨발!'

속으로 푸념하는 백아.

녀석은 머리를 돌려 정현풍을 쳐다보았다.

정현풍은 아직도 의식을 회복하지 못한 채 쓰러져 있는 상태다.

백아의 눈에 안타까움이 깃들었다.

'그간 누릴 수 있는 사치를 다 누려본 나는 이제 죽는다 해도 여한이 없지만 현풍이만큼은…….'

백아는 정현풍의 옆으로 기어가 슬픈 눈으로 그를 내려다보았다.

자신을 목숨만큼 애지중지해 주던 정현풍.

그는 정신을 잃었고 도둑은 손에 칼을 쥐고 있다.

검은 단도. 저 괴중괴의 뿔은 그렇다 치더라도 도둑의 빠르기는 도저히 백아가 감당해 낼 수 있는 수준이 아니다.

뿔토끼는 기다란 귀를 추욱 늘어뜨리고 불쌍한 표정으로 구달비를 올려다보았다.

목숨을 구걸하는 애절한 태도.

구달비는 침을 꿀꺽 삼키면서 말했다.

"뿔토끼는 어떤 맛일까?"

*　　　*　　　*

토끼포두 정현풍은 의식이 돌아왔다.

눈을 떠보니 동굴 속이다.

정신을 가다듬는 정현풍.

'동굴? 아 맞다! 백아랑 같이 여기로 들어왔었지. 그래! 도둑은 어떻게 됐을까?'

정현풍은 일어나려고 했다.

그러나 몸을 움직일 수가 없었다. 팔다리가 모두 결박되어 있었던 것이다.

'엇? 내가 포승줄에 묶여 있네? 백아는?'

깜짝 놀란 정현풍은 머리를 들어 두리번거렸다.

그때 그의 눈에 들어오는 광경!

황금장 도둑과 검은 고양이가 게걸스럽게 식사를 하고 있었다.

한데 그들이 먹고 있는 건… 뒷다리가 긴 작은 동물.

비록 털을 벗기고 머리를 떼어냈다고는 하나, 생김새로 보아 저 동물은 틀림없는 토끼다.

"헉?"

정현풍은 자신의 눈을 의심했다.

그러나 아무리 보고 또 보아도 저건 토끼 고기가 확실하다.

망연한 중얼거림이 새 나온다.

"배, 배, 배……."

중얼거림은 곧 찢어지는 비명으로 변했다.

"백아! 백아아~!"

검정 고양이가 토끼포두를 힐끔 보더니 도둑 청년을 향해 어깨를 으쓱인다.

도둑은 포두를 모른 척하고 고기만 뜯고 있다.

정현풍은 극심한 충격으로 숨이 멎어버릴 것만 같았다.

그는 피눈물을 흘리며 있는 대로 악을 썼다.

"네, 네놈이 우리 백아를? 나쁜 놈! 이 악당!"

구달비는 입가를 닦으며 얄밉게 이죽거렸다.

"아~ 내 팔자에 뿔이 난 토끼를 다 먹어보네. 영물이라서 그런가? 맛이 아주 각별한데? 끄윽~"

"이 죽일 놈아! 크흐흑! 불쌍한 우리 백아! 백아아아~"

정현풍은 땅에 머리를 찧으며 대성통곡했다.

"으아아아~ 이 나쁜 놈아! 세상에 먹을 게 없어서 우리 백아를 먹어? 이 천하에 몹쓸 놈아!"

백아가 없는 세상.

정현풍은 더 이상 살기가 싫어졌다.

지금 그는 완전히 눈이 뒤집혀져서 도둑 일당이 토끼 고기에 솔솔 뿌려먹는 소금이 자신의 소금 주머니에서 나왔다는 것도 알아채지 못했다.

정현풍은 원한이 가득한 마음으로 저주했다.

"이놈! 내가 죽으면 귀신이 되어서라도 반드시 네놈한테 복수를 하고야 말겠다!"

악에 악을 쓰는 정현풍.

그는 동굴이 떠나가라 발악을 했다.

이에 참다못한 구달비가 짜증스럽게 외쳤다.

"아저씨, 그만 좀 하세요! 아, 눈 뒀다 뭐 해요? 토끼는 아저씨 옆에 있잖아요?!"

"엉?"

뜻밖의 소리에 눈이 휘둥그레진 정현풍.

그제야 옆구리를 보니 포승줄에 꽁꽁 묶여 있는 백아가 보인다.

한데 토끼를 묶은 방법이 좀 웃겼다.

놈의 네 다리를 묶은 것이야 당연하다 치지만, 도둑은 토끼의 기다란 귀까지도 끈으로 칭칭 동여매 놓았던 것이다. 이는 도둑이 토끼가 두 귀로 나는 장면을 목격한 탓이다.

백아가 건재함을 확인한 정현풍.

그는 떨리는 목소리로 토끼를 불렀다.

"백아야?"

백아는 잠을 자고 있었다.

등의 상처가 너무 깊어서 자생으로 치유하느라 힘을 비축하는 중인 것이다.

"백아야!"

이름을 또 한 번 부르자 토끼가 코를 발름거린다.

그리곤 슬며시 한쪽 눈을 뜨는 백아.

하지만 토끼는 다시금 잠에 빠졌다.

정현풍은 안도의 한숨을 내쉬었다.

고 잠깐 사이에 십 년은 늙은 것만 같다.

그런 정현풍의 귀로 투덜거리는 소리가 들려왔다. 흑아다.

"쳇! 저 아저씨는 대체 왜 우리가 뿔토끼 따위를 먹을 거라고 생각했지? 내 독에도 안 듣는 저런 이상한 토끼를 먹었다가 어떻게 되려구 저걸 먹어?!"

"그럼 그럼! 저 뿔토끼 고기 안에 네 독이 남아 있을지도 모르는데 말야."

구달비가 맞장구치며 고개를 주억거린다.

그러나 이들이 먹고 있는 토끼 고기에 정현풍은 의구심을 품었다.

정현풍은 구달비한테 물었다.

"하지만 그 토끼는 어디서 났는가? 밖에는 진이 쳐져 있는데?"

"진? 진이라니 무슨 소리예요? 아까 먹을 거 구하러 나가봤을 때 밖이 멀쩡하던데 무슨 헛소리예요? 아니, 이 아저씨가 정신이 덜 들었나?"

구달비가 퉁명스레 대꾸하자 흑아가 킬킬댔다.

"저 아저씨는 뿔토끼 침을 머리에 발라서 맛이 갔나 봐. 킥킥킥."

"그러게나 말야. 푸흐흐흐."

두 친구는 마주 보고 키득거렸다.

흑아가 다시 돌아온 이래로 둘은 서로의 얼굴만 봐도 웃음이 나왔다. 그저 마냥 뿌듯하고 기분이 좋은 구달비와 흑아.

갑자기 구달비가 표정을 굳히며 정현풍한테 말했다.

"아저씨! 저 뿔토끼가 예뻐서 살려준 게 아니라 저 토끼는 인질이에요. 아저씨! 지금 이 자리에서 맹세를 하세요! 앞으로 나를 더 이상 절대로 추격하지 않겠다고! 안 그러면 지금이라도 저놈의 토끼를 그냥~ 확?"

구달비는 손에 쥐고 있던 검은 단도를 정현풍의 코앞에 갖다 대고 부욱 그어 보였다. 다분히 위협적인 동작이다.

한데 단도를 본 정현풍의 표정이 묘하게 변했다.

정현풍은 의혹에 찬 어조로 물었다.

"자네, 그 단도는 어디서 났나?"

"이게 어디서 났는지 아저씨가 무슨 상관이에요? 설마 이것도 훔친 걸까 봐서요? 천만에요! 이건 우리 아버지가 물려주신 거예요!"

"아버지한테서 물려받은 단도……?"

정현풍은 잠시 생각에 잠겼다.

그의 눈길이 구달비 입매에 머물렀다.

그 옛날 자기한테 백아를 줬던 신투문주와 똑같이 생긴 저 입.

이제야 알 것 같다. 백아가 왜 저 도둑 청년을 안 잡고 그간 여기저기로 끌고만 다녔는지.

정현풍은 고개를 끄덕이며 말했다.

"이제 보니 자네는 신투문주의 아들이로군. 난 자네 아버님을 만난 적이 있네. 벌써 30년 전의 일이지."

정현풍은 자기와 신투문주 사이에 얽힌 옛이야기를 들려주었다.

"…그렇게 해서 백아는 내 곁에 있게 된 거라네."

"……?"

구달비는 어리둥절해졌다.

그는 토끼포두가 하는 말을 도통 이해할 수가 없었다.

"아버지가 신투문주라고 했다구요? 신투문이라면 도둑문? 우리 아버지가 도둑인 건 맞지만, 신투문주인지 뭔지는 아닌데요?"

"자네는 신투문주의 아들이 틀림없어. 자네의 입매는 그분과 똑같거든. 내 말이 맞지? 자네는 입이 아버지랑 똑 닮았지?"

"…진짜로 우리 아버지를 알아요?"

"나는 그간 자네를 잡을 기회가 여러 차례 있었네. 근데 백아가 협조를 하지 않았지. 백아가 자네를 잡기 싫어한 건 자네가 신투문주의 아들이었기 때문이야."

정현풍은 포두답게 정확한 추리를 해냈다.

그러나 구달비는 포두의 말이 전혀 미덥지가 않았다.

"하! 아저씨, 지금 살아보려고 거짓말하는 거지요? 안됐지만 사람 잘못 봤어요. 그런 거에 속을 내가 아니라구요."

"내 말은 사실이야. 난 그 검은 단도를 똑똑히 기억하고 있어."

하지만 구달비는 의심만 더했다.

구달비는 코웃음을 치며 말했다.

"흥! 그럼 지금부터 제가 변하는 모습 중에서 우리 아버지를 찾아내 보세요. 우리 아버지 얼굴을 맞히면 아저씨 말을 믿어드릴게요."

"좋아! 어디 해보게."

구달비는 공력을 끌어올렸다.

2갑자의 공력!

자고 일어났더니 세상이 바뀌었다는 말이 이런 것일까?

당문의 곰국 속에서 혼절했다 깨어나 보니 40년이었던 공력이 무려 2갑자(120년)로 왕창 늘어났다. 중원 전역에서도 몇 명 찾아보기 힘든 2갑자의 공력! 이제 구달비는 이목구비는 물론 체형까지도 자유자재로 변화시킬 수가 있게 된 것이다.

구달비는 아버지와 닮았다는 입매만은 그대로 두고 다른 곳들을 변화시켰다.

시커멓게 소도둑놈같이 생긴 얼굴이 묻는다.

"아저씨, 이 얼굴이에요?"

"아니야. 전혀 다른 인상이야."

"그럼 이 얼굴은요?"

“틀려.”

순식간에 30여 명의 모습으로 바꾸는 구달비.

정현풍은 구달비가 새로운 얼굴을 보일 때마다 고개를 저었다.

“아냐. 그런 얼굴이 아니야.”

그리고 마침내 구달비가 바로 자기 아버지의 얼굴로 변했을 때.

정현풍은 크게 소리쳤다.

“맞아! 바로 그 얼굴! 난 그분의 청년 때 얼굴만을 봤지만 그 얼굴이라면 아마 그분이 연세가 드셨을 때의 모습일 거야!”

“……!”

이쯤 되니 구달비도 토끼포두가 자신의 아버지를 만났었다는 사실을 인정할 수밖에 없었다.

구달비는 쓴웃음을 지었다.

“하하… 아저씨가 우리 아버지를 안다는 게 맞긴 맞는 거 같네요. 근데 신투문주라는 건 아버지가 뻥을 치신 거예요. 도둑 가문이라고 말하기 창피하니까 그렇게 둘러대신 거라구요.”

정현풍은 고개를 갸우뚱거렸다.

“거짓말 따위를 하실 분은 아니었는데……? 아! 그리고 자네 아버님은 이런 말씀도 하셨네, 당신은 중원제일의 부자라고.”

“푸하하하~ 거 봐요. 중원제일 부자라니 누가 들어봐도 뻥이잖아요? 아저씨도 알다시피 중원제일의 부자는 황금장 아니면 황족이 세웠다는 북경의 생불가예요. 근데 아버지가 그 사람들보다 더 부자라니 그게 말이나 되요? 아버지도 참. 산골 소년한테 그런 뻥을 치고 싶으셨을까?”

황금장과 더불어 중원 2대 상가 중 하나인 북경의 생불가(生佛家).

황족의 핏줄인 주(朱)씨가 가주라는 생불가는 원래 상가가 아니었다. 백여 년 전 재력이 엄청나고 마음이 따뜻한 황족이 있어, 수해·가뭄으

로 모든 기반을 잃고 일가족 동반 자살에 이른 민생에게 그들이 먹고살
수 있게끔 조그만 가게를 꾸려주다가 보니 그 황족의 장원은 어느덧 거
대한 상가로 발전하게 된 것이다.

언제부터인지 사람들은 이를 '살아 있는 부처님'이라는 뜻의 생불가
라 불렀고, 그게 상호(商號)로 굳어져 버렸다.

구달비는 아버지가 웃겼다고 생각했다.

그리고 정현풍도 이제는 수긍했다.

"나도 자네 아버지가 부자라는 소리는 믿지 않았네. 그래도 난 그분이
신투문주라는 소리는 믿었었지. 하지만 내가 포두가 된 후 찾아본 바에
의하면 중원에 신투문이란 가문은 존재치 않으니 아무래도 자네 말이 맞
겠구먼."

"전 신투문이란 소리는 금시초문이라구요. 신투문이라니 정말 웃기
네. 푸훗! 나도 앞으론 신투문주라고 하고 다닐까?"

구달비는 아버지의 어이없는 짓거리에 피식피식 웃음이 나왔다.

이때 백아가 깨어나서 하품을 한다.

정현풍은 백아를 보며 물었다.

"백아야, 이 청년은 네 옛 주인이었던 신투문주의 아들이지? 그래서
네가 이 청년을 잡기 싫어했던 거지?"

토끼가 얼른 고개를 끄덕인다.

그러자 흑아가 냉큼 나서서 면박을 줬다.

"저 토끼는 바보라서 그냥 무조건 고개만 끄덕여. 그치, 달비야?"

"맞아. 저 뿔토끼는 똑똑치가 못해서 말을 할 줄 몰라. 우리 흑아는 말
뿐 아니라 전음도 할 줄 아는데."

"헷헷헷. 세상에 나보다 더 똑똑한 영물이 있을라구?"

“그럼! 두말하면 잔소리지. <u>호호호~</u>”

구달비와 흑아는 서로 마주 보고 히히덕댔다.

그러나 바보 소리를 또 들은 백아의 눈에는 분노가 깃들었다.

정현풍 역시 분했다.

그가 들은 바로는 중원에서 영물이라곤 무당파가 가지고 있다는 만년 홍학밖에 없다. 정현풍은 그 홍학을 본 적은 없지만 그래도 백아만큼은 못할 거라고 내심 자부하고 있었다.

그런데 지금 눈앞에 있는 검은 고양이는 여러 가지로 모습을 바꿀 뿐만 아니라 사람 말은 물론, 전음까지도 할 줄 안단다.

정현풍은 백아한테 글이라도 가르치겠다고 다짐했다.

그는 구달비에게 시큰둥하니 말했다.

“이제 이 포승 좀 풀어주게.”

“예? 포승요? 내가 아저씨를 뭘 믿고 그 줄을 풀어줘요?”

“달비야, 절대로 풀어주지 마! 저거 우릴 잡으려고 사기치는 거야!”

흑아가 펄쩍 뛴다.

구달비는 그런 흑아를 안심시키며 정현풍한테 머리를 저어 보였다.

“아저씨! 꿈 깨세요. 하늘이 두 쪽이 나면 났지, 절대로 내가 아저씨 포박을 풀어주는 일은 없을 거예요.”

정현풍은 나지막이 한숨을 쉬었다.

그는 구달비를 직시하며 물었다.

“어쨌거나 자네가 황금장 도둑이라는 건 분명한 사실. 황금장에서 그날 밤에 있었던 일을 얘기해 주게.”

“그날 밤은⋯⋯.”

구달비는 담담히 그때 벌어진 사건을 말해 주었다.

그리고 그는 끝에 덧붙였다.

"난 절대로 황금장주를 죽이지 않았어요! 난 억울하다구요!"

"하지만 자네가 황금징주 부인의 진주를 훔친 긴 사실이지. 침대 밑에서 콩도 까먹고 말야."

"콩이야 그까짓 거 뭐 몇 푼 한다고 그래요? 그리고 진주는 침대 밑에 떨어져 있길래 그냥 들고 나온 거예요. 훔칠 생각이 전혀 없었다구요. 내가 정말 뭘 훔칠 마음이 있었으면 그 방에 있던 금고를 그냥 두고 나왔겠어요?"

"그래도 자네는 그 진주를 있던 자리에 그냥 두고 나왔어야 했네. 주인의 허락 없이 그 집안의 물건을 들고 나오면 그게 바로 도둑질이잖나?"

"……."

"나도 자네가 황금장주를 살해하지 않았다는 건 알고 있네. 하지만 그렇다고 해서 도둑인 자네를 순순히 놔줄 순 없네."

"하! 이 아저씨가 자기 주제를 너무 모르네? 지금 줄에 묶여서 그런 말할 처지예요? 아저씨! 여러 소리 집어치우고 다신 내 뒤를 안 쫓는다고 맹세나 하세요! 안 그러면 이번엔 진짜로 토끼를 죽일 겁니다!"

구달비는 단도를 토끼의 목에 갖다 댔다.

그는 험악한 표정을 지으며 으름장을 놨다.

"우리 아버지랑의 인연을 더 써먹을 생각은 마세요! 난 나부터 살아야겠으니까요! 그리고 우리 아버지가 지금 이 자리에 계셨다면 아버진 절더러 잘한다고 하실 거예요. 자, 어쩌실래요? 토끼를 살리고 싶으면 맹세를 하세요!"

정현풍은 결코 범인과 협상 따위를 한 적이 없었다.

그의 얼굴이 일그러졌다.

"이보게, 토끼를 인질로 그런 요구를 하다니 너무 치사하지 않은가?"

"토끼야, 네 주인은 네가 안 소중하단다."
구달비는 말을 끝내기가 무섭게 토끼를 발로 찼다.
퍽!
"삐익~"
토끼가 비명을 지르며 데구르르 구른다.
"백아야!"
정현풍이 깜짝 놀라 외쳤다.
그는 다급히 말했다.
"알았네! 내 더 이상 자네를 쫓지 않겠네!"
"맹세한다고 말하세요."
"맹세하네!"
"남아일언은?"
"중천금!"
"좋아요. 그럼 아저씨 말을 믿고 저는 이만 갑니다. 우리 서로 다시는
만나지 말자구요. 안녕~"
구달비는 흑아를 안아 올려 품에 넣었다.
정현풍이 그 뒤통수에 대고 고함쳤다.
"잠깐만! 포승을 풀어줘야지?"
"토끼한테 이빨로 갉으라고 하세요. 바보 토끼를 그런 데라도 써먹어
야지요. 푸하하하하~"
구달비는 웃음소리와 함께 귀신같이 사라졌다.
언제 그 자리에 있었는지 흔적이 없을 정도로 신묘한 몸놀림이다.

*　　　*　　　*

백선은 사라져 가는 구달비의 뒷모습을 지켜보았다.

그는 자기도 모르게 혀를 찼다.

"쯧쯧. 저렇게 빠르다니 마치 죽은 신투문주가 살아 돌아온 것만 같구
먼. 일호가 제대로 쫓아갈 수 있으려나?"

구달비의 경공에 감탄하는 백선.

그는 머리를 굴리며 혼자 자문자답했다.

"일호가 만약 신투문주의 행적을 놓친다면? 그럼 우리는 신투문주의
손이 필요해질 때까지 기다렸다가 신투문주한테 보내는 암호를 정해진
장소에 새겨놔야지. 허나 암호를 써놨는데도 불구하고 새 신투문주가 전
대 신투문주처럼 안 나타난다면? 그땐… 잡으러 나서야지!"

백선의 입가에 힘이 들어갔다.

이어 그는 몸을 돌려 동굴 속으로 들어갔다.

갑작스러운 등장에 토끼와 포두가 깜짝 놀라 한다.

그들은 이미 줄을 다 풀고 떠날 차비를 하고 있었다.

포두는 낯선 사람을 보자마자 '누구냐?' 라고 묻는 대신 일단 토끼의
뿔부터 허겁지겁 감췄다.

그러나 토끼의 뿔을 이미 한참 전에 목격한 백선이다.

토끼의 이마에 고깔모자를 씌운 포두가 그제야 백선을 아래위로 훑는
다.

곱게 틀어 올린 백발에 금관을 쓴 신선 같은 풍모의 늙은이.

포두의 눈이 화등잔만하게 커졌다.

정현풍은 자신의 눈을 의심했다.

'억? 저 영감님은?'

북경의 자금성에서 딱 한 번 본 일이 있는 늙은이.

특이한 인상은 둘째 치고 워낙 놀라운 신분인지라 기억에 뚜렷이 남아

있었다.

저 영감은 황족(皇族)이었다.

그런데 그 황족 중에서도 아주 고귀한 신분이었다.

늙은이는 당금 황제의 사촌형인 백천왕(白天王) 주백천(朱白天)이었던 것이다.

정현풍은 백천왕씩이나 되는 인물이 이런 산간벽지 동굴에 나타날 리가 없다고 생각했다.

그러나 아무리 눈을 씻고 보아도 저 늙은이는 자신이 기억하는 백천왕의 생김새다.

정현풍은 어찌해야 할 바를 몰라서 엉거주춤 서 있었다.

뿔토끼 백아가 경계의 눈초리를 보낸다.

이때 백선이 품을 뒤져 금패를 하나 꺼내 들었다.

금패가 상징하는 바는 황실 직속 부대인 금의위(錦衣衛)였다.

금패를 알아본 정포두는 즉각 무릎을 꿇고 머리를 조아렸다.

'진짜다! 진짜 백천왕이다!'

백선은 근엄하게 물었다.

"그 뿔토끼는 어디서 났느냐?"

"……!"

정현풍은 심장이 철렁 내려앉았다.

백천왕이 백아의 뿔을 못 보았기만을 간절히 바랐는데!

정현풍은 애타는 심정으로 부르짖었다.

"전하! 이 토끼의 뿔에 대해선 제발 못 본 척해주십시오!"

"어허! 어디서 났느냐고 묻지 않느냐?"

"……."

정현풍은 눈앞이 캄캄해졌다.

그 옛날 신투문주가 그토록 신신당부를 했음에도 불구하고 남의 눈에 띄게 된 백아의 뿔. 이미 들켰으니 이제 와서 어떻게 거짓말을 할 수도 없다.

정현풍은 마지못해 대답했다.

"전하, 이 토끼는 30년 전에 신투문주라는 사람한테서 받은 것입니다."

백선의 얼굴에 의아해하는 기색이 어렸다.

'30년 전의 신투문주? 허! 어찌 이놈이 전대 신투문주를 알꼬?'

백선은 잠깐 머리를 굴린 후 물었다.

"아까 나간 청년은 황금장의 도둑이 아니더냐?"

"예, 전하."

"너는 조금 전에 나간 청년을 개인적으로 아느냐?"

뉘 앞이라 거짓말을 하리요?

정현풍은 공손히 대답했다.

"잘은 모르지만 제가 알기로 그는 신투문주의 아들입니다."

"어떻게 된 일인지 소상히 아뢰어라."

"예, 전하. 지금으로부터 30년 전의 일입니다……."

말을 마친 정현풍은 백아를 돌아보았다.

토끼가 불안해하는 눈빛을 하고 있다.

그 모습에 정현풍은 속으로 굳게 다짐했다.

'백아야! 어떻게 해서라도 너만은 반드시 지켜주겠다!'

한편 백선은 골똘히 생각에 잠겨 있었다.

'새 신투문주 주달비(朱達飛)와 그의 아비인 주문진(朱門進)은 나와 같은 주(朱)씨 일맥. 주문진은 우리 용봉회에서 빠져나가려고 했었지.'

용봉회(龍捧會).

용을 받드는 단체.

황제와 명나라의 안녕을 지키기 위해 황족만으로 구성된 비밀 조직.

용봉회는 비단 금의위뿐만이 아니라 특무 기관인 동창(東廠)까지도 발 아래로 두는 무소불위(無所不爲)의 권력 조직이다.

백선의 양미간에 주름이 잡혔다.

그는 지금도 이해할 수가 없었다.

'전대 신투문주 주문진은 도대체가 같은 황족이면서도 왜 용봉회에서 탈퇴를 하려고 한 것일까? 나이가 들면 자연히 장로로 물러나 앉으면 되는 것을, 왜 굳이 탈퇴하려고 그 야단이었을까? 정말 이상도 하지. 대명 천지에 우리보다 더 고귀한 핏줄이 어디 있다고? 음. 그는 활불국의 옥 쇄를 훔쳐 오는 임무를 끝으로 사라졌었다. 그놈을 찾으러 쇠 신이 닳도록 온 천지를 헤맨 걸 생각하면……! 아무튼 주문진이 용봉회원임을 마다하다니 분명히 활불국에서 무슨 일이 있었던 게야!'

나름대로 추측을 해보는 백선.

하지만 백선은 신투문주 주문진이 왜 다른 마음을 품었는지 그 까닭을 알 수가 없었다.

백선의 눈길이 뿔토끼한테 쏠렸다.

뜨끔한 표정으로 자신을 바라보는 흰 토끼.

그 토끼를 직시하며 백선은 탐스러운 수염을 쓰다듬었다.

당금 황제의 맏아들인 황태자(皇太子: 황위를 이을 황자).

그 황태자는 지금 40대의 중년인이지만, 황태자가 열 살 때 그는 활불 국의 뿔토끼에 대해 듣고는 그 토끼를 갖고 싶어했다. 그래서 황태자는 활불국으로 가는 신투문주한테 뿔토끼를 갖다 달라고 부탁했다.

그런데 신투문주는 주군의 아들인 황태자가 원하던 영물 토끼를 중간에 이런 비천한 자한테 줘버렸다.

'흐음. 그때부터 전대 신투문주 주문진은 배반을 꿈꾸었다는 소리로군. 그래! 확실히 활불국에서 무슨 일이 있었음이야!'

백선은 주문진을 생각할 때마다 골머리가 쑤셨다.

'우리 황족의 일원인 신투문은 대대로 재주가 많았다. 하다못해 중원 2대 상가 중 하나인 생불가도 신투문 것이지. 그 신투문이 가지고 있는 신패. 그 옛날 영락제(永樂帝:명나라의 세 번째 황제)가 우리 용봉회를 처음 만들면서 자기 형이었던 초대 신투문주한테 하사한 그 신패만 없었어도 주문진이 배신했을 당시에 놈을 잡아 죽일 수 있었는데!'

심기가 몹시 불편해진 백선.

그런 그의 귀로 간절히 비는 소리가 들려왔다.

정현풍이다.

포두는 엎드려 조아렸다.

"전하, 제발 이 뿔토끼를 못 본 척해주십시오!"

백선은 포두가 뿔토끼를 끔찍하게 아낀다는 사실을 잘 알 수 있었다.

백선의 눈에 잔인한 빛이 스친다.

그러나 그 빛은 순식간에 자취를 감추고 그 자리엔 인자해 보이는 늙은이만 있을 뿐이다.

백선은 부드럽게 물었다.

"네 소원이 무엇이냐?"

"……!"

정현풍은 심장이 벌렁거렸다.

자금성에서 다섯 손가락 안에 드는 권력자 백천왕.

그가 묻는다, 소원이 뭐냐고?

정현풍은 덜덜 떨리는 음성으로 대답했다.

"저, 저는 원래 자금성에서 일하던 포두였습니다. 근데 누군가의 모함으로 지방으로 좌천을 당했습니다. 전하! 제 소원이라면 저는 자금성으로 다시 가서 포두가 되는 것이 옵니다!"

백선은 손에 들고 있던 금패를 던져 주었다.

"이걸 가지고 자금성으로 가거라. 가서 네가 원하는 직책을 아무거나 얻어라."

"전하, 태산 같으신 이 은혜, 소신은 몸 둘 바를 모르겠습니다. 그런데 왜 제게 이런 호의를 베푸시는 겁니까?"

의아스러워하는 정현풍.

그의 질문은 추상같은 불호령에 의해 가로막혔다.

"이런 발칙한? 어디 감히 버러지같이 천한 놈이 고개를 바짝 들고 주둥이를 놀리는 것이냐!"

"예! 예!"

겁에 질린 정현풍은 황급히 머리를 땅에 박았다.

곧이어 백아가 옆구리를 찔러서 고개를 드니 백천왕은 이미 사라지고 없다.

정현풍은 마치 꿈을 꾼 것만 같았다.

그러나 눈앞에 떨어져 있는 황금패는 꿈이 결코 아니라는 사실을 여실히 증명해 주고 있었다.

손으로 전해오는 금패의 감촉.

토끼포두 정현풍은 환호성을 질렀다.

"백아야! 이제 우리는 자금성으로 돌아갈 수 있어!"

정현풍은 기쁨으로 가슴이 터져 나가는 듯했다.

하지만 백아는 찜찜한지 별로 내켜하는 기색이 아니다.

第六章

다시 만난 인연

북망산 자락.

달도 없는 그믐밤 아래 드문드문 솟아 있는 봉분(封墳)들.

금방이라도 소복을 차려입은 귀신이 뛰쳐나와 곡을 할 것만 같은 분위기 속에서 을씨년스럽게 떨어지는 낙엽이 괴기스러움을 더한다.

인기척이라고는 의당 없어야 할 한밤중의 묘지.

그런데 봉분들 가운데 자리잡고 있는 두 사내가 보인다.

거의 백 살은 됐다 싶게 폭삭 늙은 영감과 그보다는 훨씬 젊어 보이는 60대쯤의 노인.

이들은 제갈은과 수전노의다.

제갈은. 예전에 전당포 주인 영감으로 행세하다 문밖에 등을 내걸고 죽은 척 연기를 했던 늙은이. 그는 바로 중원 2대 상가라는 북경 생불가의 총관이다.

그리고 그 옆에 앉아 있는 바늘로 찔러도 피 한 방울 안 나오게 생긴

60대가 돈 없는 환자는 침 한 방 안 놔준다는 저 악명 높은 명의 수전노
의다.

수전노의는 차가운 밤바람을 피해 피풍의를 여미며 구시렁댔다.

"아니, 이놈의 유령문주 녀석이 겁을 집어먹고 도망쳤나, 왜 코빼기도
안 보여? 형님, 이놈 혹시 우리한테 대법에 필요한 물품을 구해달라고 하
고는 고사이에 튄 거 아뇨? 물품 구하는 데 자그마치 넉 달이나 걸렸으니
그만한 시간이면 아무리 못 잡아도 파사국(波斯國:페르샤)까지는 너끈히
도망쳤겠소."

"유령문주는 그럴 사람이 아니야. 뭐, 사실 자발적으로 원해서 죽고
싶은 사람이야 없을 테지만."

생불가의 총관 제갈은은 눈에 착잡한 빛을 띠며 고개를 저었다.

그는 수전노의를 다독였다.

"좀 더 기다리다 보면 오겠지. 가족들이랑 마지막 작별 인사라도 하고
있을지 모르니까 말이야."

"……."

제갈은이 '작별 인사' 운운하자 수전노의는 침중한 낯이 되었다.

제갈은은 분위기를 바꾸려는 듯 갑자기 수전노의를 흘겨보며 면박을
주었다.

"수전노의, 너는 명색이 중원 최고의 의원이면서 왜 그렇게 돈에 악착
을 떠는 거냐? 물론 네가 뒷전에서 그 돈으로 불쌍한 사람들을 도와준다
는 건 나도 잘 알아. 하지만 네 환자 중엔 가난한 사람도 많잖아? 왜 그
런 사람들한테까지 돈을 쥐어짜는 게야?"

"아따, 형님도. 내가 그까짓 동전 몇 푼 받고 싶어서 그러는 줄 아시
오? 형님은 모르는 소리 마시오. 사람이란 자고로 공짜라면 쉽게 생각하
는 법이오. 물론 그들이 내 의술을 믿고 병이 완치될 거라 생각은 하겠지

만, 그래도 자기 돈을 한 푼이라도 내야 본전 생각이 나서라도 치료에 더 적극적으로 임하는 법이라오. 험험.”

“듣고 보니 딴은 그럴듯하구먼. 클클클~”

제갈은이 웃음을 흘리자 수전노의가 은근하게 물어왔다.

“근데 말이오… 지난번에 형님이 얘기한 주군께서 신투문주라는 소리가 대체 무슨 말이오? 신투문이 뭐 하는 곳이오? 난 그런 문파 처음 듣소.”

“신투문… 말해 주려니 꽤 긴데……?”

“아 유령문주 놈이 여직 그림자도 안 보이니 그놈이 올 때까지만이라도 얘기를 좀 해주슈.”

“크흠! 모르는 게 약이라는 말이 있지. 사람이 너무 많은 것을 알면 오히려 해가 되는 수가 있어.”

제갈은이 발을 뺄 기색을 보이자 수전노의는 버럭 소리를 질렀다.

“형님! 거 답답하게 그러지 말고 속 시원하게 까발리쇼! 내 성질 잘 알면서 누구 숨넘어가는 꼴 보고 싶어서 이러오?”

수전노의의 열화 같은 재촉에 제갈은은 희미한 미소를 지었다.

그는 곰방대를 한 모금 빨고 신투문에 대한 얘기를 시작했다.

“신투문은 말야… 그 역사가 우리 명나라와 함께 하지. 명나라를 건국한 황제 주원장. 그에게는 23명의 아들이 있었어. 그런데 주원장이 죽자 손자인 건문제(建文帝)가 제위에 올랐다네. 거기서 문제가 발생했지. 이 건문제가 여러 왕들의 봉지를 줄이려고 한 거야. 그래서 결국 주원장의 넷째 아들인 연왕(燕王)이 반란을 일으켜 조카의 제위를 찬탈했지.”

“그건 나도 아는 얘기요. 근데 그게 신투문과 무슨 상관이오?”

“신투문의 초대 문주는 주달달(朱達澾)이라고, 주원장의 둘째 아드님이야. 반란이 일어났을 때 그분이 자기 동생인 연왕한테 옥새를 훔쳐다

준 거야. 그 덕에 연왕은 반란에 성공해서 영락제로 등극되었지."

제갈은의 말에 수전노의는 머리를 갸우뚱거렸다.

"형님, 근데 대국의 승패를 가름할 정도로 옥새가 그렇게 중요한 물건이오? 그럼 옥새만 훔쳐 내면 누구나 다 황제겠네?"

"쯧쯧… 이렇게 머리가 안 돌기는! 아, 옥새로 황명을 위조해서 황제의 군사들한테 다른 데로 가라고 거짓 명령을 내리고 그사이에 수도를 함락시켰다는 뭐, 그런 식의 군사 작전을 썼겠지! 옥새로 할 수 있는 일이 좀 많아?"

"아하! 그렇구만! 나 이제부터 잠자코 있을 테니 계속 얘기해 보쇼."

머쓱해하는 수전노의.

제갈은은 그를 한번 노려봐 준 후 말을 이었다.

"황제가 된 영락제는 옥새를 훔쳐다 준 형 주달달님한테 감사의 뜻을 전하려고 특별한 신패를 만들어줬지. 신패를 보는 자는 황제를 제외하고는 무조건 무릎을 꿇어야 하네. 그건 황명이랑 똑같은 거니까. 암!"

제갈은은 자신의 말에 도취해서 고개를 주억거렸다.

이때 가만히 있겠다던 수전노의가 궁금증을 못 참고 또다시 입을 열었다.

"형님, 신패에 사람들 무릎 꿇게 만드는 기능 말고 딴 게 뭐가 있소?"

"당연히 다른 기능이 있지. 자네도 알다시피 역모를 꾀하면 자기 가족은 물론이요, 사돈의 팔촌까지 구족(九族)이 멸하잖나?!"

"그거야 당연한 거지요. 나라 법으로 그렇게 정해져 있으니까."

"신패는 주인에게 그 국법을 벗어날 수 있는 능력을 가지게 한다네."

제갈은의 말에 수전노의는 오만상을 찌푸리며 불평을 토했다.

"형님, 그럼 그건 일종의 면사첩(免死帖)이 아니오? 면사첩은 설령 죄를 짓는다 할지라도 사형을 면해준다는 문서잖소? 명예스러운 게 아닌,

적국의 포로들한테나 남발하는 그런 불명예스러운 면사첩이 고작 신패의 용도라니요?"

"모르는 소리! 그 신패는 말야, 내 다시 한 번 말하지만 황명이랑 똑같은 거라네. 신패의 주인은 무슨 짓을 해도 처벌을 안 받아. 하다못해 황제를 칼로 찔러 죽여도 처벌을 할 수가 없다는 소리야. 영락제는 자기 형한테 목숨을 내맡길 그런 신패를 만들어줄 정도로 형을 믿었다는 뜻이야."

수전노의는 그제야 눈을 크게 뜨며 고개를 끄덕였다.

"흠! 그렇군! 다시 생각해 보니 그 신패라는 게 아주 굉장한 물건이로구만요."

"그렇다고 해서 신패가 무한정으로 능력을 발휘할 수 있는 건 절대로 아니야. 신패는 딱 3명의 목숨을 살릴 수 있을 뿐이야."

"3명?"

"그래, 3명! 하지만 신패는 이제 단 한 명의 목숨만을 살릴 수 있어."

"3명이 왜 한 명으로 줄어든 거요?"

"주군께서는 아드님인 주달비님이 어릴 때 그 신패를 사용해서 위기에서 벗어난 적이 있어. 그때 두 명분의 목숨을 살렸으니까 신패는 이제 단 한 번만 더 사용할 수 있어."

"흠… 앞으로 단 한 명이라?"

신투문에 얽힌 희한한 이야기에 수전노의는 흠뻑 빨려 들어갔다.

그는 잠시 생각하다가 또다시 질문을 했다.

"형님, 그러니까 신투문은 주달달님이 세운 거란 소리지요?"

"그렇긴 하지만 신투문을 처음 만드신 주달달님은 원래는 불사문(不死門)의 제자셨어."

"불사문? 아니, 웬 놈의 처음 들어보는 문파가 이리도 많아?"

"당연히 모르겠지. 불사문에 대해서는 황실의 비밀 중에 하나니까."

'비밀'이라는 소리에 수전노의는 바싹 다가앉으며 졸랐다.

"형님, 그 불사문에 대해서 말해 주시오."

"불사문은… 자네, 진나라를 세운 시조 황제인 진시황이 불사를 꿈꿨다는 사실은 잘 알지?"

"알지요. 그만한 권력을 잡았으면 누구라도 죽고 싶지 않을 터. 영원히 산다는 건 대대로 모든 황제들의 희망 사항이었지요."

"그래. 진나라의 진시황제처럼 명나라를 건국한 주원장 역시 예외가 아니었어. 주원장은 불사의 꿈을 이루기 위해서 비밀리에 불사문을 세웠다네. 불사문은 그야말로 불사(不死)에 대해서 연구하는 문파지. 그 문파는 무공뿐이 아니라 기문둔갑 등 각종 도술을 익히면서 불로장생의 길을 찾고자 했지. 주달달님은 그 불사문에 입문했어. 근데 거기서 문제가 발생했다네."

"어떤 문제요?"

"사랑에 빠진 거야."

"허? 사랑에 빠진 게 왜 문제요? 그건 좋은 일 아니오?"

"삼각관계니 문제지. 주달달님이 사랑한 여인은 맏사형인 다른 남자를 사랑했네. 근데 그 맏사형이란 사람은 도술(道術)에 미쳐서 그녀를 거들떠보지 않았지."

"흐음."

"주달달님은 끈질기게 구혼했으나 거절만 당할 뿐이었어. 외로움에 지친 주달달님은 그녀의 물건을 훔쳐 내서 그것을 보며 아픈 마음을 달래야 했지. 그러나 꼬리가 길면 잡힌다고, 마침내 주달달님은 속옷을 도둑질한 죄로 불사문에서 쫓겨났지."

"……"

황제 주원장의 둘째 아들씩이나 되는 인물이 속옷 도둑질을 하다가 문파에서 쫓겨났다는 소리에 수전노의는 할 말을 잃었다.

그는 신투문의 비사 아닌 비사를 묵묵히 들었다.

제갈은은 한숨지으며 말했다.

"좌우지간 그때부터 주달달님은 도둑질에 맛을 들이기 시작했어. 결국 그건 옥새를 훔쳐 내는 큰일로 발전한 거고 말야. 그래서 아무튼 주달달님은 동생 연왕이 영락제가 된 후에 아예 도둑질을 주업으로 하는 문파인 신투문을 세우셨다네. 영락제도 흔쾌히 찬성했고 말야. 아참! 깜박 잊을 뻔했네! 영락제는 그때 용봉회도 만들었네."

"용봉회? 용봉회라면 우리가 아는 그 용봉회?"

"그래, 그 용봉회. 황족들로 이루어진 비밀 결사대. 영락제가 용봉회를 만든 까닭은, 다시는 자기 같은 황족이 반란을 못 일으키게 하기 위함이야. 용봉회에 가입한 황족은 독단을 먹고 세뇌당해야 하지. 절대로 황권을 넘보면 안 된다는 그런 세뇌 말일세. 그러니까 작금의 황족은 딱 둘로 나눌 수 있어. 용봉회 회원이냐, 아니냐로. 용봉회 회원들은 모두 무공을 할 줄 아는 황족들이지. 허나 회원이 아닌 황족은 그냥 바지저고리같이 주씨라는 이름 하에 작은 지역에서 토호로 먹고사는 사람들이야."

"그럼 우리 주군께서도 독단을 드시고 세뇌를 당하셨단 말이오?"

"그렇지. 아무튼 신투문은 용봉회와 더불어 그간 명나라가 태평성대를 유지하는 데 지대한 공을 세웠어. 예를 들어 신투문이 하는 일이란, 역모가 발생했을 때 그 역모에 가담한 자들이 자신들의 이름을 줄줄이 적어 넣은 연판장(連判狀)을 훔치는 일, 혹은 뇌물받은 자의 뇌물을 증거로 훔쳐 내는 일, 적국의 중요한 물건을 훔쳐 오는 일 등 여러 가지로 다양했지. 대대로 신투문주들은 허가받은 이 도둑질을 즐겼어. 주군께서 신투문주가 되신 후에는 달라졌지만."

"주군께서는 왜 용봉회에서 탈퇴하려고 하신 거요?"

"…모르겠어. 그것에 대해서만은 내게도 아무 말씀 없으셨어."

고개를 젓는 제갈은.

그에게 수전노의는 연이어 질문을 해댔다.

"주군의 세뇌가 깨진 거요? 용봉회원들은 다들 세뇌당했다면서요?"

"세뇌하고는 별개의 문제야. 역모를 일으켜 황권을 탈취하겠다라는 뭐 그런 취지가 아니라 그냥 용봉회에서 탈퇴를 원한다는 것뿐이니까. 하지만 신투문주는 용봉회에 대해서 너무 많은 비밀을 알기에 탈퇴가 받아들여지지 않았지. 하기야 용봉회가 설립된 후로 죽기 전에 탈퇴를 한 회원은 한 명도 없었으니 말이야. 어쨌거나 주군의 탈퇴 일로 용봉회가 발칵 뒤집혀졌었지. 그 후 내내 주군은 용봉회로부터 쫓기셨고."

"휴우~"

수전노의는 나지막이 한숨을 쉬었다.

잠시 침묵이 흐른 후 문득 제갈은이 지나가는 말처럼 물었다.

"이봐, 수전노의. 자네는 무림을 지배하는 자가 누구라고 생각하나?"

"그야 소림사를 비롯한 구파일방이 아니오?"

"틀렸네."

"뭐요? 아니, 그럼 구파일방을 부리는 자가 따로 있단 말이오?"

"그렇네. 구파일방을 지배하는 세력은 바로 황실이라네."

"형님, 나는 당최 이해가 안 가오."

큰 충격을 떨치려고 머리를 흔드는 수전노의.

그에게 제갈은은 씁쓸히 웃음 지으며 설명했다.

"명나라가 건국된 후 주원장은 각 문파들한테 선전 포고를 했지, 복종이나 현판을 내리느냐 양자택일을 하라고. 하지만 황제의 백만 대군을 상대할 수 있는 문파가 이 세상 천지에 어디 있겠나? 결국 구파일방을 포함한 중원의 모든 큰 문파들은 복종의 뜻으로 각파의 비기를 황제한테 바칠 수밖에 없었네. 그 길이 아니면 죽음뿐이니까.”

“…무림이 황궁의 발 아래 있었다니 난 정말 충격이오.”

“무인도에서 혼자 사는 것도 아니고 한 나라에 속해서 사는 이상, 누구도 그 나라의 공권력에서 벗어날 수는 없다네. 그건 무림도 마찬가지야. 무림은 우리 명나라의 황실에 의해 철저히 조종당하고 있지. 아, 어쩔 텐가? 복종 안 하면 없는 죄를 만들어서라도 국법으로 멸문을 시켜버리겠다는데?”

“듣고 보니 말이야 되지만, 어쨌거나 너무 놀라운 일이외다.”

아직도 충격에서 벗어나기 힘들어하는 수전노의.

그러나 제갈은은 아무렇지도 않은 듯 곰방대를 빨며 말을 이었다.

“아무튼 초대 신투문주 주달달님은 황궁보고에 쌓여 있는 각 문파의 비기를 종합해서 신투문의 경공을 만들어내셨네. 용봉회원들과 신투문주들은 황궁무공을 익혀왔지만 신투문의 경공만큼은 신투문의 것이란 소리야. 그래서 주군께서는 아드님인 주달비님한테 경공만을 가르치셨고.”

“잉? 그건 또 무슨 소리요?”

수전노의는 제갈은이 다른 얘기를 하자 눈을 동그랗게 뜨며 반문했다.

이에 제갈은은 슬며시 수전노의를 보며 물었다.

“주군이 신투문주이며 그분은 아드님한테 신투문을 물려주길 원치 않으신다고 내가 일전에 얘기한 적이 있지?”

“그랬죠. 난 그때 처음으로 신투문이란 말을 들었구요.”

“사실 주군께서는 아드님이 신투문을 물려받을지 말지 선택의 자유를 주셨어. 나중에 용봉회가 아드님 앞에 나타날 때 그때 아드님이 스스로

원하는 길을 선택하도록 말야."

"그래요?"

"근데 아드님한테 황궁무공을 가르쳤다면 아드님은 선택이고 뭐고 없이 당연히 황실에 종속되어야 하지. 그게 무림의 법도니까, 한 문파의 절기를 배우면 그 사람은 당연히 그 문파에 귀속된다는."

"압니다. 그 문파에서 나오려면 거기서 배운 무공을 전폐해야 빠져나올 수가 있지요. 제가 의원이라 그런 환자를 본 일이 있는데, 완전히 산송장이 되었더군요."

"그래서 주군께서는 혹여 아드님이 황궁에 발목을 잡힐까 봐 아드님한테 황궁무공은 일절 가르치질 않고 오직 신투문의 경공만을 가르치셨네."

"그럼 아드님은 경공밖에 모르나요?"

"뭐… 초대 신투문주인 주달달님이 불사문에서 배워온 기문둔갑도 있지."

"하지만 불사문은 황궁 거라면서요? 그러니 불사문의 무공도 황실에 종속되는 거 아닙니까?"

"괜찮아. 불사문은 이미 사라진 지 오래야. 그 까닭인즉슨, 주달달님의 연적인 만사형이라는 작자가 어디론가 증발돼 버렸어. 일설에 의하면 그자가 도를 닦아 신선의 세계로 갔다는 말이 있어. 어쨌든 그 후 불사문은 만사형을 사랑하던 여인에 의해서 뒤집혀지고 난리가 나서 흐지부지되어 버렸지."

"……."

수전노의는 제갈은이 지금까지 들려준 얘기를 곱씹어보다가 물었다.

"형님, 형님은 주군의 아드님이 신투문을 이어받을 거라고 보십니까?"

“아드님의 꿈은 아주 소박해. 조그만 가게를 차려서 예쁜 아낙이랑 행복하게 사는 거라네. 클클클~”

제갈은은 주름진 얼굴 가득 함박웃음을 머금었다.

반면에 수전노의는 툴툴거렸다.

“허어~ 그것참! 사나이의 꿈이 무림 정복까지는 아니더라도 뭔가 거대한 야망이 있는 것도 아니고 고작 가게 하나 차리는 거라니요?!”

“그렇게 나쁘게만 볼 것도 없지. 사람이 이렇게 살든 저렇게 살든 자기 스스로가 행복을 느끼면 되는 거 아닌가?”

“그래도 그렇지, 저 위대한 주씨 혈통에 생불가의 주인씩이나 되고 그런 엄청난 위력을 가진 신패의 주인이 가게 하나 차려서 살겠다는 게 말이 됩니까?”

“두고 보세나. 아드님이 어떤 길을 가실지는 나도 몰라.”

“형님! 아드님이 아무리 자기가 원해서 소박한 길을 걷겠다고 해도 용봉회에서 가만두지 않을 거요!”

“……”

제갈은은 아무 대꾸 없이 밤하늘을 응시했다.

별조차 안 보이는 시커먼 하늘.

빛이라고는 한 점 없는 그 하늘은 주군이 남긴 단 한 명의 핏줄인 구달비의 앞길을 말해 주는 것만 같았다.

구달비가 적이 걱정되는 제갈은.

그는 무거운 마음을 달래며 조용히 한숨지었다.

이때였다.

사방에서 괴이한 소리가 들려왔다.

“키히히히히~”

"끄으으… 끼히이 끼히이~"

고개를 들어보니 언제 나타났는지 소복을 하얗게 차려입은 송장들이 주위를 에워싸고 있었다. 허공엔 도깨비불이 날아다니고 귀신들이 떼거지로 흐느적거리며 귀곡성을 토해내고 있었던 것이다.

심장이 덜컥 내려앉을 정도로 공포스러운 광경.

그러나 수전노의는 겁을 내기는커녕 대뜸 소리를 질렀다.

"야, 유령문주 이놈아! 귀신 놀음 그만 하고 얼른 상판이나 보여라!"

그러자 송장 중 하나가 히죽거리며 앞으로 다가들었다.

"흐흐흐~ 오랜만이오?"

"쳇! 하도 안 오길래 난 네놈이 목숨이 아까워서 도망간 줄 알았다!"

수전노의 말에 얼굴에 하얗게 분칠을 한 송장이 고개를 끄덕였다.

"사실 아닌 게 아니라 발걸음이 좀처럼 떨어지질 않더군."

"홍! 그렇게 목숨이 아깝냐? 주군 덕에 지금까지 잘 살아온 걸 생각하면 의당 그 은혜를 갚아야지?"

"그래서 도망 안 가고 이렇게 제 발로 걸어왔잖소?!"

수전노의의 면박에 얼른 대꾸한 송장은 제갈은한테 물었다.

"총관 형님, 내가 구해달라는 건 다 구했소이까?"

"그래. 중원 전역을 이 잡듯이 뒤져서 다 구해놨어. 그 외에 필요한 건 새로 만들기도 했지. 여덟 방향으로 다리가 달린 커다란 청동향로 같은 것들 말일세. 용봉회 눈에 띄지 않게 하느라 생각보다 시간이 많이 걸렸네."

제갈은은 대답을 하고는 곧바로 유령문주한테 질문을 했다.

"그런데 자네 틀림없이 이 물건들과 유령문의 대법으로 주군을 부활시킬 수 있는 건가?"

"주군께서 반드시 부활하실 거라고 장담은 못하지만 최선을 다해보겠소이다.”

포권을 하며 허리를 굽혀 보이는 유령문주.

이때 곁에서 지켜보던 수전노의가 끼어들어 물었다.

“하지만 그 대법이란 게 꼭 사람의 희생이 필요한 겐가? 주군을 살리면서 동시에 자네가 살아날 다른 방도는 없겠나?”

수전노의의 물음에 유령문주는 고개를 저었다.

“반드시 누군가가 희생을 해야만 합니다. 그리고 희생할 사람도 그냥 보통 사람이 아닌, 대법을 정확히 알고 있는 사람이어야 하지요. 한 사람의 영혼이 이승으로 오고 동시에 한 사람의 영혼은 저승으로 가고. 우주의 법칙은 조금도 어긋남이 없습니다. 하나가 사라지면 그 하나를 대신할 다른 게 필요한 거지요.”

수전노의는 침을 한번 꿀꺽 삼키고 재삼 확인했다.

“자네, 살신성인을 할 결심이 정말로 되었나?”

“…내가 굶어 죽을 처지였을 때 생불가에서 나를 거두어주지 않았다면 난 이 나이만큼 살지도 못했소. 게다가 유령문주의 눈에 띄어 유령문을 계승함은 물론, 아들딸에 손자까지 봤으니 더 이상 내가 무슨 미련이 있겠소? 사실… 더 살고 싶기는 하지만. 하하하~”

“…….”

유령문주는 대소를 터뜨렸지만 그를 따라서 웃는 사람은 없었다.

장내는 숙연한 분위기에 잠겨들었다.

갑자기 수전노의가 얼굴을 바짝 치켜들고 물었다.

“근데 주군께서는 사실은 진짜로 죽고 싶어하셨을지도 모르지 않소? 우리가 괜히 살려내는 건 아닌가 모르겠군요?”

의문스러워하는 수전노의.

제갈은은 즉각 그의 말을 부정했다.

"내가 보기엔 그렇지 않아. 아마도 주군께서는 당신의 거처가 용봉회에 또다시 노출된 걸 아시고 한번 모험을 해보신 거겠지. 30년이나 계속된 추격에 더 이상 쫓겨 다니기 지긋지긋하셨을 테니까 말야. 그리고 그 기회에 아드님을 자립시켜 보려는 의도도 있으셨을 게야. 아무튼 주군은 나라는 사람을 잘 아시니까 내가 당신을 되살리려고 기를 쓸 거라는 것을 분명히 계산에 넣고 행동하신 걸 거야."

"형님, 근데 신패는 어디 있소?"

수전노의가 은근슬쩍 물어왔다.

제갈은은 빙그레 웃으며 곰방대로 수전노의의 배를 쿡 찔렀다.

"나도 몰라. 아마도 신패는 주군만이 아시는 장소에 보관하셨겠지."

제갈은은 수전노의와 유령문주를 향해 목소리에 무게를 실었다.

"주군을 되살려 내는 일을 서둘러야만 해. 요즘 변방의 정세가 심상치 않거든."

"그건 또 무슨 소리유?"

눈을 크게 뜨고 의아해하는 수전노의.

제갈은은 곰방대에 연초를 새로 채워 넣으며 말했다.

"나야 장사꾼들을 지휘하는 입장이니 소문이 금방 귀에 들어오지."

"아, 뜸 들이지 말고 본론만 말하시우!"

"자신이 절대로 안 죽는 불사의 몸이라고 우기는 놈이 세상에 등장했어. 과거 천왕문의 둘째 제자 선우운철이란 놈이지. 놈이 라마승들을 꺾고 활불국을 점령했어."

수전노의는 콧방귀를 뀌었다.

"홍! 불사가 뭐 뉘 집 똥 강아지 이름인가? 난 의술을 행하는 입장으로서 불사라는 건 당최 믿질 못하겠소! 세상에 모가지 잘리고도 안 죽을 놈

있으면 한번 나와보라고 하시오! 만약 있다면 그게 어디 사람이오? 강시 지!"

"글쎄… 그렇게 아니라고 만도 볼 수가 없는 것이… 만일 불사를 추구 하던 그 불사문의 맏사형이라는 도사가 신선의 세계로 간 게 아니라 어딘가에서 계속 연구해서 불사를 정말로 이뤄냈을 수도 있잖나?"

제갈은의 말에 수전노의는 손사래를 쳤다.

"형님! 그런 건 말도 안 되는 소리요. 천왕문의 그 선우 뭐시깽이란 놈이 뻥을 치는 거요. 불사? 쳇! 웃기고 자빠졌네."

"흠. 어쨌거나 문제는 불사도 문제지만, 그놈의 별호가 더 큰 문제야. 아 글쎄 이놈이 스스로 무황이라 칭했다는구만?"

"……!"

유령문주의 얼굴이 굳어졌다.

그와 동시에 수전노의는 경악성을 토했다.

"무… 황? 아니, 그놈이 정말 별호에 황(皇) 자를 넣었단 말이오?"

"그래, 황! 황제 외에는 어느 누구도 쓰지 못하게 되어 있는 글자, 황! 그러니 그 선우운철 놈이 미친놈이지."

제갈은은 입을 딱 벌리고 있는 수전노의와 유령문주한테 물었다.

"만약 자네들이 황제라면 어떻게 할 텐가? 지상 최고 무소불위의 권력을 잡았으니 천년만년 그걸 누리고 싶은 게 당연한 심정. 당연히 불사가 되고 싶겠지? 고로 황제는 그 선우운철한테 불사의 길을 대라고 족칠 게야. 만에 하나 그 선우운철이란 놈이 황제한테 불사의 길을 안 가르쳐 주려고 버틴다면……."

제갈은이 말끝을 흐리자 수전노의가 다급히 물었다.

"버틴다면?"

"전쟁이 발발할 수도 있음이야."

"뭐, 뭐요? 전쟁?"

"그래, 전쟁. 선우운철이 무황이라는 별호를 지키려고 활불국 라마승들의 힘을 등에 업고 변방을 통일시킨다면 뭐, 전쟁이 꿈만도 아니야. 설마 신강(新疆)을 잊지는 않았겠지?"

신강.

활불국에서 보면 북쪽이요, 중원에서 보면 서북방에 위치한 신강.

몽고족이라 불리는 거친 기마 민족이 사는 땅 신강.

대륙은 기억하고 있다, 그 몽고족의 수장인 징기스칸이라는 자가 얼마나 종횡무진으로 중원을 비롯한 그 넓은 땅 전체를 짓밟고 다녔는지를!

제갈은은 곰방대의 연기를 물끄러미 응시하며 말했다.

"징기스칸의 후예한테 중원이 넘어간 후, 마침내 주원장이 명을 건립하고 원 제국의 수도인 대도(大都)를 함락시켰을 때 원 순제(順帝)는 수십만 명의 몽고족을 이끌고 신강으로 되돌아갔지. 하지만 그게 끝이 아니라 그 후 영락제 때만 해도 5번이나 몽골 친정을 했으니 그들과 우리 중원은 견원지간이라 해도 과언이 아니지. 서로 호시탐탐 침략할 기회만을 엿보고 있으니 말야."

"……."

기억하기 싫은 중원의 어두운 역사를 끄집어내는 제갈은.

수전노의와 유령문주는 그의 말을 묵묵히 경청했다.

"듣자니 선우운철이란 놈의 무공이 하늘을 두 쪽으로 낸다고 하더군. 누구도 당할 자가 없대. 칼로 찔러도 베어지지가 않는 놈을 무슨 수로 당하겠는가? 그러니 그놈이 활불국처럼 신강을 점령하지 못한다는 보장도 없지."

"그래도 모가지를 자르면……."

"아, 글쎄 모가지를 자를 수가 없다잖아! 칼이 아예 안 박힌대!"

제갈은이 답답함에 고함을 치자 수전노의는 얼른 입을 다물었다.

제갈은은 곰방대를 탁탁 털며 계속 말했다.

"어쨌든 선우운철이 새외(塞外) 세력을 통일시키면 문제가 아주 커져. 그만한 세력을 손에 넣으면 우리 중원이 아니라 어디하고라도 한판 붙어 볼 만하지. 하기야 나라도 불사의 몸이 되면 대륙 전체의 황제가 되고 싶어질 거야."

"……."

수전노의가 가만히 있자 제갈은은 그를 힐끗 보며 하소연을 늘어놓았다.

"만약 전쟁이 벌어진다면 그런 소란에 시달리는 건 가난한 백성들과 우리 상인, 그리고 신투문이지. 사실 상인들은 전쟁이 한몫 단단히 챙길 수 있는 기회도 되지만 우리 생불가는 조그만 영세점포를 가진 상인들이 많아서 타격이 클 걸세. 그리고 뭐니 뭐니 해도 신투문이 문제야. 명나라 황실은 무슨 일만 벌어지면 똥개 불러대듯 신투문을 부려먹었거든. 과거 신투문주들은 허가를 받고 당당히 도둑질을 하러 가는 입장이었으니 그것을 즐겼지만, 지금은 주군의 아드님이 신투문을 이어받지도 않았을뿐더러 설령 이어받는다 치더라도 아드님의 무공이 시원찮아. 무공도 변변찮은 아드님께 무슨 사고라도 발생하면 나는 주군을 뵐 면목이 없어."

"근데 전쟁 같은 일에서 신투문주가 할 수 있는 게 뭐요?"

수전노의가 조심스럽게 입을 열었다.

제갈은은 깊은 한숨과 함께 설명했다.

"휴우~ 불사지체의 비밀을 알아오던가 아니면 그놈이 가지고 있는 무공지서를 훔쳐 오던가… 신투문주가 할 일은 많아."

"그래도 신패가 없으면 신투문주로 인정을 못 받잖소?"

"천만에! 신패가 없으면 얼씨구나 잘됐다 하고는 더 잘 부려먹겠지!"

이때 시종일관 잠자코 있던 유령문주가 입을 열었다.

"만약 전쟁이 벌어지면… 황실의 발 아래 있던 무림이 새외 세력 쪽으로 가서 붙을지도 모릅니다. 새외 세력이라고는 하지만, 그 우두머리인 선우운철은 오랑캐가 아닌 중원인이니까요. 그러니 중원에서 그에게 동조하는 자들이 분명히 생겨날 겁니다."

이에 제갈은이 의미심장하게 웃으며 물었다.

"유령문주 자네라면 어떻게 하겠나? 그쪽에 붙어서 새로운 나라를 건국하겠나, 아니면 명나라를 지키겠나?"

"글쎄요? 잘 모르겠습니다. 저야 대법을 시행하다가 내일 죽을 목숨이니 제가 어느 쪽에 가서 붙을지는 상관이 없지요. 하하하~"

죽음을 목전에 두고도 호쾌하게 웃는 유령문주.

제갈은은 유령문주의 어깨를 두드리며 말했다.

"이제 가보세. 가서 주군을 되살려 보세나."

*　　　*　　　*

구달비는 산속을 달리고 있었다.

그는 자신이 명나라를 개국한 위대한 황제 주원장의 핏줄인 줄도, 중원 2대 상가의 하나인 생불가의 주인이라는 사실도 모른 채 마냥 달리고 있었다.

품에서 흑아가 머리를 내밀고 말을 건다.

"달비야, 어디로 갈 거야?"

"음… 그게 말이지, 딱히 갈 곳은 없지만 난 금씨세가에 한번 가보고 싶어."

"금씨세가라면 네 애인이 사는 곳?"

"그래. 금 낭자가 보고 싶어. 내가 곰국에서 삶아지고 있을 때 마지막으로 떠오른 게 그녀의 모습이야. 그녀가 못 견디게 보고 싶어."

"……."

흑아는 아무 말도 하지 않았다.

녀석은 구달비한테 '나는 안 보고 싶었어?' 라고 묻고 싶었지만, 배신하고 도망간 놈을 누가 보고 싶어했으랴?

흑아는 구달비를 배신했었다는 사실을 상기하자 조금 우울해졌다.

구달비는 그런 흑아의 머리를 쓰다듬으며 말했다.

"흑아야, 돌아와 줘서 고마워."

"에헷헷헷헷~"

흑아는 금세 기분이 좋아져서 웃음보를 터뜨렸다.

킬킬대는 고양이를 내려다보며 구달비는 속으로 한숨을 쉬었다.

'기연을 얻어 이제 내 공력은 2갑자! 내공만으로 치면 나는 전 중원에서 열 손가락 안에 드는 고수다. 더불어 청부단주 천면호리가 내게 먹였던 공력을 못 쓰게 만드는 당문의 독약 또한 흔적도 없이 사라졌다. 하지만… 휴우~'

구달비가 이처럼 한숨짓는 데는 까닭이 있었다.

동굴에서 흑아와 뿔토끼가 싸울 당시.

마지막으로 한 번만 더 일주천하면 완성되는 기연을, 흑아가 위급한 지경에 처하자 구달비는 기연을 미처 끝내지 못하고 두 영물의 싸움에 뛰어들었던 것이다.

그러니 답답한 한숨이 나오는 건 당연지사.

'휴우~ 한 번만! 한 번만 더 기연이 있었으면! 그러면 나는 정말로 굉장한 그 무엇인가가 될 수 있을 텐데!'

남들은 평생 한번 얻기도 힘든 기연을 이미 두 번씩이나 겪고도 모자라 세 번째 기연을 바라는 구달비.

한마디로 그것은 도둑심보였다.

그래도 구달비는 한 번 더 기연을 바랐다.

'사람한테는 일생에 세 번의 기회가 온다고 하는 것처럼, 살다 보면 언젠가는 세 번째 기연이 올 수도 있어.'

구달비는 조급해하지 않고 느긋하게 생각하려고 노력했다.

'이것도 다 팔자겠지. 그때 만약 내가 마지막 일주천을 해서 기연을 완성시켰다면 난 흑아를 잃었을 거야. 그놈의 뿔토끼가 흑아를 죽였겠지.'

하나를 얻느라 다른 하나를 잃은 구달비.

그는 다시 돌아온 친구와 함께 금씨세가로 향했다.

*　　　*　　　*

금경은이 사는 금씨세가에 도착한 구달비.

그는 행여나 금경은의 아버지나 오라비한테 들킬까 염려되어 조심스럽게 담을 타넘었다.

곧이어 금경은이 거주하는 전각에 도착한 구달비.

그 앞에서 구달비는 입을 딱 벌렸다.

전각은 뿌연 장막에 휩싸여 있었다.

주변의 전각들은 멀쩡한데 오직 금경은의 전각만이 안개 속에 모습을 감추고 있었던 것이다.

인위적으로 만들어낸 안개. 누가 봐도 진임을 알 수가 있다.

흑아가 고개를 갸웃거리며 전음을 보낸다.

『달비야, 저거 왜 저래? 지난번엔 안 그랬었던 거 같은데?』

『저건 진이라고 하는 거야. 일종의 울타리지. 분명히 내가 못 들어가게 금 낭자의 아버지가 만들어놓은 걸 거야.』

구달비는 호흡을 가다듬고 위로 높이 도약했다.

단번에 30장(三十丈:대략 100미터)을 솟구치는 놀라운 경공.

그러나!

구달비는 무형의 장막에 코를 부딪치고 주르르 미끄러져야만 했다.

약이 오른 구달비는 2갑자의 공력을 몽땅 끌어올려서 다시 한 번 뛰어올랐다.

하지만 결과는 마찬가지.

구달비는 하늘 꼭대기를 올려다보며 투덜댔다.

『제기랄! 더럽게도 높이 세워놨군!』

『달비야, 땅을 파보자.』

혹아가 눈을 초롱하니 빛내며 꾀를 냈다.

그러나 구달비는 고개를 저었다.

『아니야. 땅을 파봤자 헛수고야. 위가 저렇게 높으면 그 지지대도 그만큼 깊어. 그러니 어느 세월에 땅을 파? 그리고 파다가 들키기라도 하면 그땐 또 어떡해?』

『그렇구나. 그럼 이제 어쩔 거야?』

『일단 이곳을 벗어나서 생각해 보자.』

구달비는 몸을 날려 금씨세가 옆 언덕에 내려섰다.

그는 혹아와 마주 보고 앉아서 한숨을 푹푹 쉬었다.

"에휴~ 애인 얼굴 한번 보기 더럽게 어렵네."

하지만 혹아는 남의 연애질에는 도통 관심이 없는지 딴소리다.

"달비야, 나 배고파."

"나도 배고파. 우리 일단 토끼라도 잡아먹자. 근데 소금이 얼마큼 남왔더라?"

도끼포두 정헌풍한테서 얻어온(?) 소금 쌈지를 부스럭대고 꺼내보는 구달비.

그에게 흑아가 묻는다.

"달비야, 밥 먹은 다음엔 뭐 할 거야?"

"글쎄? 진 때문에 금 낭자를 만날 수 없으니 북경으로 황궁보고나 털러 갈까?"

구달비의 말에 흑아가 깜짝 놀란다.

"뭐? 황궁보고를 털러 가? 그거 진담이야?"

"푸훗. 농담이야. 사실 나야 가고 싶은 마음이 굴뚝같지만 넌 거기 가는 거 무서워하잖아?"

"음… 근데 황궁보고란 곳에 한번 가보는 것도 좋을 거 같아."

흑아가 뒤통수를 벅벅 긁으며 말했다.

뜻밖의 소리에 이번에는 구달비가 깜짝 놀랐다.

"흑아 너 진짜로 하는 말이야? 왜 갑자기 마음이 변했어?"

"난 네가 원하는 걸 들어주고 싶어. 그리고 그 안엔 돈이 많잖아? 황궁보고를 터는 걸로 우리 도둑질의 대단원을 내려보자구. 헤헤헤~"

구달비를 배신함으로써 친구한테 상처를 줬던 흑아.

녀석은 황궁보고에 따라가 주는 것으로 그 빚을 갚고 싶었다.

구달비는 흑아가 더 이상 북경행을 거부 않자 무척 기뻤다.

"흑아야, 정말이야? 정말로 북경에 가도 되는 거야?"

"그래! 우리 황궁보고를 털러 북경에 가자!"

"야호~"

구달비는 환호성을 지르며 흑아를 번쩍 들어 올렸다.

그때였다.

뒤에서 인기척이 들려왔다.

구달비는 재빨리 휙 뒤를 돌아다보았다.

멀찌감치 떨어진 소나무 밑에 서 있는 아리따운 처녀.

청부단주 독고미향이다.

구달비는 떨떠름하게 물었다.

"여긴 어쩐 일이야?"

"……."

독고미향은 선뜻 대답을 못하고 우물거렸다.

그녀는 오라비 독고강이 '도둑놈은 죽었다' 라고 했지만, 그 말을 믿을 수가 없었다. 그녀는 자기가 그때 당문의 독침을 맞은 상태라 공력을 쓸 수가 없었기 때문에 구달비가 죽지 않았다는 사실을 알아채지 못했을 수도 있다고 생각했다.

그리고 독고미향은 오라비로부터 악마가 절벽으로 떨어지는 구달비를 구해갔다는 말을 듣고 구달비가 살아 있을 거라는 희망을 품었다.

그러나 그녀는 오라비 독고강과 함께 구달비를 찾았으나 아무리 찾아봐도 구달비는 흔적조차 없었다.

결국 독고미향은 구달비가 살아 있으면 분명히 금씨세가의 여식을 만나러 올 거라 판단하고 이곳 금씨세가 주변에서 진을 쳤다.

하루, 이틀, 사흘… 독고미향은 구달비의 무사함을 간절히 기원하면서 눈이 빠져라 기다리고 또 기다렸다.

그리고 마침내 그가 나타났다.

구달비는 죽기는커녕 예전보다 더 건장한 모습으로, 더 빠른 경공으로 나타난 것이다.

그때의 감격이란……!

독고미향은 구달비의 살아 있는 모습을 보고 자기도 모르게 눈물을 주르르 흘렀다.

그리고 구달비의 건재함을 확인한 그녀는 자리를 뜨려고 했다.

하지만 웬일인지 발길이 떨어지질 않았다.

결국 구달비 앞까지 나서게 된 그녀.

독고미향은 대체 자기가 왜 이러는지 알 수가 없었다.

그런 독고미향에게 구달비가 재차 묻는다.

"야! 여긴 왜 왔냐구?"

"그냥… 네가 여기로 올 거 같아서 한번 와본 거야."

독고미향은 불안정한 미소를 지으며 간신히 대답했다.

그녀에게 흑아가 이빨을 드러내 보인다.

"야! 청부단주! 또 우릴 잡으러 온 거냐?"

"아니야! 그래서 온 게 아니야! 다시는 너네들 안 잡아. 당문의 청부는
이미 완수했는데 뭐."

"근데 왜 왔어? 빨랑 꺼져!"

흑아가 앞발로 주먹질을 하며 으름장을 놨다.

독고미향은 치맛자락을 만지면서 미적거렸다.

"나는… 나는……."

뭐라고 할 말이 없다.

이때 구달비가 그녀에게 지나가는 투로 말했다.

"흑아한테서 들었어. 네가 당문에서 나를 빼내줬다며? 고마워."

"아이~ 별거 아니야."

독고미향은 당장 얼굴에 화색을 띠며 배시시 웃었다.

그러나 구달비는 표정을 풀지 않았다.

"왜 그랬어? 당문에 나를 팔아넘기고 다시 구해준 의도가 뭐야?"

시큰둥하게 묻는 구달비.

그러나 곧 그는 심장이 뜨끔했다.

말없이 자신을 바라보는 뜨거운 시선.

눈치 빠른 구달비는 얼굴이 화끈 달아올랐다.

그는 괜히 헛기침을 했다.

"험험."

독고미향이 몇 발자국 다가오더니 쭈뼛거리며 물었다.

"이제 어디로 갈 거야?"

"알아서 뭐 해?"

매몰차게 외면하는 구달비.

그에게 독고미향은 용기를 내서 말했다.

"어디로 가는지는 모르지만⋯ 나도 따라갈래."

"뭐?"

구달비는 눈을 크게 떴다.

흑아 역시 굉장히 놀랐다.

당장에 고양이 입에서 험악한 소리가 터져 나왔다.

"뭐야? 아니, 저년이? 야! 말 같지도 않은 소리 하지도 마! 달비야! 저거 아주 위험한 년이야! 언제 또 우릴 팔아먹을지 모른다구!"

강한 적의를 드러내며 으르렁대는 흑아.

구달비는 그런 흑아를 쓰다듬으며 독고미향을 곁눈질했다.

"왜 우릴 따라오려는 거야?"

"⋯그냥."

고개를 푹 수그린 채 기어들어 가는 목소리를 내는 독고미향.

구달비는 미묘한 감정이 되었다.

그는 천면호리가 자기를 좋아한다는 사실을 쉽게 눈치챌 수 있었다.

어쨌거나 천면호리는 자신의 첫 여자.

그러나 자신은 정말로 좋아하는 여인을 위해서 길을 떠나는 상황.

구달비는 차갑게 말했다.

"나는 금 낭자를 위해서 황궁보고로 영약을 훔치러 가는 길이야."

"……!"

뜻밖의 소리에 독고미향은 적이 당황했다.

그녀는 솔직히 어찌할 바를 몰랐다.

하지만 그녀가 아는 오직 한 가지 사실은, 여기서 이 도둑 청년과 헤어지면 이젠 정말로 끝이라는 점이다.

구달비와의 인연이 끝난다고 생각하자 독고미향은 무엇에라도 매달리고픈 절박한 심정이 되었다.

독고미향은 얼굴을 들어 구달비를 똑바로 쳐다보며 말했다.

"그래도 좋아. 같이 가고 싶어."

"…니 마음대로 해. 미리 말해 두지만 난 너를 책임질 수 없어!"

구달비는 몸을 돌려서 천천히 경공을 펼쳤다.

독고미향은 즉각 뒤를 따르면서 밝게 말했다.

"내 이름은 독고미향이야."

"아무도 안 물어봤어!"

혹아가 당장에 면박을 준다.

독고미향은 입술을 깨물었다.

"……."

왜 이런 대우를 받으면서까지 따라가야 하는지 모르겠다.

하지만 이 젊은 도둑을 보고 있노라면 그저 좋았다.

그의 얼굴만 봐도 저절로 웃음이 나왔고, 그의 목소리만 들어도 기분이 들떴다.

구달비의 넓직한 등판을 보는 독고미향의 얼굴에 미소가 떠올랐다.

　…이런 사연으로 구달비는 흑아와 독고미향을 대동한 채 북경으로 향하게 되었다.

　북경!

　황궁보고가 있는 곳!

　그리고 구달비의 소유인 중원 2대 상가 생불가가 있는 곳!

第七章

황궁보고

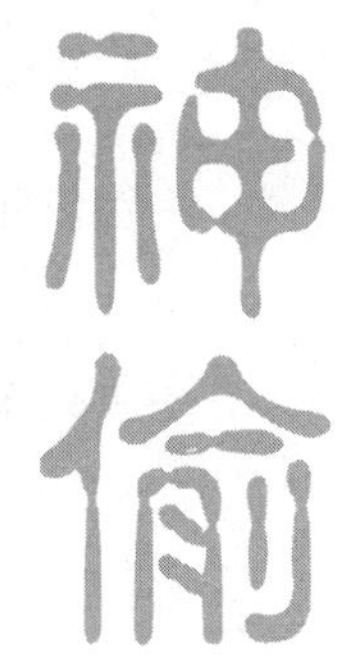

이곳은 북경에 있는 한 승상(丞相:정승)의 저택.

신하로서는 나라의 최고 권력을 잡고 있는 대신의 집이라 그런지 한밤중임에도 불구하고 저택의 규모와 꾸며놓음이 이루 말할 수 없이 화려하게 드러난다.

구달비는 승상이 거주하는 전각의 지붕에 납작 엎드려 있었다.

그런 그의 등판에는 흑아가 길게 누워서 잠을 자고 있다.

구달비와 북경에 같이 온 독고미향은 황궁보고의 위치를 알아내기 위해서 승상의 방에 잠입해 있고, 구달비는 지금 망을 보고 있는 중이다.

한데 구달비는 망을 보기보다는 깊은 상념에 잠겨 있었다.

북경까지 오는 동안의 여행은 무척 즐거웠다.

처음에 흑아는 독고미향이 구달비한테 접근하는 걸 굉장히 질투하더니, 조금 시간이 지나자 독고미향을 아주 잘 따랐다. 먹는 것에 목숨을 거는 흑아는 독고미향이 사주는 과자와 사탕에 홀딱 넘어간 것이다.

그리고 비단 먹을 것뿐만이 아니라 독고미향은 고아원에서 아이들을 돌본 경력 때문인지 흑아를 능숙하게 잘 다뤘다.

흑아와 독고미향의 사이가 좋아지자 여행은 매우 순조로웠다.

더불어 구달비와 독고미향은 예전에 몸을 섞은 적이 있었기 때문에 곧 밤마다 불타오르게 됐다.

그런데 첫날 밤, 구달비는 독고미향의 몸에서 예전에는 없던 상처를 발견했다.

능라비단같이 아름다운 몸을 추악하게 만들어놓은 흉터.

구달비는 독고미향의 팔과 옆구리에 나 있는 그 칼자국들이 그녀가 자신을 당문에서 구출해 내다가 얻은 상처라는 걸 쉽게 짐작할 수 있었다.

자기도 모르게 콧날이 시큰해진 구달비.

그런 그에게 독고미향은 아무 생색도 내지 않았다.

오히려 그녀는 몹시 당황해하며 구달비가 부담을 갖지 않도록 노력했다.

구달비는 고개를 숙여 그 흉터에 입맞춤을 했다.

그러자 몹시 쑥스러워하는 독고미향.

구달비는 여행을 하면서 그녀와 정이 많이 들었다.

그러나 한편으로는 꽤 걱정도 됐다.

그는 금경은을 위한 황궁보고를 터는 일에 독고미향의 도움을 받는다는 사실이 많이 켕겼다.

시기가 오면 독고미향과 헤어져야 한다는 생각이 뇌리를 지배한다.

그러나 자기를 향한 독고미향의 순정을 생각하면 마음이 아팠다.

구달비에게 있어 금경은과 독고미향 중에서 한 명을 택하라면 당연히 금경은이었다.

하지만 그렇다고 해서 독고미향을 내치자니 걸쩍지근하다.

일부일처(一夫一妻)제를 지향하는 구달비.

그는 팔에 턱을 받치고 깊은 한숨을 쉬었다.

'휴우~ 어떡한다? 에이, 일단은 금 낭자의 병부터 고친 후에 생각하자.'

구달비는 골머리 썩이는 일을 뒤로 미루었다.

이때였다.

그의 등에 누워 자고 있는 흑아한테 이상한 일이 발생했다.

흑아의 검은 머리통에 무지갯빛 가루가 나타나서 아롱댄다.

독고미향의 오라비 독고강이 칠보동보라 칭한 가루들.

그러나 그 가루들은 이내 흑아의 머리 속으로 다시 사라졌다.

곧이어 흑아가 부시시 눈을 뜨며 비몽사몽간에 전음을 보낸다.

『달비야, 뭐라고? 나 못 들었어. 다시 말해 봐.』

구달비는 흑아한테 핀잔을 줬다.

『너 지금 무슨 잠꼬대를 하는 거야? 나 아무 말도 안 했어.』

『이상하다? 분명히 뭐라고 한 거 같았는데?』

흑아는 조그만 앞발로 머리통을 벅벅 긁었다.

녀석은 고개를 갸우뚱거리다가 다시금 잠에 빠져들었다.

그러나 잠시 후 흑아는 전음으로 또 중얼댔다.

『달비야, 자꾸 말시키지 마. 나 너무 졸려.』

『누가 말을 시켰다고 그래?』

『금방 또 뭐라고 말을 했잖아?! 이씨! 장난치지 말란 말야!』

흑아가 졸음에 겨워 짜증을 낸다.

구달비는 괴이함을 느꼈다.

"……!"

그는 혹시 누가 흑아에게 전음을 보내나 사위를 살폈다.

그러나 주변엔 사람은 물론 그 흔한 귀뚜라미 한 마리 없다.

구달비는 흑아한테 버럭 소리를 질렀다.

『야! 니가 꿈을 꾼 거야! 그러니까 그냥 조용히 자!』

『꿈이 아니야! 뭐라고 말하는 소리를 분명히 들었어!』

『나는 아무 말 안 했다니까 그러네?』

『거짓말하지 마! 같이 망 안 보고 나 혼자 잠자는 게 얄미워서 일부러 잠 깨운 거 다 알아!』

구달비와 흑아는 왈가왈부하며 티격태격했다.

그런데 지붕 위에서 이런 일이 벌어지는 사이, 독고미향은 승상의 침상 옆에 서서 승상을 내려다보고 있었다.

승상 부부는 불청객이 와 있는 줄도 모르고 꿈나라를 헤매고 있다.

독고미향은 승상 부인의 수혈을 짚었다.

그 후 그녀는 승상에게 전음을 보냈다.

『애야, 아들아. 일어나 보거라.』

귓가로 들리는 돌아가신 아버지의 음성.

그러나 승상은 눈을 못 떴다.

웬만하면 일어나겠는데 오늘은 조정에서 밤늦게까지 회의를 하고 온 터라 상당히 피곤했다.

"으음… 음냐 음냐……."

정신을 못 차리는 승상의 귀로 벼락같은 호통이 들려왔다.

『이놈아! 그만 자고 일어나거라!』

"끄응……."

승상은 눈을 감은 채로 천천히 일어나더니 침상 위에 무릎을 꿇고 엎드렸다. 잠결에 무의식으로 하는 행동이다.

그에게 독고미향은 조용히 말했다.

『애야, 나다. 네 애비다.』

"아버님… 오늘은 또 무슨 일로……."

승상의 목소리가 점차 잠겨들더니 그의 말은 끊어져 버렸다.

독고미향이 보려니까 승상은 개구리마냥 납작 엎드린 채 자고 있었다.

"쿨~"

"……!"

독고미향의 얼굴에 어이없다는 표정이 떠올랐다.

그녀는 엎드려 있는 승상의 뒤통수를 냅다 후려갈겼다.

철썩~

『이놈! 당장 일어나거라!』

뒤통수를 얻어맞은 승상은 졸린 눈을 비비며 억지로 입을 열었다.

"아버님, 왜 또 나타나셨습니까? 묘지도 이장해 드렸고, 비석도 원하시는 걸로 다시 세워 드렸는데 또 뭔가요?"

죽은 지가 10년이 넘었건만 허구한 날 나타나서 뭔가를 요구하는 아버지 유령한테 투정을 부리는 승상.

독고미향은 그런 그를 보자 피식 웃음이 나왔다.

그녀는 웃음을 참으며 물었다.

『애야, 황궁보고가 어디 있는지 너는 알지?』

"그건 아버님도 아실 텐데 왜 저한테 물으세요?"

승상은 귀신이 왜 그런 것도 모르나 의아했다.

그런 승상에게 돌아오는 건 호통뿐이다.

『이놈! 잔말 말고 대답이나 하렷다! 황궁보고는 어디에 있느냐?』

승상은 하품을 참느라 이를 악물며 간신히 대답했다.

"아버님, 황궁보고의 위치는……."

＊　　　　＊　　　　＊

구달비 일행이 묵고 있는 객점.

독고미향은 구달비한테 자신이 들은 바를 전했다.

"달비야, 승상 말에 의하면 황궁보고에 들어갈 수 있는 사람은 다 합쳐 봤자 채 열 명도 안 된대. 그리고 자기도 그들의 신분은 모른대."

황궁보고에 들어갈 수 있는 사람은 통틀어서 황제, 황태자, 현 용봉회주인 황제의 차남, 용봉회의 두 호법인 흑백쌍선. 그리고 신투문주이다.

구달비는 자신이 황궁보고에 들어갈 당당한 자격이 되는 줄도 모른 채 고심하고 있었다.

그는 독고미향에게 걱정스럽게 말했다.

"미향아, 그러니까 황궁보고에 들어갈 수 있는 사람으로 외모를 바꾼다고 되는 일이 아니란 말이지?"

"응. 얼굴만으로 밀고 들어갈 수 있는 게 아니라 통행패가 있어야 한대."

통행패! 그것을 훔칠 수도 있겠지만, 그건 무척 위험한 일이고 일단은 누가 그걸 가지고 있는지 알 길이 없다.

이에 독고미향이 꾀를 냈다.

"황제 폐하와 황태자 전하라면 당연히 통행패를 가지고 있을 거야. 달비야, 내가 후궁으로 변해서 황태자 전하한테 접근해 볼까?"

"그건 너무 위험해. 황태자는 엄청난 경호에 싸여 있을 거라구. 발각되기도 쉽거니와 들키면 그 자리에서 목이 날아가. 그러니 다른 방법을 생각해 보자.”

구달비는 고개를 저었다.

그는 독고미향한테 금 낭자의 일로 더 이상 누를 끼치고 싶지 않았다.

더불어 구달비는 독고미향을 위험에 빠뜨리고 싶지도 않았다.

더 이상 그녀의 몸에 흉터를 늘릴 수는 없었다.

*　　　*　　　*

자금성 내의 호화스럽게 꾸며진 방.

흐트러진 모습으로 술을 마시고 있는 사내가 있다.

윤기나는 검은 머리에 검은 수염을 길게 기르고 머리엔 조그만 금관을 쓴 사내.

이자는 황제의 사촌 형이면서 백선과 더불어 용봉회의 두 호법 중 한 명인 흑선이다.

자금성에서 암천왕(暗天王)이라 불리는 흑선.

그는 묵묵히 술을 마시고 있었다.

이럴 땐 으레 백선이 술친구를 해줘야 할 터이지만, 백선은 불사지체가 나타났다는 소문을 확인하러 활불국으로 떠나고 없다.

흑선은 몽롱한 시선으로 술잔을 들여다보았다.

술잔 속에 떠오르는 아름다운 얼굴.

흑선은 그리운 그 이름을 불러보았다.

“독고 소저…….”

평생에 단 한 번뿐이었던 진실된 사랑.

그러나 그 사랑이 남긴 건 깊은 한숨뿐.

“휴우~”

흑선은 술잔을 낚아채서 단숨에 비웠다.

그리고 그의 가슴마냥 텅 비어진 술잔이 탁자를 쪼개기라도 하듯 내려쳐진다.

탁!

다 늙어서 이게 무슨 청승이냐고 하면 할 말이 없겠지만, 그래도 흑선은 서글픈 심정을 주체할 수가 없었다.

이때 조용히 문이 열리며 금의위의 제복을 입은 남자가 들어섰다.

자금성 밖에서는 항상 검은 복면으로 얼굴을 감추고 있던 수하 일호다.

일호는 공손히 아뢰었다.

"전하, 보고드리옵니다. 신투문주님께서 입성(入城)하셨습니다."

"……."

만취한 흑선은 아무 생각 없이 일호의 보고를 들었다.

보고는 계속 이어졌다.

"헌데 신투문주님의 행동이 조금 이상하십니다. 그분은 지금 황궁보고의 윗부분을 뚫고 계십니다."

"…신투문주?"

흑선은 멍하니 '신투문주?'를 되뇌었다.

문득 독고미향이 목숨을 걸고 지키던 자라는 생각이 떠오른다.

술잔을 쥔 흑선의 손에 힘이 들어갔다.

그런 그를 향해 일호가 머뭇거리면서 고했다.

"저어… 독고 소저께서도 함께 와 계십니다."

"……!"

순간 흑선은 자리를 박차고 일어섰다.

동시에 짙은 술 냄새가 진동을 하며 흑선의 모습은 사라졌다.

일호는 허겁지겁 뒤를 쫓았다.

＊　　　＊　　　＊

흑선은 자금성 내 한 전각의 구들장 밑에 코를 박았다.

짙은 어둠.

흑선은 두 눈을 부릅떴다.

그의 인기척을 감지하고 동작을 멈춘 두 복면인이 보인다.

그중의 호리호리한 몸매의 복면인.

체형으로 보아 여자가 틀림없다.

'독고 소저!'

흑선은 구들장 밑에서 머리를 빼고 의복을 가다듬었다.

그 후 그는 목청을 가다듬어 사랑하는 여인을 불렀다.

"독고 소저, 나 주묵천(朱默天)이오."

뜻밖의 불청객의 등장에 구달비와 함께 몸을 웅크리고 있던 독고미향
은 불청객이 자신을 호명하자 적이 당황했다.

'주묵천? 주묵천? …아! 주묵천!'

과거 자신을 쫓아다니던 황족 청년.

수십 년 전에 오라비 독고강한테 흠씬 두들겨 맞고 쫓겨갔다가 얼마
전 당문에서 구달비를 빼낼 때 도움을 준 사내.

독고미향은 구달비와 함께 천천히 기어나왔다.

그녀는 복면을 벗으며 살짝 웃음 지었다.

"오래간만이군요."

복면을 벗자 달빛 아래 드러나는 잊지 못할 얼굴.

흑선은 숨이 막혔다.

평생을 그리워하던 여인이 손을 뻗으면 닿을 만한 곳에 있다.

혹선은 독고미향한테서 눈을 떼지 못했다.

한데 사내의 질투는 여인의 질투보다 배로 무섭다는 사실을 잘 아는 독고미향. 그녀는 혹선이 구달비를 해치지 않을까 걱정이 됐다.

독고미향은 구달비의 몸에 밀착하며 팔짱을 꼈다.

혹시나 혹선이 구달비를 공격하면 자신이 몸으로 방어벽이 되어줄 심산이었다.

그러나 독고미향의 이 행동은 혹선에게 구달비와의 관계를 과시하는 몸짓으로 보여졌다. ‘난 얘랑 이런 사이야. 그러니 우리를 방해하지 마’ 라는.

독고미향과 구달비.

팔짱을 끼고 나란히 선 두 남녀를 보는 혹선의 눈에 고통이 담겼다.

억장이 무너진다.

억제하기 힘든 감정에 호흡조차 버겁다.

혹선은 잡아먹을 듯이 구달비를 노려보았다.

“…….”

“……?”

구달비는 혹선의 적의 어린 시선을 느꼈다.

당연히 기분이 나빠지는 구달비.

사실 구달비는 깜짝 놀라는 중이다.

그는 자금성의 담을 넘을 때 아무한테도 들키지 않았다고 자신했었다.

그리고 황궁보고 위의 땅을 파고 있을 때도 주변에 사람이라곤 없었다.

한데 갑자기 나타난 시커먼 노인네.

그자는 독고미향의 정체까지 알고 있었다.

역시나 자금성은 용담호혈이었다!

구달비는 자신을 노려보는 흑선을 지지 않고 쏘아보며 독고미향한테 전음을 보냈다.

『야, 미향아! 이 영감탱이 누구냐? 나를 꼬나보는 눈초리가 심상찮은데 너 혹시 이 영감이랑 놀았냐? 엉?』

『아냐! 그런 적 없어! 이 할아버지가 그냥 나를 쫓아다닌 거뿐이야!』

화들짝 놀라며 다급히 부정하는 독고미향.

구달비는 툴툴댔다.

『너 혹시 이런 냄새 나는 늙은이 만나면서 용돈이라도 받았냐? 설마 그런 건 아니겠지? 야! 행여라도 이런 늙다리는 절대 만나지 마! 젊은 사람은 젊은 사람들끼리 놀아야지?!』

『아이~ 그런 게 아니라니깐 그러네?』

구달비의 질책에 실제 나이를 숨기고 있는 독고미향은 몹시 당혹스러웠다.

그녀는 서둘러 흑선한테 전음을 보냈다.

『내 옆의 이 청년은 내 진짜 나이를 몰라요. 그러니 내 나이는 비밀로 해주세요.』

“……”

흑선은 묵묵히 독고미향을 주시했다.

그 시선이 독고미향은 못내 거북해서 안절부절못했다.

그런 그녀를 보는 흑선의 마음은 매우 복잡했다.

'내가 독고 소저의 나이를 밝히면 신투문주는 독고 소저를 저버릴까? 신투문주한테서 버림받으면 독고 소저는 지금이라도 내 마음을 받아줄까?

잘하면 사랑을 쟁취할 기회가 생길 것도 같다.

그러나 자신을 바라보는 독고미향의 애절한 눈빛.

흑선은 차마 그녀의 청을 거절할 수가 없었다.

그는 자신의 약한 마음을 탓하며 독고미향한테 물었다.

"독고 소저, 자금성에는 무슨 일로 오셨소이까? 황궁보고 위의 땅은 왜 파고 있으셨소?"

"……."

잠시 망설이던 독고미향은 흑선을 똑바로 보며 말했다.

"우리는 황궁보고에 필요한 물건이 있어서 왔어요."

독고미향은 설명을 했지만 흑선의 귀에는 그녀의 말 중 '우리' 라는 단어 외에 다른 말은 들어오지 않았다.

흑선의 얼굴이 굳어졌다.

그 모습을 본 독고미향은 황급히 말을 이었다.

"그 물건은 만년빙심이란 것으로 어떤 여인의 병을 고칠 영약이에요. 사실 이게 어떻게 보면 도둑질이지만 그래도 황제 폐하의 보물로 백성을 하나 살리는 길이니 아주 나쁜 짓이라고만은 할 수 없지 않겠어요?"

말 같지도 않은 변명을 지어낸 독고미향은 곧이어 걱정스러운 표정으로 물었다.

"저어… 근위병을 부르실 건가요?"

도망갈 준비 태세로 공력을 일으키는 독고미향.

그런데 흑선은 뜻밖의 소리를 했다.

"독고 소저, 황궁보고라면 같이 갑시다."

"예?"

"나하고 같이 황궁보고에 가자는 게요."

잠시만이라도 같은 길을 걸으며 사랑하는 여인의 체취를 가까이서 느끼고 싶은 흑선.

그에게 독고미향이 묻는다.

"당신이 황궁보고에 들어갈 수 있는 신분이란 말예요?"

눈을 동그랗게 뜨는 독고미향이다.

그리고 그만큼이나 구달비도 깜짝 놀랐다.

'아니, 이 영감이 이제 보니 굉장한 신분이잖아?'

오밤중에 도깨비같이 나타난 시커먼 영감이 다시금 새로워 보이는 구달비.

그는 자금성 내에서의 흑선의 지위가 궁금해졌다.

'도대체 이 노인네의 정체는 뭘까?'

이때 흑선은 독고미향에 대한 연정을 가라앉히려 애쓰며 구달비한테 시선을 주었다.

눈에 익은 전대 신투문주의 천잠사 잠행복.

그 옷에는 황궁보고에 침입하느라 땅을 파는 통에 흙이 잔뜩 묻어 있었다.

'아마도 전대 신투문주는 떡 먹다 급사하는 바람에 비록 잠행복은 유품으로 물려주었을지언정 황궁보고에 대해서는 일러줄 틈이 없었나 보군.'

나름대로 추측을 한 흑선은 복면을 하고 있는 구달비한테 정중히 말했다.

"신투문주, 같이 황궁보고로 가지요."

"……?"

"……?"

흑선의 말에 구달비와 독고미향은 의아해졌다.

신투문주라니?

독고미향은 지체 높은 황족인 흑선이 구달비를 알고 있으리란 생각은 꿈에도 하지 못했다.

그녀는 구달비에게 전음을 보냈다.

『아마 너를 다른 사람이랑 착각하나 봐. 그냥 신투문주인 척해.』

『그러다가 나중에 신투문주가 아닌 게 발각되면 어떡해?』

『아이~ 그때는 그때고 지금은 그냥 신투문주인 척하지 뭐.』

독고미향과 구달비가 의논을 하는 사이, 흑선은 앞서서 성큼성큼 걷고 있다.

마침내 신투문주가 되어 흑선을 따라가기로 마음먹은 구달비.

그래도 마냥 불안하기만 한 그는 전음으로 속닥였다.

『저 영감님 정말 믿어도 되는 거야? 이거 혹시 우리를 안내하는 척하면서 감옥에 잡아넣으려는 수작은 아닐까?』

『그럴 사람은 아니야. 저 주묵천이란 남자는 자기가 한 말에는 반드시 책임을 지는 사람이거든.』

『흥! 같이 놀지도 않았다면서 저 영감에 대해서 아주 잘 아네?』

구달비는 질투심을 느꼈다.

그의 빈정거림을 독고미향은 웃음으로 가볍게 넘겼다.

그녀에게 구달비는 흥분해서 말했다.

『미향아, 어쨌거나 이렇게 쉽게 황궁보고에 들어가게 되다니 꿈만 같아.』

『네가 재수가 좋은 거야.』

『그럴까? 그동안 내내 재수가 없었는데 이제부터라도 재수가 좋아지려나?』

둘이 이렇게 대화를 나누며 황궁보고로 가고 있을 때…….

이들은 뜻밖의 사람과 맞닥뜨렸다.

관복을 입고 앞쪽에서 걸어오고 있는 중년인.

그는 바로 자금성으로 진출했다던 황금장의 둘째 아들 황이보였다.

밤늦게까지 남아 일을 하다 이제야 퇴청하는 황이보는 흑선을 만나자 황급히 허리를 굽혔다.

"암천왕 전하!"

흑선은 고개를 한번 끄덕여 보이고는 가던 길을 계속 가려고 했다.

그러나 황이보는 눈웃음을 치며 말을 걸어왔다.

"전하, 저는 황이보라고 하옵니다. 중원 2대 상가인 황금장의 둘째 아들입지요. 전하, 아직은 제 직책이 미천하지만 언젠가는 가까이서 전하를 모실 기회가 닿으면 가문의 영광으로 알겠사옵니다."

이 말에 듣고 있던 구달비는 대경실색했다.

'히익! 황금장의 둘째 아들?'

황금장으로부터 쫓기고 있는 구달비는 심장이 오그라들 수밖에 없었다.

구달비는 자기도 모르게 고개를 돌려 버렸다.

더불어 그의 가슴팍에서 무슨 일인가 하고 밖을 내다보던 흑아 역시 '황금장' 소리에 목을 움츠렸다.

그런 와중에 흑선이 가벼이 대꾸했다.

"내 자네 이름을 기억해 두도록 하지."

"전하! 감사하옵니다!"

땅바닥을 상관치 않고 넙죽 절을 올리는 황이보.

흑선은 구달비와 독고미향을 대동하고 황이보의 앞을 무심히 지나쳤다.

그런데 이들의 뒷모습을 바라보는 황이보의 눈이 빛났다.

"자금성 안에서 세 손가락에 드는 권력자 암천왕! 기회가 생길 때마다 그의 눈도장을 찍어놔야지. 흐흐흐. 헌데 저들은 누굴까? 여자야 미색이 고운 처녀였지만 그보다는 대궐 안에서 떳떳하게 복면을 쓰고 다니는 자가 있다니 실로 놀랍군! 그리고 저 눈이 빨간 고양이. 오늘은 별 희한한 꼴을 많이 보는구먼."

황이보는 그토록 찾아 헤매던 집안의 도둑이 코앞에서 당당히 걸어가는 줄도 모른 채 염소수염을 쓰다듬으며 중얼거렸다.

"이 자금성 안엔 내가 모르는 어떤 비밀스러운 세력이 있다. 그런데 저 암천왕은 황족임에도 불구하고 무공을 익혔다. 그리고 암천왕과 단짝으로 붙어 다니는 백천왕도 무공을 익혔지. 흐음. 아마도 내가 파악하려는 그 모종의 세력의 중추엔 저 암천왕과 백천왕이 있을 거야."

용봉회에 대한 냄새는 맡았지만, 그 뚜렷한 모습까지는 아직 모르는 황이보.

그는 나름대로 열심히 추측했다.

*　　　*　　　*

깊은 지하에 위치한 황궁보고의 문 앞.

그 앞에는 지금 황궁보고의 문지기가 땅에 무릎을 꿇고 흑선에게 고하는 중이다.

"암천왕 전하, 저분은……?"

문지기의 시선은 독고미향을 향해 있었다.

일반인인 독고미향이 황궁보고에 들어가는 것이 잘못된 일임을 지적하고 있는 게다.

흑선은 짧게 한마디 했다.

"괜찮다."

"예."

문지기는 공손히 옆으로 물러섰다.

그리고 그가 손짓을 하자 어디선가 기관이 작동하는 소리가 들려왔다.

그그그그그궁—

황궁보고가 열리고 있다.

구달비는 심장이 뛰었다.

그는 이 근처까지는 들어와 봤지만, 이곳 지하가 워낙 용담호혈인 까닭에 눈앞에 뻔히 보이는 황금의 문을 채 한번 만져 보지도 못하고 떠나기를 여러 번. 결국 땅을 파던 중 뜻하지 않게 만난 흑선에 의해서 황궁보고로 들어갈 수 있게 되었다.

구달비는 점차 벌어지는 황금의 문에서 눈을 뗄 수가 없었다.

마침내 문이 다 열어지고 그 안으로 들어가는 세 사람.

안은 캄캄했다.

그러나 그 어둠은 벽에 설치된 기름이 흐르는 도랑을 따라 불길이 타오르면서 사방은 삽시간에 밝아졌다.

불이 길게 뻗어가자 그 밝음 하에 드러나는 황궁보고의 전경!

황궁보고는 끝이 안 보일 정도로 넓었다.

그 거대한 광장에는 셀 수 없을 만큼 많은 탁자들이 줄을 지어 가지런히 놓여 있었다.

탁자는 제각각 층층이 쌓여 있었는데, 그 선반들에는 각종 희귀한 물품들이 가득했다.

구달비 등은 전국에서 가장 뛰어나다는 재물을 모아놨으니 황궁보고란 게 분명 엄청날 거라고 상상은 했지만 막상 실물을 대하자 그저 입을 딱 벌릴 수밖에 없었다.

"……!"

구달비와 독고미향, 흑아는 입을 헤벌린 채 넋을 잃었다.

그런 반면, 흑선은 팔짱을 끼고 독고미향의 뒷모습을 묵묵히 쳐다보고만 있을 따름이다.

구달비는 문득 정신이 들었다.

'이 많은 보물 중에서 어떻게 만년빙심을 찾지?'

사위를 둘러보니 입구 부분에 커다란 서탁이 있고 그 위에 책자가 여러 권 놓여 있는 게 보인다.

한눈에 보아도 보물들의 입출(入出)을 기록해 놓은 책.

구달비는 그중 입(入)이라고 씌어져 있는 책을 펼쳐 보았다.

'만년빙심… 만년빙심……?'

만년빙심을 찾던 구달비의 시선이 한곳에 고정됐다.

00년 0월 0일

신선화과(神仙花果) 입(入)—신투문주

'뭐? 신투문주?'

토끼포두 정현풍이 언급했던 신투문주.

그는 구달비의 아버지를 신투문주라 했다.

그러고 보니 암천왕이라는 저 노인도 구달비를 신투문주라 칭했다.

그런데 지금 신투문주라는 자가 적어놓은 글이 눈에 들어오자 구달비는 상당히 의아할 수밖에 없었다.

구달비는 다급히 책자를 뒤적였다.

그러자 곳곳에 '신투문주'라는 글자가 씌어져 있었다.

00년 0월 0일

천년지령석(千年地靈石) 입(入)－신투문주

00년 0월 0일

금강지돈괴(金剛之豚怪) 입(入)－신투문주

"……!"

구달비의 등에 전율이 흘렀다.

'신투문주는 실존 인물이다!'

황궁보고에 마음대로 들어올 정도라면 신투문주라는 자는 실로 대단한 신분임에 틀림없다.

그리고 책자에 따르면 신투문주라는 자는 수백 년에 걸쳐서 황궁보고에 보물을 채워 넣었다. 고로 신투문주는 단 한 명이 아니라 오랜 세월 동안 대를 이어서 내려온 '신투문' 이라는 문파의 맥이라는 소리다.

황급히 출(出)을 기록한 장부를 뒤적여 보니 거기에도 신투문주라는 이름은 도배가 되어 있었다.

그걸로 보아 신투문주라는 사람은 황궁보고엘 들락거리면서 자기 마음대로 보물을 넣고 빼고 한 것으로 보인다.

'신투문주!'

구달비의 머리 속으로 어릴 때 본 아버지의 모습이 떠올랐다.

검은 복면을 한 사람들에게 쫓기다가 황금 빛이 나는 무공을 펼쳤던 아버지.

이때 가슴팍에 있던 흑아가 더는 참지 못하고 바닥으로 폴짝 뛰어내렸다.

“흑아야!”

구달비가 흑아를 만류하는데 그의 귀로 독고미향이 외치는 소리가 들렸다.

“달비야! 만년빙심을 찾았어!”

독고미향은 손에 쥔 책을 들어 올려 보였다.

그러자 확연히 드러나는 글.

만년빙심—12번 탁자의 3번째 선반.

구달비는 흑아를 내버려 두고 단숨에 책자가 가리키는 곳으로 달려갔다.

그곳에는 주먹만한 크기의 상자가 하나 놓여 있었다.

붉은색의 돌로 만든 상자.

“이게 만년빙심인가?”

구달비는 떨리는 손으로 상자를 집어 들었다.

그러나 곧 그의 얼굴엔 당혹감이 서렸다.

상자에서 냉기 대신 온기가 느껴졌기 때문이다.

“이상하다? 만년빙심이라면 당연히 차가워야 할 텐데 왜 따뜻할까?”

구달비는 상자 뚜껑을 열어보았다.

그 순간 구달비는 왈칵 밀려오는 한기에 눈을 질끈 감으며 다급히 얼굴을 돌렸다.

“큭!”

“달비야, 괜찮아?”

독고미향이 급히 다가서며 걱정한다.

구달비는 얼른 상자 뚜껑을 닫았다.

그는 콧물을 훔치며 말했다.

"만년빙심은 워낙 차가운 거라 이렇게 뜨거운 돌로 만든 상자 안에 보관하나 봐."

구달비는 격동 어린 눈으로 돌 상자를 지그시 내려다보았다.

그런 모습을 대하는 독고미향은 몹시 착잡했다.

그녀는 평생을 어둠 속에서 살아오고 있는 금경은한테 인간적으로 동정심이 갔다.

하지만 금경은이 눈을 뜨면 사랑하는 이는 그곳으로 날아가 버릴 터.

독고미향은 서글픈 심정이 되어 물끄러미 구달비를 바라보았다.

이때 문득 구달비가 얼굴을 들어 독고미향의 눈치를 봤다.

독고미향은 구달비한테 방긋 웃어주었다.

그러자 곧바로 구달비는 안도하는 표정이 되었다.

그가 돌 상자를 품에 소중히 간직한다.

독고미향은 가슴이 찢어지는 것만 같았다.

하지만 그녀는 속마음을 밖으로 표출하지 않고 대수롭지 않은 것처럼 행동했다.

독고미향의 이러한 마음도 모른 채 구달비는 마냥 희희낙락해하고만 있다.

'이제 금 낭자는 앞을 볼 수 있게 됐다!'

구달비는 황궁보고에서의 볼일이 끝나자 그곳을 뜨려고 했다.

그런데 흑아가 사라져서 안 보인다.

"흑아야~ 흑아야~"

소리쳐 부르니 흑아가 어디선가 어슬렁거리고 나타나 독고미향의 품으로 뛰어올랐다.

구달비는 밝게 말했다.

“인제 가자.”

셋은 문 옆에서 기다리고 있던 흑선과 함께 황궁보고를 나왔다.

한데 이때 갑자기 구달비가 뜻밖의 행동을 했다.

그는 황궁보고 문지기를 향해 다짜고짜 외쳤던 것이다.

“나는 신투문주! 무릎을 꿇어라!”

명을 내린 구달비.

지금 그의 앞에는 즉각 무릎을 꿇은 문지기가 있었다.

문지기는 공손하게 머리를 조아린 채 다음 명을 기다리고 있었다.

구달비는 머리에 현기증이 일며 심장이 벌렁벌렁 뛰었다.

‘진짜다! 진짜야! 그래! 우리 아버지는 신투문주였어! 아버지는 토끼
포두한테 뼁을 치신 게 아니었어!’

구달비는 자기를 ‘신투문주’라 부른 흑선을 똑바로 바라보았다.

흑선이 이유를 몰라 쳐다본다.

구달비는 그를 무시하고 황궁보고에 다시 들어가려고 했다.

보물을 싹쓸이해서 나오려는 것이다.

그런데 문지기가 급히 일어나 문을 가로막고 물었다.

“신투문주님, 패를 보여주십시오.”

‘패? 패라니?’

잠시 어리둥절해하는 구달비.

그는 아까 황궁보고에 들어설 때 흑선이 무엇인가 패를 내밀어 보인
게 생각났다.

구달비는 적이 당혹스러웠다.

통행패가 있을 리 없는 구달비.

그는 문지기한테 버럭 호통을 쳤다.

“이런 무엄한 놈! 내가 신투문주가 맞고, 황궁보고엔 방금 들어갔다

왔는데도 굳이 패를 확인해야겠다는 거냐?!"

"신투문주님께서는 노여워하지 마십시오. 이는 그저 하나의 절차일 뿐이옵니다."

고개를 조아리는 문지기한테 구달비는 뭐라고 대꾸할 말이 없었다.

곁에서 보고 있던 흑선이 구달비한테 말했다.

"신투문주는 신투문의 신패를 꺼내 보이시오."

'뭐? 신투문의 신패? 이런 제기랄!'

신투문주를 자칭하던 구달비의 얼굴이 일그러졌다.

그는 신투문의 신패 따위는 결코 알지 못했다.

이때 구달비의 머리 속으로 그 옛날 아버지가 손에 무엇인가를 쥐고 앞으로 내밀자, 아버지를 추격하던 복면인들 모두가 즉각 땅에 무릎을 꿇었던 광경이 떠올랐다.

'그래! 신패라는 건 그때 아버지 손에 있었던 그 무엇을 말함이 틀림없다!'

하지만 아버지로부터 신패를 못 받은 구달비.

구달비는 자신이 입고 있는 옷의 여기저기를 뒤졌다.

이윽고 그는 쓴웃음을 지으며 흑선한테 말했다.

"하하… 내 정신 좀 봐? 신패를 집에 두고 왔네?"

"……."

흑선은 조용히 구달비를 바라보았다.

구달비는 전혀 거리낌없다는 태도로 흑선의 눈을 직시했다.

그 눈길을 정시하며 흑선은 가만히 생각을 정리했다.

'이 청년은 신패가 없다. …그렇다면?'

흑선은 나직이 물었다.

"혹시 전대 신투문주로부터 신패를 안 받았소?"

그러나 구달비는 대답하는 대신 엉뚱한 질문을 했다.

"암천왕, 신투문수인 나에 대해서 아는 대로 말해 보시오."

"……."

흑선은 아무 말 없이 구달비를 주시했다.

지금 그는 상당히 의아했다. 신투문주가 왜 이런 질문을 하는지 이해가 안 갔기 때문이다.

문득 떠오르는 생각.

'혹시……?'

흑선은 이제야 모든 정황이 이해가 갔다.

'그래! 전대 신투문주였던 주문진. 우리 용봉회에서 탈퇴하고자 애쓰던 그는 아들한테 신투문을 전수하지 않은 거다! 그리고 이 청년은 지금에야 신투문에 대한 것을 감 잡고는 나한테 신투문에 대한 질문을 하고 있는 것이다. 신투문에 대해서 전혀 모르기에. 결국 이 청년은 자기가 신투문의 후예인 것도, 황족이라는 사실도 아무것도 모른다는 소리군.'

흑선은 가만히 고개를 끄덕였다.

이어서 그는 앞장서서 걸으며 말했다.

"밖으로 나가서 얘기하세."

＊　　　＊　　　＊

밖으로 나온 흑선은 구달비를 마주하고 섰다.

그의 의도를 모르는 구달비는 어리둥절해서 흑선의 행동을 지켜보았다.

이때 갑자기 흑선의 소맷자락 속에서 기다란 칼날들이 튀어나왔다.

차차창!

양팔에 3개씩, 도합 6개의 칼 손톱!

깜짝 놀란 구달비는 후다닥 뒤로 물러서며 물었다.

"왜 이러는 거요?"

"신투문의 무공을 어디까지 전수받았나 알아보려는 걸세."

말을 끝내기가 무섭게 흑선은 구달비에게 팔을 휘둘렀다.

그러자 팔에 달린 기다란 칼 손톱들이 허공을 가른다.

츄 악—

구달비는 얼른 몸을 사렸다.

바람처럼 달리는 구달비.

흑선은 구달비의 뒤를 쫓아다니며 공격을 감행했다.

구달비의 등판을 노리는 무시무시한 칼날 손톱들.

구달비는 당황해서 외쳤다.

"이보쇼! 이러지 말고 말로 하자구요!"

흑선은 공격을 멈추지 않았다.

독고미향은 걱정스러운 얼굴로 두 사내의 비무 아닌 비무를 지켜보았다.

그녀의 품에 있는 흑아 역시 눈을 동그랗게 떴다.

녀석은 입을 꾹 다물고 아무 소리 없이 구경했다.

그런 와중에 흑선은 전력을 다해서 구달비의 신형을 쫓았다.

하나 그는 구달비의 몸에 손끝 하나 닿을 수 없었다. 구달비의 움직임은 그야말로 빛살처럼 빨랐던 것이다.

흑선의 눈에 찬탄의 빛이 서렸다.

'과연 신투문의 후예! 정말 엄청나게 빠른 경공이다!'

흑선은 전신 내공을 다 끌어올려 보았으나 아무리 애를 써보아도 구달비의 그림자 끄트머리조차 잡을 수 없었다.

두 사내가 쫓고 쫓기며 자금성 내의 여러 전각 위를 날아다니기를 한참.

이리저리 도망 다니던 구달비는 성질이 났다.

그는 품에서 검은 단도를 꺼내며 외쳤다.

"암천왕! 그만두지 않으면 이 단도로 그 잘난 칼날들을 부러뜨리겠소!"

마침내 흑선은 멈추어 섰다.

그는 구달비한테 물었다.

"이건 황궁의 무공이라네. 이걸 쓸 줄 아는가?"

흑선의 칼로 만든 손톱 끝에서 휘황찬란한 황금빛 광채가 났다.

구달비의 눈이 커졌다.

그는 자기도 모르게 부르짖었다.

"아! 그건 아버지가 펼치셨던 무공의 색깔!"

"쓸 줄 아는가 모르는가?"

"…나는 경공밖에는 모르오."

잠시 꾸물거리다 결국엔 이실직고하는 구달비한테 흑선은 고개를 끄덕였다.

"그렇군. 결국 자네는 이 무공을 배우지 못했다는 말이군."

구달비는 이를 악물었다.

"에익! 더럽고 치사해서라도 내 조만간 무공을 익혀야지!"

이때 흑선이 구달비한테 말했다.

"신투문에 대해선 잊어버리게."

"……?"

어리둥절해진 구달비가 조심스럽게 물었다.

"저기… 그래도 내가 신투문주인 건 맞지요?"

"신투문을 이어받지도 않았는데 어찌 신투문주라고 하겠는가?"

냉정히 자르는 흑선에게 구달비는 눈에 불을 켜고 항의했다.

"그렇지만 당신은 나를 보고 신투문주라고 부르지 않았소이까?"

"그거야 자네가 전대 신투문주였던 아버지의 잠행복을 입고 있으니 그런 줄로만 알았지."

"그럼 우리 아버지가 신투문주가 맞기는 하군요?"

"다시 한 번 말하지만 신투문에 대해서는 잊어버리게. 아마도 자네 아버지는 자네가 신투문을 이어받기를 원치 않으셨으니 모든 사실을 비밀에 부친 걸 게야. 허니 그런 줄 알고 그냥 조용히 살아가게."

흑선은 독고미향을 떠올리게 하는 연적 구달비가 용봉회원이 되어서 공적인 일로 자기 앞에 자꾸 나타나는 것이 싫었다.

더불어 흑선은 구달비의 아비 주문진이 목숨을 내걸고 지향하던 바를 지켜주고 싶기도 했다.

구달비는 잠시 침묵을 지켰다.

그는 곰곰이 생각하다가 입을 열었다.

"아무래도 신패가 있어야 할 것 같은데……?"

흑선을 슬그머니 쳐다보며 말끝을 흐리는 구달비에게 흑선은 머리를 저어 보였다.

"신패의 행방을 아는 사람은 자네의 아버지뿐인데, 그는 이미 죽었으니 신패가 어디 있는지 낸들 어찌 알겠나?"

"신투문에 대해서 말해 주십시오."

"그럴 수 없네!"

고개를 젓는 흑선.

그에게 독고미향이 부탁을 한다.

"말해 주세요. 이렇게 부탁드려요."

"독고 소저, 그건 자금성 안에서도 극비에 속하는 것이라 나로서도 어쩔 수 없소이다. 미안하오."

독고미향의 부탁마저 거절한 흑선은 구달비를 향해 차갑게 말했다.

"오늘은 이대로 보내주지만, 또다시 자금성에 잠입하면 신투문을 이어받지 않은 자네의 목숨을 일반인과 똑같이 취급하겠네."

'죽여 버리겠다'는 흑선의 말.

"……."

구달비는 말없이 고개를 끄덕였다.

독고미향은 떠나면서 흑선한테 고마움을 표시했다.

"어쨌거나 황궁보고에서 만년빙심을 얻게 해주셨으니 이 은혜 감사드려요."

"별말씀을. 독고 소저께 도움이 돼서 나로서는 한량없이 기쁩니다."

흑선의 마음이 담긴 대답이 독고미향은 부담스러운지 그녀는 고개를 살짝 숙여 보이고는 이내 사라졌다.

그녀와 구달비의 뒷모습을 지켜보는 흑선.

그의 눈빛은 텅 비어 있었다.

잠시 그러고 섰던 흑선은 심중에 있던 의혹을 밖으로 토해냈다.

"언제부터 알고 있었느냐?"

흑선의 앞에 부복을 한 일호의 모습이 나타났다.

그런데 일호의 얼굴은 하얗다 못해 새파랗게 질린 상태다.

흑선은 지금 묻고 있는 것이다, '내가 그토록 찾아 헤매던 독고 소저의 거처를 알아내고도 그 사실을 내게 비밀로 했던 게 맞느냐?' 고.

백선이 두려워서 흑선한테 독고미향이 천왕문에 있다는 사실을 숨겨왔던 일호.

그는 뭐라고 변명의 말을 할 수가 없었다.

일호는 땅바닥에 머리를 박으며 눈물을 흩뿌렸다.

"전하! 소신을 죽여주십시오! 크흐흐흑!"

"……."

흑선은 아무 말도 하지 않았다.

그는 일호가 독고미향에 대해서 왜 입을 다물어왔는지 그 이유가 충분히 짐작이 가고도 남았다.

'백선……!'

흑선은 마음이 몹시 착잡했다.

어릴 때부터 같이 커온 사촌이자 죽마고우인 백선.

그 백선이 지금껏 자기한테 거짓말을 해왔다는 사실을 확인한 흑선은 망치로 뒤통수를 세게 얻어맞은 것만 같았다.

'친구도 잃고 여자도 잃었다' 는 생각이 뇌리에 가득 찬다.

흑선은 조용히 돌아서서 휘적휘적 걸었다.

그의 쓸쓸한 뒷모습을 보는 일호는 가슴이 쓰라렸다.

일호는 발악하듯 외쳤다.

"전하! 제가 죽일 놈입니다! 소신을 벌하여주십시오!"

수하의 뒤늦은 참회의 부르짖음이 허공을 메운다.

그러나 그에 대한 대답은 없었다.

그리고 흑선이 있었던 자리에는 눈물을 뿌리는 일호만이 남았다.

*　　　*　　　*

구달비는 독고미향, 흑아와 함께 객잔으로 돌아왔다.

독고미향이 조심스럽게 입을 열었다.

"이제 금 소저의 병을 고치러 금씨세가로 갈 거야?"

"아냐. 난 그거보다는 우리 집에 먼저 가보고 싶어. 아버지는 신투문에 대해서 아무 얘기도 안 해주셨지만, 아버지랑 살던 통나무 집에 가보면 뭔가 단서가 있을지도 몰라. 그러니까 내가 살던 데로 먼저 가자. 어떻게 해서든지 신패를 찾아야 해."

"너 좋도록 해. 난 그냥 네가 가는 대로 따라갈 테니까."

구달비는 독고미향의 대답을 들으며 흑아의 의향을 묻느라 녀석을 쳐다봤다.

흑아는 아무 말 없이 고개를 끄덕였다.

그러더니 녀석은 의자 위에 놓인 방석에 올라가 잠을 잘 태세를 취했다.

구달비는 배를 쓰다듬으며 말했다.

"미향아, 달밤에 체조를 하고 왔더니 배가 고파. 우리 밤참 시켜먹을까?"

"호호호~ 좋아. 뭐 먹을래?"

"흑아야, 넌 뭐 먹고 싶어?"

흑아가 먹을 음식을 묻는 구달비.

그런데 여느 때 같으면 침을 흘리며 달려들었을 흑아가 이번엔 그냥 머리를 저었다.

"어? 먹보인 니가 먹을 걸 마다하다니 웬일이야? 내일은 해가 서쪽에서 뜰라나?"

구달비가 의아스러워하자 흑아는 그의 시선을 피하면서 잠자는 시늉을 했다.

구달비의 눈에 의혹이 가득 찼다.

"……?"

눈치 빠른 구달비는 흑아한테 다가가며 물었다.

"야! 무슨 일이야? 너 뭐 나한테 숨기는 거 있지?"

흑아는 다급히 고개를 저으며 방구석으로 몸을 뺐다.

그러나 녀석은 곧 구달비한테 목덜미를 잡혀서 버둥댔다.

"뭐야? 왜 도망가고 그래?"

"읍읍!"

흑아는 입을 꽉 다문 채 구달비의 손아귀에서 빠져나가려고 발버둥을 쳤다.

구달비는 이상한 생각이 들었다.

그는 흑아의 입을 강제로 벌리며 물었다.

"너 대체 입 안에 뭘 숨기고 있는 거야?"

구달비가 흑아의 입을 억지로 벌린 순간!

"우와!"

구달비는 탄성을 질렀다.

흑아의 입속에선 눈부신 광채가 피어났다.

옆에 온 독고미향이 흑아의 입 안에서 구슬을 한 개 꺼냈다.

"어머? 이건 야명주(夜明珠)네? 꽤 큰데?"

구달비가 인상을 쓰며 나무랐다.

"너 또 나 몰래 도둑질을 했구나?!"

흑아가 울먹이며 외쳤다.

"이렇게 생긴 게 황궁보고에 널려 있길래 예뻐서 그냥 나도 모르게 가져왔어. 도둑질을 할 생각은 정말로 없었어! 진짜야! 난 스스로 빛을 내는 구슬은 처음 본다구!"

"아이, 달비야. 한번만 용서해 줘. 만약 흑아가 도둑질을 할 생각이 있었으면 야명주를 한 개가 아니라 여러 개를 훔쳐 왔을 거야. 이건 그냥 자기도 모르게 우발적으로 한 거니까 이번엔 그냥 넘어가자."

독고미향이 편을 들어주자 흑아는 울면서 독고미향의 가슴에 매달렸다.

"으아앙~ 미향아!"

독고미향은 어린아이 같은 흑아를 쓰다듬으며 구달비한테 눈을 흘겼다.

"달비야, 이렇게 우는데 불쌍하잖아? 너무 야단만 치지 마. 사실 황궁 보고에 들어갔다가 빈손으로 나온다는 게 좀 힘든 일이야? 이제야 하는 말이지만 나도 갖고 나오고 싶은 게 많아서 애먹었었어."

독고미향이 편을 들어주자 구달비도 한발 물러섰다.

그는 흑아한테 엄포를 놓았다.

"흑아 너 다음에 또 이러면 안 된다?"

흑아는 금세 웃음보를 터뜨리며 야명주를 앞발 위에 놓고 굴렸다.

"헤헤헷. 이거 무지 예쁘지?"

"정말 예쁘다. 이렇게 큰 야명주는 나도 처음 봐."

독고미향이 부러워하자 흑아가 반색을 하며 얼른 물었다.

"미향이 너도 하나 줄까?"

"……!"

이게 무슨 소린가 깜짝 놀라 하는 독고미향.

그리고 말을 꺼낸 흑아 역시 자신의 말실수에 몹시 당황해했다.

"아니, 저기 그게 아니라 내 말뜻은……."

구달비는 흑아한테 냅다 소리를 질렀다.

"야 이놈의 도둑고양이야! 대체 몇 개나 훔쳐 온 거야? 있는 대로 다 꺼내봐!"

"저기, 그게……."

"다 꺼내보라니까?"

"히잉……."

흑아는 주눅이 든 얼굴로 몸을 털었다.

그러자 몸뚱이의 피부가 여기저기 갈라지며 그 틈으로 보석들이 굴러 떨어졌다.

독고미향이 집어 들고 탄성을 질렀다.

“어머머! 너무 예쁘다! 그러잖아도 황궁보고에서 나올 때 네가 왠지 무거워졌다고 생각을 했었어.”

흑아는 말없이 구달비의 동향을 살폈다.

구달비는 절레절레 고개를 저으며 말했다.

“에휴. 이왕 훔쳐 온 거니 할 수 없지. 하지만 이게 마지막이야. 다음부터는 절대로 도둑질은 안 돼. 알았지?”

“응! 이젠 도둑질 안 할게. 헤헤헤~”

헤벌쭉 웃는 흑아.

독고미향이 따라 웃으며 말했다.

“우리 흑아는 이제 부자네? 옛말에 돈이면 개도 멍첨지라고 했어.”

“첨지?”

“응. 첨지는 벼슬의 일종이야.”

“그럼 난 이제 야옹첨지야?”

“그래, 야옹첨지. 호호호~ 야옹첨지님, 잘 부탁드립니다.”

“에헷헷헷헷~”

독고미향과 흑아는 둘이서 머리를 맞대고 킥킥댔다.

아닌 게 아니라 야옹첨지가 된 흑아가 훔쳐 온 보석은 상당량이었다.

그것을 값으로 치자면 평생 놀고먹어도 될 만한 재화였다.

그리고 구달비 일행은 부자인 흑아 덕택에 편안한 여행을 할 수가 있게 되었다.

第八章

눈을 뜬 장님처녀

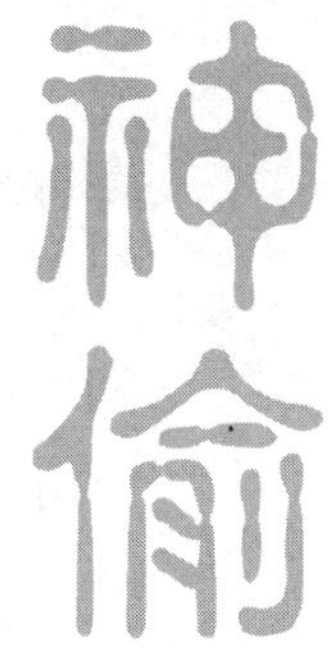

이곳은 중원삼대세가인 금씨세가로부터 조금 떨어진 마을에 있는 객잔.

점소이 장삼은 손님이 주문한 물품을 들고 2층으로 올라가며 고개를 갸우뚱거렸다.

"그참 이상도 하지? 문방사우(文房四友:종이·붓·먹·벼루)를 찾는 거까지는 좋은데, 종이는 제일 비싼 거고, 먹은 제일 싸구려를 사다 달라고 하니 말야? 종이가 좋은 거면 먹도 좋은 거를 써야 하는 게 이치 아닌가?"

점소이는 몹시 의아스러웠다.

하지만 그는 아무것도 묻지 않고 손님한테 물건을 전달했다.

그리고 그것을 받아 든 구달비는 방의 탁자에 앉아서 금경은한테 보내는 연서를 작성했다.

구달비는 이곳에 당도하기 전, 신패를 찾아 아버지와 함께 살았던 통나무집에 갔었으나 아무것도 발견할 수 없었다.

아니, 신패는커녕 땅속에 아버지의 시신이 없는 줄도 모른 채 산소에 절까지 하고 왔다.

통나무집을 들들 뒤지던 구달비는 결국 신투문에 대해서 캐기를 포기했다.

신투문을 생각하면 마냥 착잡했으나 찾을 길이 없으니 할 수 없었다.

"아버지가 신투문을 알려주지 않으신 건 분명히 그만한 까닭이 있을 거야. 그러니 아버지를 믿어야지."

이런 결정을 내린 구달비는 금경은의 병을 고치기 위해서 이곳엘 왔다. 물론 흑아와 독고미향도 함께였다.

구달비는 편지를 쓸 종이를 앞에 두고 상념에 잠겼다.

잠시 생각을 정리한 후 그는 붓에 먹을 흠뻑 묻혀 글을 써 내려갔다.

그러나 연서를 쓰는 일은 생각만큼 쉽지 않았다.

쓰던 종이를 구겨 버리기를 수십 차례.

구달비의 주변엔 쓰다 버린 종이가 가득 널렸다.

그리고 그 모습을 씁쓸히 지켜보는 독고미향.

그녀는 구달비의 행동에 대해서 아무 말도 하지 않았다.

문득 구달비가 고개를 들어 독고미향의 반응을 살핀다.

그는 변명하듯이 말했다.

"미향아, 너도 알다시피 금 낭자의 전각 주변에는 진이 쳐져 있어서 들어갈 수가 없어. 그러니 흑아를 시켜서 이 편지랑 만년빙심을 전하려고 하는 거야. 나는 금씨세가 사람들 앞에서는 내 본 얼굴을 보이고 싶지, 역용 따위는 하고 싶지 않거든."

독고미향은 담담하게 대꾸했다.

“내 눈치 볼 거 없어. 그냥 니가 알아서 하고 싶은 대로 해.”

“…….”

구달비는 독고미향만큼 마음이 넓은 여자가 이 세상에 또 있을까 생각했다.

하지만 아무래도 뒤통수가 따가운지라 그는 서둘러서 편지를 쓴 후 마무리로 낙관(落款)을 찍었다.

그런데 그 낙관이란 게 도장이 아니라 금경은이 정표로 준 한옥패에 먹을 칠해서는 종이 위에 대고 누른 것이었다.

옆에서 지켜보던 흑아가 신기해하며 자기도 하고 싶어한다.

녀석은 얼른 앞발에 먹을 묻혀서 편지 봉투에 대고 찍었다.

“나도 해볼래. 야~ 재밌다! 이히히히~”

“어? 거긴 안 돼!”

구달비는 편지 봉투를 빼앗으며 흑아의 머리통을 쥐어박았다.

“야! 이거 금 낭자한테 보내야 하는 건데 여기다 찍으면 어떡해? 봉투는 이거 하나밖에 없단 말야!”

“이씨! 왜 때려? 다시 사면 되잖아? 점소이 불러서 더 사 오라고 해! 내가 돈 낼게!”

“됐다, 됐어! 너랑 말싸움을 하느니 내가 이걸 그냥 보내고 말지. 어차피 그녀는 눈이 안 보이니 이런 조그만 자국쯤이야 대수롭지 않게 넘어갈 거야.”

구달비는 편지 봉투 한구석에 찍힌 흑아의 발자국을 침을 묻혀서 지웠다.

그러나 완벽하게 지워지지가 않는지라 구달비는 발자국 지우기를 포기했다.

어쨌거나 편지를 다 쓴 구달비는 어서 금경은한테 가고 싶어서 마음이 조급해졌다.

구달비는 창문을 열었다.

어느새 해는 지고 밤하늘엔 별이 아롱인다.

'빨리 금 낭자가 보고 싶다!'

구달비는 독고미향한테 말했다.

"미향아, 나 흑아랑 같이 금씨세가에 다녀올게. 나 기다리지 말고 먼저 자."

말이 끝나자마자 빛살처럼 사라지는 구달비.

그런 구달비의 뒷모습을 독고미향은 쓸쓸히 지켜보았다.

*　　　*　　　*

금씨세가에 당도한 구달비는 흑아한테 신신당부했다.

"알았지? 내 말 명심해. 하늘 높이 최대한 올라가다 보면 분명히 진이 뚫려 있을 거야. 그럼 그 속으로 들어가서 진 안에 있는 금 낭자한테 이 편지를 전해주고 잽싸게 오란 말야. 그리고 만약 네가 추위로 정신을 잃는다 쳐도 이건 나쁜 일로 가는 게 아니니까 금씨세가에서는 너를 밖으로 내보내 줄 거야."

"알았으니까 그만 말해. 아무리 좋은 소리라도 두 번이면 잔소리고 세 번이면 개소리라고 했어."

"그래그래, 너만 믿는다."

"걱정 말어!"

흑아는 부엉이로 변한 채 날개로 가슴을 탕탕 쳤다.

이어 녀석은 두 발로 만년빙심이 든 상자와 편지를 움켜잡고 밤하늘로 날아올랐다.

날개를 퍼득이며 수직 상승하는 흑아.

그런데 높이 올라갈수록 추워졌다.

"으으… 되게 춥네?"

흑아는 되돌아가고 싶었으나 목을 길게 늘이고 있을 구달비를 생각하면 그럴 수가 없었다.

별 도리 없이 진을 따라 위로 위로 올라가는 흑아.

마침내 녀석은 진이 뚫려진 꼭대기에 다다랐다.

"여기다! 야호~ 케헤헤헤~"

흑아는 날개를 접고 진 속으로 떨어져 내렸다.

아래를 보자 금경은이 사는 전각이 눈에 들어온다.

그러나 흑아는 몸을 떨어야만 했다. 진의 꼭대기보다 밑의 전각에 다다를수록 오히려 냉기가 강해졌기 때문이다.

"윽! 진짜로 춥네?"

흑아는 발에 쥔 상자를 가슴에 갖다 댔다.

상자의 온기가 느껴지며 추위가 조금 물러간다.

우당탕~

금경은은 창문이 왈칵 열리는 바람에 잠에서 깼다.

그녀는 창 쪽을 향해 반가이 외쳤다.

"천상유혼 공자님이세요?"

"난 천상유혼 공자가 아냐. 나는 그의 심부름으로 온… 쿨~"

창으로 들어온 누군가가 말을 하다가 말고 코를 곤다.

금경은은 처음 듣는 목소리에 더럭 겁이 났다.

하지만 그녀는 '심부름' 이란 말에 용기를 내서 창가로 갔다.

그런데 그곳에는 사람 대신 커다란 새 한 마리가 꿈나라를 헤매고 있었다.

더듬어보니 상자와 종이가 손에 잡힌다.

"이건… 편지 봉투?"

금경은은 편지부터 펼쳤다.

그녀는 급히 손가락으로 종이 위를 더듬었다.

싸구려 먹의 까칠한 촉감이 손끝에 전해져 온다.

금 낭자. 나는 천상유혼이오.

그간 격조하였소.

낭자, 황궁보고에서 만년빙심을 찾아냈소이다. 이걸 입수하는 데 목숨을
건 큰 어려움을 많이 겪었소. 그러나 그대를 위해서라면 그만한 일이 대수겠
소이까.

낭자, 하루빨리 그대가 시력을 되찾고 밝은 햇빛을 대하는 날이 오기를
내 진심으로 기원하겠소.

그리움에 젖어, 천상유혼.

추신:낭자의 전각 주변에 진이 쳐져 있는지라 내 수하를 시켜서 이 편지
를 전하오.

편지 끝에는 한옥패의 문양이 뚜렷하게 찍혀져 있었다.

금경은의 손가락이 한옥패에 새겨졌던 십장생의 여러 모습을 쓸었다.

"이건 확실히 내가 드린 한옥패야!"

천상유혼이 보낸 편지가 분명했다.

금경은은 가슴이 벅차올랐다.

편지로 추측하건대 상자 속에 든 것은 만년빙심이다.

이때였다.

방문이 열리며 오라비인 금종규가 들어왔다.

"경은아, 왜 또 창문을 열었느냐? 어? 저게 뭐야?"

금종규는 황급히 새를 숨기려고 하는 동생한테서 부엉이를 빼앗아 들었다.

부엉이는 커다란 눈을 감고 정신없이 잠을 자고 있었다.

낮이 아니라 밤에 잠을 자는 이상한 부엉이.

그런데 이 부엉이는 누군가가 키우는 동물인 듯, 목에 붉은 보석으로 된 값비싼 목걸이를 하고 있었다.

금종규의 시선이 아직도 새가 움켜쥐고 있는 상자에 쏠렸다.

옆에서 여동생이 흥분에 겨워 외친다.

"오빠! 천상유혼 공자님이 만년빙심을 보내오셨어요!"

"뭐? 만년빙심?"

깜짝 놀란 금종규가 상자를 열자 상상을 초월하는 찬기가 왈칵 몰려나왔다.

금종규는 얼른 상자를 닫으며 고개를 끄덕였다.

"이건 진짜 만년빙심인 거 같다!"

금종규는 상자와 편지, 부엉이를 들고 아버지가 계신 곳으로 향했다.

그런데 진 밖으로 나오자 부엉이가 눈을 떴다.

부엉이는 금종규를 보자마자 대뜸 비명을 질렀다.

"엄마야!"

금종규 역시 사람 말을 하는 부엉이에 놀라서 비명을 질렀다.

"으악!"

깜짝 놀란 금종규는 괴물 부엉이를 땅에 패대기쳤다.

부엉이는 땅에 떨어져 연신 죽는 소릴 냈다.

“크엑! 아이구 아파라, 아이구!”

신음 소리를 내며 떽떼구르르 땅을 구르는 부엉이.

그러나 부엉이는 금종규로부터 조금 멀어지자 날쌔게 하늘로 날아올랐다.

녀석은 헐레벌떡 내빼면서 뒤에다 대고 욕을 했다.

“이 나쁜 놈아! 내가 뭘 했다고 땅에 던지고 지랄이야? 이런 개자식 같으니라구! 그냥 확~ 만년빙심을 도로 뺏어올까 부다!”

그 광경에 금종규는 넋을 잃었다.

부엉이를 잡겠다는 생각보다는 그저 놀라울 따름이다.

“사람 말을 하는 부엉이? 앵무새도 아니고 부엉이가 어떻게 사람 말을 할까?”

금종규는 부엉이가 남기고 간 상자와 편지를 내려다보았다.

편지에는 새 발자국이 아닌 개 발자국 같은 게 조그맣게 찍혀 있었다.

*　　　*　　　*

금경은의 방.

냉기를 풀풀 내며 방에 가득 차 있던 한옥은 더 이상 없다.

아니, 한옥은커녕 화롯불이 따끈한 열기를 만들어내고 있는 중이다.

금경은의 아버지 금천하는 떨리는 목소리로 딸한테 물었다.

“경은아, 이 아비의 얼굴이 보이느냐?”

딸은 감고 있던 눈을 천천히 떴다.

갑작스레 시력을 되찾은지라 눈을 자극하지 않기 위해서 촛불만 한 자루 켜놓은 방.

그 속에서 금경은은 어렴풋이 보이기 시작하는 물체에 초점을 맞추었다.

금경은은 자기도 모르게 외쳤다.

"아버지! 아버지가 보여요!"

"얘야!"

아버지와 딸은 서로 얼싸안고 눈물을 흘렸다.

옆에선 아들 금종규와 여러 의원들이 그 모습을 지켜보며 다들 감동에
겨워 함께 눈시울을 적셨다.

딸은 아버지의 얼굴을 쳐다보았다.

항상 만져 보던 얼굴이지만, 실제로 본 아버지의 얼굴은 많이 늙어 있
었다.

금경은은 자기 때문에 항상 노심초사하던 아버지가 한없이 고마웠다.

그녀는 아버지의 손을 잡고 울먹였다.

"아버지, 오랫동안 걱정을 끼쳐 드려서 죄송해요."

"아니다! 네가 이렇게 병이 나은 것만으로도 나는 한량없이 기쁘다!"

…그간 금씨 가문의 우환이었던 금경은의 병은 이렇게 나았다.

그리고 아버지 금천하는 병마에서 벗어난 딸이 못내 자랑스러웠다.

"경은이가 다 나았으니 잔치를 베풀자! 으하하하하하~"

잔치. 금씨세가 주변의 세도가란 세도가는 모조리 초대한 실로 거대한
규모의 잔치.

비용은 충분했다. 금경은의 방을 도배했던 한옥은 이제 필요가 없게
된지라 그것을 팔아서 돈을 마련한 것이다. 물론 그것이 예전에 지녔던
금씨세가의 재물에 비교할 바는 아니지만, 그래도 그것은 금씨세가가 수
년은 먹고살 만한 엄청난 양의 재화였다.

잔치를 준비하는 금씨세가에는 예전의 음습함 대신 활력이 넘쳐났다.

그리고 마침내 잔칫날이 되었다.

그사이 소문은 있는 대로 퍼져서 천하제일미인이라는 여인을 보려고 멀리서부터 일부러 찾아왔다. 미인이 시집을 간 후엔 절대로 볼 수 없으리란 판단 하에 눈 달린 사내는 죄다 몰려왔던 것이다.

금천하는 딸의 병이 나았음에도 불구하고 딸의 전각 주변에 쳐두었던 진을 거두지 않았다. 아니, 오히려 경비를 더 삼엄하게 펼쳤다. 이는 천하미인인 딸한테 무슨 변고가 생길까 우려함이다.

그래서 금경은을 만날 기회가 전혀 없었던 구달비는 얼굴을 바꾼 채 잔치에 참석했다.

물론 초대장이 없는 사람은 잔치에 입장을 못했지만 구달비에게 있어 초대장을 슬쩍하기란 호박에 침 주기.

구달비는 연회석의 중간 부분에 앉아 가슴을 두근거렸다.

주위 사람들 역시 모두가 흥분한 얼굴이다.

그들은 금경은을 화제로 대화를 나누고 있었다.

"이보시오들. 사천에서 제일가는 부잣집 아들이 천하제일미녀한테 청혼하기 위해서 천리마를 타고 달려왔다는 소문 들으셨소이까?"

"사천제일부자는 아무것도 아닙니다. 듣자니 벌써 황궁에서 청혼이 들어왔다는군요."

"황궁? 황궁이라면 황족이 청혼한 게 아닙니까? 그게 사실이라면 아주 큰 경사로군요! 일개 무인의 집안이 황족과 사돈을 맺는다니 말입니다!"

이 소리에 할 일 없이 귀동냥을 하고 있던 구달비는 심히 불쾌해졌다.

금경은이 시집을 간다는 게 믿어지지 않았다.

자신이 황족임을 모르는 구달비는 심드렁한 얼굴로 툴툴댔다.

'쳇! 황궁 좋아하네! 금 낭자는 나를 기다리고 있을 거야! 그럼! 만년

빙심을 갖다준 은인이 누군데?!'

　사람들이 호기심 속에서 기다리기를 한참.
　마침내 연회의 시작을 알리는 북소리와 함께 가주인 금천하가 등장했다.
　그는 참석한 사람들한테 인사말을 했지만, 그 소리를 귀담아듣는 사람은 없고 모두는 이제나저제나 천하제일미인이 모습을 보이기만을 기다렸다.
　그리고 드디어 금경은이 등장했다.
　그녀는 화려한 궁장을 한 채, 전신을 보화로 치장하고 사뿐히 걸어나왔다.
　순간, 그녀의 미모에 밝은 태양조차 빛이 죽는 느낌이었다.
　금천하가 자랑스럽게 외쳤다.
　“내 딸이외다!”
　…침묵이 흘렀다.
　그러나 그것은 잠시,
　“와아아아아~”
　사방에서 탄성이 터져 나왔다.
　누가 시킨 것이 아닌 그것은 각자가 자기도 모르게 내지른 소리였다.
　잔치에 참석한 군중들의 반응은 가지각색이었다.
　자리에서 벌떡 일어선 사람이 부지기수요, 자기 눈을 의심해서 눈을 비비는 사람 등, 잔치에 참석한 모든 이들은 금경은의 미모에 찬사를 보냈다.
　“대단하구먼! 실로 대단해! 저런 미인은 내 평생 처음 보오!”
　“양귀비가 와서 울고 가겠소이다!”

모두가 열심히 고개를 끄덕였다.

구달비는 가슴이 벅차올랐다.

그는 사람들이 입을 모아 금경은의 미모를 칭송하자 마치 자기가 칭찬을 듣는 것만 같아서 마냥 가슴이 뿌듯했다.

밝은 햇빛 아래 나선 금경은은 아닌 게 아니라 실로 천상의 미를 내뿜고 있었다.

그녀의 미모는 한마디로 ‘꽃다운 얼굴과 달 같은 자태’ 라는 의미의 화용월태(花容月態)라는 단어가 무색했다.

그 어떤 미사여구로도 표현할 수 없는 극치의 미색!

‘아! 정말 아름답다!’

감탄하는 구달비.

그의 시선이 금경은의 목 부분을 더듬었다.

사슴같이 늘씬한 목.

그런데 그 목을 보는 구달비의 눈가에 파르르 경련이 일어났다.

‘목걸이가 없어! 내가 사준 벽옥 목걸이를 안 걸었어!’

뇌리로 예전에 들었던 금경은의 목소리가 쟁쟁하게 울렸다.

‘천상유혼 공자님, 다시 만날 때까지 이 목걸이를 절대로 목에서 풀지 않겠어요!’

‘절대로 풀지 않겠어요!’

‘절대로……!’

정표로 줬던 목걸이.

순진하다고 생각했던 금경은이 지금 그 목걸이를 안 하고 있다.

화가 난 구달비는 금경은을 노려보았다.

그는 금경은이 벽옥 목걸이를 안 걸고 있다는 사실이 도저히 용납이 안 갔다.

금경은은 아버지가 소개하는 사람들한테 웃음을 보내고 있었다.

구달비는 그녀한테 전음을 보냈다.

『금 낭자, 나 천상유혼이오. 내가 준 목걸이는 어떻게 했소이까? 왜 그걸 목에 걸지 않았소? 다시 만날 때까지 절대로 목에서 풀지 않겠다고 당신 스스로가 약속했지 않았소?』

"……!"

금경은이 깜짝 놀라는 게 보인다.

그녀는 어쩔 줄 몰라 하는 눈치였다.

천상유혼의 등장을 반가워하는 게 아니라 오히려 당황해하는 금경은.

그 모습에 구달비는 큰 충격을 받았다.

'이럴 수가? 내가 귀찮은 존재였어?'

구달비는 다시 전음을 보냈다.

『금 낭자! 목걸이를 안 걸고 있는 이유에 대해서 할 말이 있으면 코를 만져서 내게 신호를 보내보시오!』

그러나… 신호는 안 왔다.

금경은은 코를 만지는 게 아니라 두 손을 꽉 쥐고 부들부들 떨고만 있다.

구달비의 얼굴에서 핏기가 사라졌다.

이때 옆에서 누가 말하는 소리가 들렸다.

"황궁에서 청혼이 들어왔다구요? 그러면 그렇지. 저런 미녀는 적어도 황실로 시집을 가야지. 암!"

아까는 대수롭지 않게 넘겼던 '황궁'이란 단어가 심장을 찌른다.

구달비의 눈에 아픔이 깃들었다.

'황궁! 황족으로부터의 청혼! 누군들 있어 그런 혼처를 마다하리?'

구달비는 자조 섞인 빈정거림과 함께 읊조렸다.

"큭. 이런 거였군. 세상은 이런 거였어."

그의 중얼거림은 대소로 이어졌다.

"큭큭큭. 그래! 세상은 이런 거야! 아하하, 아하하하하하하~"

구달비는 가슴속의 감정을 훌훌 다 털어버리고 싶었다.

그간 금경은을 향한 순정을 지켰던 자신이 바보같이 느껴졌다.

그런 생각이 들자 구달비는 바람같이 자리를 떴다.

객잔으로 돌아온 구달비는 대낮부터 술을 마셨다.

방구석에 틀어박혀서 묵묵히 술을 마시는 구달비.

독고미향과 함께 객잔에 남아 있던 흑아는 구달비의 행동을 놀라워했다.

그러나 술을 좋아하는 흑아는 이게 웬 떡이냐 하고는 얼른 달라붙어 같이 술잔을 기울였다.

하지만 이 광경을 바라보는 독고미향은 좌불안석이었다.

금씨세가에서 무슨 일이 있었던 것이 확실한데, 그녀는 그 자리에 없었기에 도저히 상황 파악이 되질 않았다.

'술도 못하는 남자가 술을 마시다니 대체 무슨 일이 있었을까?

독고미향은 구달비가 스스로 입을 열 때까지 아무것도 묻지 않았다.

벌컥 벌컥~

마치 사약(賜藥)을 마시듯 구달비가 오만상을 찌푸리며 술잔 비우기를 한 잔, 두 잔…….

마침내 술잔이 힘있게 탁자를 친다.

탁!

구달비가 뭔가 결론을 내렸다는 느낌이 드는 독고미향.

그녀는 조마조마한 마음으로 구달비를 주시했다.

구달비가 천천히 입을 열었다.

“…미향아.”

“응?”

독고미향은 어정쩡한 미소를 머금으며 대답했다.

그녀는 심히 불안했다.

구달비의 입에서 어떤 소리가 나올지 몹시 걱정되었다.

한데 그의 입에서 나온 소리는 정녕 뜻밖이었다.

“미향아, 그동안 미안했어. …이젠 너만을 생각할게.”

“……!”

독고미향의 눈에 눈물이 뿌옇게 차 올랐다.

그녀는 떨리는 음성으로 나직이 말했다.

“고마워, 달비야.”

“고맙긴. 그동안 마음 고생이 심했을 텐데 정말 미안해.”

구달비는 술에 취해 비틀거리며 금경은한테서 받은 한옥패를 꺼냈다.

그는 주먹을 치켜들었다.

정표였던 한옥패를 깨부수려는 것이다.

이때 흑아가 득달같이 구달비를 막아서며 소리쳤다.

“잠깐! 잠깐만 기다려! 이거 깰려는 거지? 버릴 거면 나 줘! 이거 비싼 거잖아? 내가 가질래!”

“…….”

구달비는 잠시 망설이다 고개를 저었다.

“흑아야, 난 이놈의 한옥패를 꼭 부숴 버려야만 속이 시원할 거 같아.”

흑아가 즉각 투덜댄다.

“야! 여기까지 오면서 숙박비랑 뭐랑 다 내가 냈잖아? 그러니까 이 정도는 내가 가져도 되는 거 아냐? 너는 생각이 잘못됐어! 아무리 여자한테

채였기로, 이렇게 비싼 걸 그냥 뽀개? 이런 건 팔아서 돈을 만들어야 하는 거야! 너야 옆에서 논을 대주는 내가 있으니까 그냥 펑펑 돈을 쓰는데, 나는 허리가 휜다구! 돈이 하늘에서 떨어지는 줄 알아? 제기랄!"

한옥패 앞에 떡 버티고 서서 조그만 앞발을 허리에 대고 눈을 부라리는 고양이.

녀석은 자기가 돈 쓴 걸 있는 대로 생색냈다.

구달비는 골머리가 쑤셨다.

술기운으로 머리가 지끈거리며 더 생각하고 싶지가 않다.

그는 신경질적으로 손을 저으며 말했다.

"그래. 니가 가져. 하지만 내 눈에 절대로 안 띄게 해."

"에헤헤헤~ 수지 맞았다."

흑아가 입이 귀밑까지 벌어져서는 한옥패를 비단 주머니에 넣어서 보관한다.

*　　　*　　　*

여기는 금씨세가.

천하제일미녀인 딸을 선보인 첫날부터 중매가 쏟아져 들어왔다.

그 까닭은 세도가들에게 있어 아들한테 아름다운 배필을 짝 지어주고픈 마음이 있기도 했지만, 천하제일미녀를 며느리로 들이는 일은 가문의 명예를 드높이는 방법이기도 했기 때문이다.

금씨세가는 과거의 번영을 되찾았다.

천하제일미녀를 구경하려고 문간을 기웃거리는 사람이 부지기수요, 금씨세가의 여식과 어떻게 연이 닿을까 하여 무공을 배운다는 핑계로 입문을 원하는 사람들의 줄이 대문에서부터 옆 고을까지 이어질 정도로 문

전성시를 이루었다.

금씨세가의 가주 금천하는 입이 벌어졌다.

아비인 자기 눈으로 보아도 천하절색인 딸인데 남들 눈에야 오죽하랴.

지금 그의 앞에는 호북제일부자라는 굴(屈) 대인이 턱살을 치받치고 있다.

나이가 환갑이 넘은 굴 대인은 금씨세가의 딸이 엄청난 미녀라는 소문을 듣자마자 천리마 여덟 필이 끄는 마차를 타고 이곳까지 달려와서는, 천하제일미녀의 미모를 직접 눈으로 확인한 사람이다.

그가 두 손을 모으며 청한다.

"금 대협, 부디 따님을 우리 집안으로 시집보내 주시오."

굴 대인의 청에 금천하는 고개를 갸우뚱하며 물었다.

"헌데 아드님들은 이미 모두가 장가를 들지 않았습니까? 아무리 대인의 집안이라지만, 내 딸을 첩으로 보낼 수야 없습니다."

"허! 첩이라니요? 그 무슨 가당치도 않은 말씀을 하십니까? 천하에서 제일가는 미녀는 누가 뭐래도 당당히 정실 부인의 자리를 차지해야지요!"

"알아주시니 기쁩니다."

금천하가 웃음을 짓는다 싶자 굴 대인은 은근한 어조로 물어왔다.

"금 대협도 아시다시피 내가 오래전에 상처를 하지 않았소이까?"

"……!"

홀아비인 굴 대인이 딸을 달라고 한다, 자기한테.

금천하는 어이가 없었다.

굴 대인은 다급히 말을 덧붙였다.

"금 대협께서 장인어른이 되어주신다면 내 재산의 반을 떼어주겠소이다!"

“…….”

금천하는 머리가 아팠다.

잔치에 참석했던 사람들 중에 상사병으로 드러눕는 사람들이 속출했
다.

꿀을 본 개미 떼처럼 꼬여드는 구혼자들.

금천하는 청혼하는 사람들한테 거절의 핑계를 적당히 대야 했다.

그러나 그는 딸이 천상유혼을 찾는다는 말은 일절 하지 않았다.

아버지 금천하가 이처럼 즐거운 고충으로 괴로워할 때, 금경은은 상심
에 찬 나날을 보내고 있었다.

그녀는 구달비가 전음을 보냈을 때 정말이지 깜짝 놀랐다.

금경은은 무가(武家)의 딸이기에 귀에 들리는 이 소리가 전음이란 사
실을 쉽게 알아챌 수 있었다.

그러나 전음의 내용은 그녀를 몹시 당혹스럽게 만들었다.

천상유혼 공자는 그가 선물했던 벽옥 목걸이를 찾고 있었던 것이다.

그는 왜 목걸이를 안 했냐며 심히 불쾌해하고 있었다.

금경은에게는 변명의 여지가 없었다.

아버지가 홧김에 깨부순 목걸이.

자신은 정인이 준 정표를 지키지도, 자기 입으로 말했던 ‘다시 만날
때까지 이 목걸이를 절대로 풀지 않겠어요’ 라는 약속도 지키지 못했다.

천상유혼 공자는 할 말이 있으면 코를 만져서 신호를 보내라 했지만,
금경은은 너무도 미안하고 죄스러워서 쩔쩔맸다.

그녀는 목걸이를 찾는 천상유혼 공자한테 아버지가 목걸이를 깨부수
었다고는 차마 말할 수가 없었다.

게다가 그 목걸이는 정인의 어머니가 남겨줬다는 유품.

금경은은 입이 열 개라도 할 말이 없었던 것이다.

천상유혼 공자는 그 전음을 끝으로 사라져 버리고 다신 나타나지 않았다.

금경은이 비단 주머니에 모아두었던 깨진 목걸이 조각을 꺼내보며 한숨짓기를 여러 날.

마침내 아버지가 폭탄선언을 했다.

"애야, 조만간 혼처가 정해질 테니 시집갈 준비를 하거라."

"네? 그게 무슨 말씀이세요?"

깜짝 놀라는 딸에게 금천하는 엄히 말했다.

"그 천상유혼인가 뭔가 하는 놈은 잊어버려라."

"그렇지만 제 병은 천상유혼 공자님이 아니었으면 고쳐지지 않았어요!"

"내 누누이 말하지만, 그놈은 정상인 놈이 아니야!"

금천하는 천상유혼만 찾는 딸에 대해서 화가 났다.

그는 이제 딸의 몸이 정상인 이상, 그 어떤 사윗감이라도 고를 수 있다는 자신감에 찼다.

사실 아닌 게 아니라 이만한 미모라면 왕후장상이라도 찾아와서 무릎을 꿇을 판이었다.

천상유혼의 신분이 잘해봤자 기인기사의 제자. 고작 기인기사의 제자 따위한테 딸을 주기는 너무 아까웠다.

금천하는 엄히 말했다.

"아무 소리 말고 시집을 가거라! 남들은 15살이면 시집가서 애를 낳는데, 네 나이는 벌써 20살이 넘었다! 혼기가 늦어졌어도 한참 늦은 나이야! 그러니 더 늦기 전에 어서 시집을 가야 한다. 여자는 나이 먹는 게 금방이야!"

"아버지, 그럴 수는 없어요! 저는 그분 아니면 시집을……."

"닥치거라!"

금천하는 벌컥 역정을 냈다.

그는 딸을 향해 있는 대로 언성을 높였다.

"그놈이 떳떳한 놈이라면 왜 당당히 나타나서 청혼을 하지 않는 게냐? 허니 그런 잡놈은 잊어버려라!"

아버지의 호된 꾸중에 딸은 끝내 눈물을 흘렸다.

"흐흐흑……."

"애야, 제발 이 아비 말을 들어라. 다 네가 잘되라고 하는 말이다. 이 세상에 딸이 잘못되기를 바라는 부모가 어디 있겠느냐? 허니 내가 정해 주는 데로 시집을 가거라."

갑자기 금경은이 고개를 쳐들고 애원했다.

"아버지! 일 년만! 딱 일 년만 시간을 주세요! 그때까지 천상유혼 공자님이 찾아오지 않는다면 저는 아버지가 가라는 데로 무조건 시집을 가겠어요! 아버지! 딱 일 년만 시간을 주세요! 네?"

사랑하는 딸의 눈물 어린 읍소.

금천하라고 그 심정을 모르는 게 아니다.

금천하는 가슴이 아팠다.

하지만 그는 고개를 저었다.

"그렇게는 안 된다!"

딸이 아비의 발에 몸을 던지고 흐느껴 운다.

"아버지, 제발! 제발 부탁드려요. 소녀의 청을 저버리지 말아주세요! 일 년이면 족해요. 아버지! 흐흐흑… 아버지!"

"으음……."

"아버지… 그분이 어떤 신세인지 저는 알지 못해요. 아버지 말씀대로 그분이 나쁜 사람일 수도 있어요. 하지만 제가 아는 한 가지 사실은… 이 대로 제가 시집을 가버리면 저는 평생을 후회 속에서 살게 될 거라는 점이에요. 그러니까 아버지! 일 년만! 일 년만 시간을 주세요!"

"크흠… 그참!"

한참을 고민하던 금천하는 마지못해 고개를 끄덕였다.

"좋다! 일 년! 딱 일 년이다! 그 안에 천상유혼이란 자가 안 나타나면 너는 네 말에 책임을 지거라!"

第九章

무황의 변방통일!

은가루를 뿌려놓은 듯 반짝이는 수많은 별들.

그 아래 오색찬란한 단청이 칠해져 있는 수많은 고루거각(高樓巨閣)들이 보인다.

이곳은 활불국의 궁전.

어둠에 싸인 거각들 사이를 혼자서 걷고 있는 인영이 있다.

궁전에서 일하는 시녀 미루나는 도시락 보따리를 품에 소중히 안고 종종걸음을 치고 있었다.

지금 그녀는 약혼자인 경비무사한테 야참을 전해주러 가는 길이다.

미루나는 자기가 어렵게 만든 이 음식이 약혼자를 기쁘게 만들리라 믿으며 서둘러 걸음을 재촉했다.

갑자기 그녀의 눈이 커졌다.

"……!"

어디서 나타났는지도 모르게 코앞에 스윽 다가선 시커먼 그림자.

순식간에 혈을 제압당한 미루나는 품에 안고 있던 도시락을 떨어뜨렸다.

검은 그림자는 솔개가 병아리 채듯 미루나를 안고 하늘로 날아오르더니 순식간에 사라졌다.

다음날 밤.

한밤중에 소피가 마려워 눈을 뜬 시녀 묘타타는 졸린 눈을 비비며 요강을 찾았다.

그러나 요강엔 이미 오줌이 가득 차 있었다.

묘타타는 연신 하품을 하며 뒷간으로 갔다.

서둘러 볼일을 본 후 어서 빨리 잠자리로 돌아오고 싶은 그녀.

그러나 뒷간으로 향하던 묘타타는 발걸음을 멈추었다.

"······!"

뒤통수로 뭔가 섬뜩한 느낌이 들었다.

모골이 송연해진 그녀는 뒤를 돌아보려고 했다.

그러나 묘타타는 채 뒤를 돌아보지 못하고 자리에 쓰러졌다. 아니, 정확하게 말하면 수혈을 짚었다.

묘타타는 어제의 미루나처럼 소리 소문 없이 증발됐다.

그런 식으로 사흘이 지나자 활불국 궁전은 발칵 뒤집혀졌다.

사흘 사이에 실종된 세 명의 시비.

그녀들의 공통점이라면 스무 살이 채 안 된 젊은 처녀란 점이다.

당연히 대대적인 수색 작업이 벌어졌다.

세 시비의 시신은 궁전 근처 야산에서 발견되었다.

한데 그 시신의 상태가 실로 끔찍했다.

마치 온몸의 정기가 빨려 나간 양, 젊은 처녀들은 바짝 마른 목내이(木乃伊:미이라)로 변한 것이다.

얼마나 고통스러웠는지 눈을 하얗게 까뒤집고 입을 따악 벌린 채 말라 죽어 있는 그 시체들은 도저히 인간의 몸이라 보여지지 않을 정도였다.

수색에 참가했던 사람들은 그 무서운 형상에 극심한 충격을 받았다.

그들의 뇌리로 공포감이 엄습했다.

절대로 인간의 짓이라고는 볼 수 없는 만행.

대체 왜 이런 일이 발생했는지 이해할 수가 없었다.

그리고 세 구의 시신이 발견된 그날 밤에도 실종자가 생겨났다.

역시나 젊은 시녀.

궁전 내의 사람들은 두려움에 사로잡혔다.

많은 이들이 '귀신의 짓'이라며 밤이면 불을 밝게 켜놓고 잠을 이루지 못했다.

마침내 라마승들이 궁전 내의 모든 젊은 시녀들을 한곳에 모아두고 밤을 새며 지키는 사태가 벌어졌다. 라마십승 중 네 명이 동서남북의 방위를 점한 채, 그 중앙에 위치한 거각 안에 시비들을 모아둔 것이다.

라마승들은 지나가는 개미새끼 한 마리까지도 놓치지 않을 정도로 철저히 경비를 섰다.

삼엄한 경비.

오늘밤은 아무 일 없이 지나갈 것만 같다.

그런데 여기 일을 벌이는 사람이 하나 있었다.

시녀 무뇌요는 자정이 지나자 조심스럽게 사방을 두리번거리며 창으로 다가갔다.

그녀는 항상 철없이 천방지축 제멋대로 행동을 하는 터라 윗전으로부터 늘 꾸지람을 들어왔다.

그리고 오늘도 그녀는 윗전의 명을 무시하고는 창을 열어 빼꼼이 밖을 내다봤다.

밖에는 라마승들 외에도 수십 명의 일반 무사들이 정신을 바짝 차린 채 만약의 사태에 대비하고 있었다.

무뇌요는 젊은 남자들의 굳센 모습에 흐뭇한 미소를 지었다.

그녀는 왜 이 좋은 광경을 윗전들이 보지 못하게 하는지 도통 이해가 안 갔다.

이때 무뇌요의 눈동자가 한곳에 고정되었다.

그녀를 향해 너울너울 날아드는 검은 그림자.

'귀신이다!'

무뇌요가 속으로 외칠 때 라마승들도 외치고 있었다.

"저기다!"

그들을 비웃기라도 하듯 검은 그림자가 바람처럼 스쳐 지나갔다.

스 윽—

한 라마승이 외쳤다.

"쫓아라!"

그러나 검은 그림자는 엄청나게 빨랐다.

검은 그림자는 열려진 창문에서 시녀 무뇌요를 잡아채서는 순식간에 사라져 버렸다.

눈으로 뻔히 보면서도 잡을 수 없는 존재.

저것은 정녕 귀신이런가?

라마십승 중 이승은 고개를 끄덕였다.

그는 익히 짐작 가는 데가 있었다.

다음날 아침.

라마십승은 시비들의 처참한 주검을 무황 앞으로 옮겼다.

무황 선우운철은 인상을 찡그렸다.

정말이지 사람이 이토록 비참하게 죽은 몰골은 처음 본다.

선우운철은 그 끔찍스런 시신들로부터 눈길을 돌리며 물었다.

"이게 뭐냐?"

라마 이승이 분노로 턱을 떨며 천천히 설명했다.

"무황이시여, 우리 활불국 궁전에서 불미스러운 일이 발생했습니다. 지난 7일 사이에 젊은 시비들이 매일 한 명씩 납치되었습니다. 그리고 그녀들은 이런 형태로 발견되었습니다. 처음엔 귀신의 짓거리라고 생각했었습니다만, 어제 본 바로 이건 인간의 무공이었습니다."

선우운철은 버럭 역정을 냈다.

"대체 누가 이따위 짓을 했느냐?"

"무황이시여! 범인은 바로 좌호법입니다!"

이승은 손가락으로 서장미녀를 가리켰다.

선우운철의 옆에 서 있는 서장미녀.

그녀는 시커먼 천을 온몸에 뒤집어쓰고 있었다.

아마도 자신의 늙고 추한 몸을 남한테 보이기가 싫은 까닭이리라.

이승은 다시 한 번 말했다.

"범인은 좌호법 서장미녀가 확실합니다!"

그러나 서장미녀는 들은 척도 하지 않았다.

선우운철은 라마승이 하는 말이 도무지 이해가 안 갔다.

그가 알기로 서장미녀는 비록 자유를 찾았지만, 진의 감옥에 갇혔었다는 이유로 그녀의 가문에서 축출당한 상태다. 그래서인지 그간 서장미녀는 호법의 위치를 지키며 언제나 조용히 행동했다. 아무리 생각해 봐도 서장미녀가 이런 짓을 할 까닭이 없다.

이승에 이어 삼승이 나서며 말했다.

"무황이시여! 누군가가 전설의 흡정마공(吸精魔功)으로 이 젊은 아이들의 기를 빨아먹은 것이 분명합니다! 그리고 흡정마공의 무공구결을 알고 있을 만한 가문은 활불국에서 좌호법의 가문이 유일합니다!

"……"

선우운철은 어이가 없었다.

단지 추측만으로 사람을 이렇게 범인으로 몰아도 되는가 하는 의문이 든다.

선우운철은 라마승들한테 물었다.

"좌호법이 이런 짓을 했는지 어떻게 증명할 수 있느냐?"

이승이 서장미녀에게 엄히 말했다.

"좌호법 서장미녀는 면사를 걷어보시오!"

"……"

서장미녀는 이승의 말을 무시했다.

그녀는 우두커니 서서 석상이 된 양 꼼짝도 하지 않았다.

마침내 무황 선우운철이 서장미녀한테 명했다.

"좌호법은 몸에 덮은 천을 걷어보라."

"……"

그제야 서장미녀는 검은 면사를 천천히 벗었다.

그러자 있었다… 중년 미부의 얼굴이!

늙고 추한 파파 할멈이 있어야 할 자리를 대신한 중년의 부인.

선우운철은 경악성을 토했다.

"헉!"

이승이 부들부들 떨며 손가락질했다.

"바로 네년이 범인이었다! 무림의 금기인 흡정마공을 익힌 마녀! 그래! 먹을 것이 없는 진 속에서 어떻게 살아왔나 했더니, 그간 진 속에 갇힌 죄수들의 정기를 빨아먹으며 생존해 왔구나!"

선우운철의 뇌리로 진 속의 광경이 떠올랐다.

풀 한 포기 없이 메마른 땅. 수북이 쌓인 낙엽 속에서 가지를 앙상히 드러낸 채 말라 죽은 고목들.

진 안에는 생기라고는 없었다. 그것은 흡정마공의 결과. 흡정마공은 비단 인간뿐만이 아니라 살아 있는 모든 생물의 정기를 빨아먹을 수 있는 마공이었던 것이다.

선우운철은 이제야 이해가 갔다.

그가 진 속에서 서장미녀와 겨루었을 때 받았던 느낌.

그의 호신강기를 푹 뒤집어 싸며 짓눌렀던 그 엄청난 압력은 내공이 아니라, 무언가 미증유의 무공이었다. 마치 거대한 문어의 흡반(吸盤)에 빨려 들어가는 것만 같았던 그 희한한 무공의 정체는 바로 흡정마공이었다.

라마승들은 서장미녀를 잡아먹을 듯이 노려봤다.

70대의 노파에서 40대로 젊어진 서장미녀.

그녀는 냉랭한 신색을 유지하고 있었다.

마치 어느 집 개가 짖나 하는 표정이다.

사실 서장미녀는 왜들 이렇게 난리를 치는지 도무지 이해할 수가 없었다. 고작 시비 몇 명 죽인 것뿐인데. 귀하게 자란 그녀에게 있어 시비들은 인간이 아니라 그저 소모품에 불과했다.

어쨌거나 이 사건을 계기로 서장미녀의 별호는 '서장마녀(西藏魔女)'로 바뀌게 되었다.

선우운철은 분노로 몸을 떨었다.

"좌호법, 네가 어떻게 이런 일을……?"

말이 나오지 않는 선우운철.

그는 젊어지고자 하는 여인의 욕망이 저지른 이 추악한 짓이 더없이 역겨웠다.

라마승들은 무황의 입만을 쳐다봤다.

일곱 명의 무고한 젊은 처녀들을 처참하게 죽인 이 요물에게 무황의 심판이 떨어지길 기다리는 것이다.

선우운철은 손으로 이마를 짚었다.

그는 미쳐 버릴 것만 같았다.

믿을 만한 수하라고는 몇 되지도 않는데 이놈 저년 할 것 없이 죄다 속을 썩인다.

선우운철은 서장미녀한테 버럭 호통을 쳤다.

"서장미녀! 다시는 이런 짓을 하지 않겠다고 이 자리에서 맹세하라!"

그러자 예전같이 카랑카랑한 노파의 목소리가 아니라 고운 옥음이 답한다.

"…예."

선우운철은 서장미녀를 향해 꼴도 보기 싫다는 양 소리 질렀다.

"좌호법은 다시 부를 때까지 네 방에서 근신토록 하라!"

…당연히 목을 베던가 아니면 최소한 팔이라도 하나 잘라야 할 중대한 죄에 대한 벌이 고작 방에서의 근신.

단박에 라마승들의 얼굴이 붉게 달아올랐다.

"무황이시여! 이렇게 큰 죄에 대한 처벌이 겨우 근신입니까?"

"그만!"

선우운철은 라마승들의 항의를 막았다.

그러나 라마승들은 참을 수가 없었다.

"무황이시여! 하지만 좌호법의 죄는 너무도 엄중하여 이는 실로 인간의 소행이라고는 결코 볼 수 없는……."

콰광!

무황의 신경질적인 손짓에 벽이 날아갔다.

"그만! 그만 하라고 했다!"

"……."

천장에서 우수수 떨어지는 먼지를 맞으며 라마승들은 굳게 입을 다물었다.

그러나 그들의 눈에는 무황을 비난하는 빛이 역력했다.

선우운철은 그런 그들을 외면했다.

그도 라마승들이 주장하는 바를 모르는 건 절대 아니었다.

하지만 그는 자기와 한편이 된 서장미녀를 지켜주고 싶었다.

수하가 설령 큰 잘못을 저질렀더라도, 자신을 따르는 세력이 없는 이 활불국에서는 단 한 명의 수하일지언정 자기편인 이상 보호하고 감싸주어야만 했다.

'이 살인 범죄에 내가 편파적인 판결을 내렸다는 사실은 잘 알지만 어쩔 수가 없다!'

선우운철은 합리화를 시켰지만 몹시 짜증스러웠다.

도대체가 믿고 신뢰할 수 있는 수하가 단 한 명도 없었다.

악마를 잡으러 아불리가로 떠난 만수추군은 아직 소식이 없다.

선우운철의 가슴속에 찬바람이 불었다.

갑자기 외롭다는 생각이 든다.

이때 선우운철의 머리 속에 번득 떠오르는 사람 하나.

천왕문의 전서구에서 '팔찌가 황금장주의 팔목에 있다' 는 정보를 훔쳐다 준 공탁수.

자신을 믿고 목숨을 맡긴 공탁수.

천왕문에 가면 그를 만날 수 있다.

그러나 선우운철은 고개를 저었다.

아버지의 꿈이었던 천왕문은 이제 새끼손가락 히니로도 접수할 수가 있다.

하지만 그는 약혼녀였던 천명희를 생각하면 도저히 천왕문으로 발길이 향해지질 않았다.

절벽 아래 급류로 내던져질 때의 그녀 눈빛.

그 눈빛을 다시 대할 용기가 도저히 나질 않았다.

그러나 언젠가 가기는 가야 한다.

아버지의 꿈이었던 천왕문주.

선우운철은 답답해졌다.

무엇인가를 마구 때려부수고 싶어진다.

선우운철은 자리에서 벌떡 일어나며 말했다.

"혼자 여행을 다녀오겠다."

"……."

아무도 대꾸가 없다.

선우운철은 뚜벅뚜벅 걸어나갔다.

그의 뒤통수를 뚫어져라 노려보는 라마승들.

그들은 분이 복받쳤다.

삼승이 격렬하게 토로했다.

"시녀들이 죄도 없이 불쌍하게 죽었는데 이 일을 이렇게 넘겨도 되는 겁니까?"

이승이 조용히 말했다.

"차라리 잘됐다. 그러잖아도 요즘 활불국 젊은이들 가운데 무황의 무공에 반해 그를 따르는 추종 세력이 늘어나고 있었는데, 이제 무황이 이런 그릇된 판결을 내렸으니 젊은이들도 정신이 들겠지."

"……"

라마승들은 이를 악물었다.

그러나 불사지체인 무황을 죽일 수 있는 방도를 알아낼 때까지는 이렇게 살 수밖에 없다.

활불국의 궁전을 떠나온 무황 선우운철.

그는 발걸음을 북쪽으로 두었다.

선우운철의 눈이 빛났다.

"이쪽으로 가면 신강이 있다. 거친 기마 민족이 사는 땅 신강. 그래! 거기로 가서 이 답답한 마음을 한껏 분출해 보자!"

서장미녀의 일로 격해질 대로 격해진 선우운철은 무엇이든 눈앞에 보이는 족족 다 두들겨 부수고 싶은 마음뿐이었다.

그는 호전적인 몽고족이 사는 신강으로 향했다.

*　　　*　　　*

신강.

이곳에서는 지금 큰 축제가 벌어지고 있었다.

겨울이 다가온지라 소와 양, 염소 떼를 몰고 북쪽에서 남쪽으로 이동한 유목 민족인 몽고족은 오늘 이곳에 모여서 서로의 기량을 뽐내며 잔치를 벌이고 있었다.

작금의 신강을 지배하는 자는 테무친이라는 중년인이었다.

그가 태어나자 부모는 징기스칸의 아명인 테무친(鐵木眞)을 따서 아들의 이름을 지었다. 그리고 장성해서 몽고족의 원수(元首)가 된 테무친은 과거의 징기스 '칸' 처럼 칸(汗:Khan·몽고족 왕의 칭호)으로 불리고 있다.

신강의 칸 테무친은 족장들에게 둘러싸여 웃음을 터뜨렸다.

"크하하하~ 다들 그 소문 들었는가? 활불국의 중들이 어느 사기꾼 놈한테 속아서 왕권을 넘겨주었다는군?"

"그 소문 들었습니다. 그놈이 스스로가 불사지체라고 한다면서요? 하! 불사지체라니 그거 아주 크게 미친 놈 아닙니까?"

"그러게요. 돌아도 아주 단단히 돈 놈입니다. 크하하하하~"

사람들이 박장대소한다.

그때 칸 옆에 앉아 고기를 뜯어먹던 사내가 고개를 들었다.

한눈에 봐도 어딘가 모자라는 맹한 눈빛.

칸의 사제인 그는 어눌한 말투로 물었다.

"사형, 근데 진짜로 불사지체면 어떡해?"

"걱정 마라, 아골타. 이 사형이 누구냐? 그까짓 놈이야 한주먹 거리지."

아골타라 불리는 사제는 눈을 크게 떴다.

"어? 주먹으로 때려죽일 거야? 사형은 활을 더 잘 쏘잖아?"

기마 민족인 몽고족은 넓은 초원에서 말을 달리며 무술을 익혔으므로 승마는 기본이요, 개개인이 창과 활의 대가들이었다.

그중에서도 칸인 테무친의 활 솜씨는 알아주는 일품이었다.

아골타의 입에서 활 얘기가 나오자 칸은 아픔이 담긴 눈으로 사제를 바라보았다.

'내 사제 아골타……'

작금의 칸 테무친은 전대 칸의 제자로 무술을 배우면서 사제인 아골타와 아주 절친한 사이였다.

그런데 그들은 둘 다 칸의 딸을 사랑하게 되었다.

마침내 혼기가 되자 두 사제는 칸의 딸을 두고 무공을 겨루게 되었다.

이기면 칸의 딸을 얻음과 동시에 칸의 후계자의 지위가 보장되는 비무.

두 사내는 칸의 딸을 진심으로 사랑했다.

그렇다면 딸의 마음은 누구에게?

…그녀는 승자를 원했다.

비무가 벌어졌다.

각자가 말을 달리며 창과 활로 서로를 공격하는 방식.

테무친은 사제 아골타한테 칸의 여식과 그 지위를 양보할 수 없었다.

아골타 역시 마찬가지였다.

하지만 그는 사형도 사랑했다.

그리고 비무 중, 마지막 순간에 아골타가 마음을 돌려서 창을 회수했다.

사형 테무친이 그 사실을 깨달았을 때는 이미 테무친의 화살이 아골타의 가슴을 강타하는 순간이었다.

아골타는 비록 갑옷을 입었었지만 화살에 맞은 타격으로 정신을 잃고 말에서 굴러 떨어졌다.

그런데 그는 낙마(落馬)하면서 땅에 머리를 호되게 박았다.

그 후 아골타는 바보가 되었다.

테무친은 혹시 승리를 양보한 아골타가 사형이 부담을 가질까 봐 일부러 천치 행세를 하는 게 아닌가 하는 의심을 했었다.

그러나 그건 절대 아니었다.

아골타는 진짜로 바보가 된 것이다.

그런 사제가 불쌍해서, 승리를 양보해 준 사제가 고마워서 칸인 테무친은 진심으로 사제를 돌보아주었다.

갑작스레 다섯 살 지능으로 떨어진 사제.

그런 사제를 볼 때마다 테무친은 가슴이 무척 아팠다.

그리고 칸이 사제를 끔찍하게 여긴다는 사실을 다들 잘 알기에 아골타가 바보라고 괴롭히거나 무시하는 사람은 하나도 없었다.

바보 사제 아골타가 몸을 떨었다.

"사형, 불사지체가 여기로 오면 어떡해? 나 무서워."

"염려 말거라! 불사지체든 뭐든 내가 너를 지켜줄 테니까!"

칸은 사제의 어깨를 가볍게 두드려 주었다.

아골타가 누런 콧물을 들이마시며 헤~ 웃는다.

이때였다.

병사 하나가 허겁지겁 달려와 무릎을 꿇었다.

그는 다급한 어조로 고했다.

"칸! 큰일났습니다!"

"어허! 무슨 소란이냐?"

"활불국의 불사지체가 쳐들어왔습니다! 지금 축제장의 남쪽에서 큰 혈투가 벌어졌습니다!"

모두가 자리를 박차고 몸을 날렸다.

뒤에는 머리를 다치는 바람에 경공 펼치는 법까지 다 잊어버린 아골타만이 남아서 발을 동동 구를 뿐이었다.

"저럴 수가?"

칸 테무친은 자신의 눈을 믿을 수가 없었다.

광활한 초원 위에 자리한 끝도 없는 지평선.

황토색 대지에는 자욱한 흙먼지가 일어나고 있었다.

그곳엔 지금 마치 나방 떼가 화톳불을 향해 달려드는 것만 같은 광경이 벌어지고 있었다.

둥글게 펼쳐진 커다란 빛의 장막.

수많은 몽고족들이 그것에다 대고 창과 화살을 무한정 날리고 있었다.

핑핑핑핑―

날리는 화살만큼이나 빠르게 퉁겨나는 화살들.

푸두두두두~

칸은 의혹에 찬 목소리로 중얼거렸다.

"저게 바로 호신강기?"

"칸! 우리 모두는 아낙네들과 어울려 춤을 추고 있었는데 저놈이 난데
없이 나타나서는 다짜고짜 싸움을 걸었습니다!"

족장 하나가 급히 달려와서 상황을 설명했다.

칸은 침음성을 냈다.

"으음!"

"창도 화살도 아무것도 안 통합니다! 저놈의 호신강기를 뚫을 수가 없
습니다!"

"으음… 만년묵철과 천잠사를 가져와라!"

칸의 우렁찬 명. .

당장에 만년묵철로 주조된 쇠사슬과 천잠사가 대령되었다.

10장(十丈:32미터)에 달하는 길이의 쇠사슬 다섯 줄.

불사지체를 잡을 무사들로 칸의 호위대가 나섰다.

호위대 중에서 힘이 장사인 사람 열다섯 명이 차출되어 그들은 세 명
씩 한 조가 되어 기다란 쇠사슬을 이어 잡고 말을 달렸다.

평소에 훈련을 잘 받은 말들이 착착 발을 맞춰 앞으로 진격한다.

"이랴!"

박차를 가하자 말들은 호신강기 장막을 중심으로 원을 돌았다.

그러나 그들은 한 방향으로 말을 달리는 게 아니라 서로의 조와 어긋

나게끔 말을 몰았다.

그리고 각 조가 교차할 땐 말 위로 쇠사슬이 지나가게끔 몸을 말 옆으로 뉘었다. 마치 사람이 안 탄 말이 저 혼자 날뛰고 있는 것처럼 보여지는 승마술. 이는 아기가 태어나서 걷기도 전에 말 타는 것부터 배운다는 몽고족의 마술(馬術)이 얼마나 뛰어난가를 단적으로 보여주는 장면이었다.

만년묵철로 만든 다섯 줄의 쇠사슬이 불사지체를 노린다.

그리고 마침내, 보검으로도 못 끊는다는 만년묵철 쇠사슬이 호신강기를 칭칭 감았다.

몽고족들의 눈에 희열이 감돌았다.

그들은 우렁차게 환호성을 질렀다.

"우와아아아아아~"

그러나!

선우운철이 호신강기의 크기를 줄이자 만년묵철 쇠사슬은 당장에 헐렁해지고 그 틈을 이용해서 선우운철은 재빨리 빠져나왔다.

몽고족의 환호성이 금세 사그라들었다.

칸은 뒤를 돌아보았다.

수많은 여인네들이 달라붙어서는 여러 개의 천잠사 그물을 이어 붙여 크기를 크게 만들고 있다.

얼마 지나지 않아 고래라도 잡을 수 있을 만한 크기의 천잠사 그물이 완성되었다.

칸이 명한다.

"천잠사 그물을 덮어씌워라!"

그러나 칸은 명령만 내린 게 아니라 자기가 그물의 한쪽 자락을 잡아 활시위를 걸었다.

피융—

화살이 날아가자 그에 매달린 천잠사 그물이 하늘을 뒤덮는다.

호신강기막의 반대편에서 대기하고 있던 수하들이 하늘에서 떨어지는 천잠사 그물을 얼른 낚아챈다.

그러자 호신강기는 그물에 뒤집혀 씌워졌다.

몽고족들은 이번엔 환호성을 안 지르고 경과를 지켜봤다.

선우운철은 코웃음을 쳤다.

이 정도는 활불국에서 이미 다 당해본 일이다.

"으얍!"

선우운철이 기합성을 내지르자 호신강기의 반경이 점점 커졌다.

부우우우우―

그 무엇으로도 끊을 수 없다는 천잠사!

그 천잠사가 끊기고 있었다.

투두두둑~

삶은 국수 가락처럼 끊기는 천잠사!

칸의 얼굴에 당혹감이 스친다.

"그래! 오죽했으면 활불국 놈들이 왕권을 뺏겼을꼬?!"

사방에서 족장들이 몰려들어 아우성을 쳤다.

"칸! 저놈은 활불국의 중들이 화약을 마차로 쏟아 부었는데도 살아남 았다고 합니다!"

"독공의 고수가 맹독을 바가지로 뿌려봤지만 그 독도 호신강기를 뚫 지 못했답니다!"

"……."

칸은 말이 없었다.

잠시 후 그는 힘차게 말했다.

"그래도 사람이니 내공의 끝이 있겠지. 수만의 병력을 상대로 혼자 싸우다가 보면 반드시 내공이 달리게 될 것이다!"

                    *   *   *

　신강의 대평원에서 전투가 벌어진 지도 벌써 사흘이라는 시간이 흘렀다.
　이만하면 지칠 법하건만, 몽고족이나 선우운철이나 그 어느 쪽도 물러섬이 없다.
　그동안 부상을 당한 몽고족들의 숫자는 무려 만 명에 달했다.
　그러나 그들은 상처를 치료하고는 다시 덤볐다.
　과거에 중원을 정복했으면 했지, 중원으로부터 정복이라곤 안 당한 몽고족. 그들은 자기들의 땅을 침범한 불사지체를 죽이기 위해서 생사를 도외시하고 달려들었다.
　사흘 동안 잠시도 쉴 틈이 없었던 선우운철은 슬슬 졸리워지기 시작했다.
　마침내 그는 살심을 일으킬 수밖에 없었다.
　"에익! 이렇게 가다간 끝이 없겠다! 이놈들이 끝내 죽음을 자초하는구나!"
　공격보다는 방어에 전념하던 선우운철이 살인을 결심하자 최초로 죽는 자가 발생했다.
　"크아악~"
　온몸이 박살나서 날아가는 몽고족.
　그 광경을 본 사람들이 일순간 주춤했다.
　하나 그것은 극히 짧은 시간이었을 뿐, 곧 몽고족들은 죽음을 불사하고 덤벼들었다. 이들은 포기를 모르는 종족이었던 것이다.

그러기에 과거 영락제가 5번이나 몽골 친정을 했는데도 불구하고 결국 점령을 못한 땅이 바로 이곳 신강이다.

선우운철은 사망첩을 돌리면 이들의 기가 꺾일 줄 알았다.

그러나 이미 천 명은 족히 죽였는데도 불구하고 죽여도 죽여도 싸우자고 덤비는 통에 선우운철은 미쳐 버릴 것만 같았다.

"이놈들을 모조리 다 죽여야만 싸움이 끝날 판이다! 아무래도 우두머리를 잡아야겠다!"

선우운철의 시선이 저 멀리를 헤맨다.

그곳엔 칸이 팔짱을 낀 채 사태를 지켜보고 있는 중이다.

선우운철은 몸을 날렸다.

칸은 자기 쪽으로 날아오는 불사지체를 발견했다.

칸의 눈이 부릅떠졌다.

"……!"

호위대가 칸의 앞을 막아서며 외쳤다.

"저놈을 막아라!"

그 광경을 본 선우운철은 손을 휘저었다.

무황을 둘러싸고 있던 호신강기가 여러 개로 쪼개져서는 줄기줄기 날아들었다.

부우우우우~

"크아악!"

호신강기에 몸이 관통되어 피를 토하는 호위대들.

이들의 몸부림은 처절했다.

그들은 죽어가면서까지도 자신들의 칸을 지키려고 남아 있는 힘을 다해서 선우운철을 공격했다.

그러나 그것은 계란으로 바위 치기.

마침내 칸이 호위대를 뚫고 앞으로 나섰다.

그는 자신이 불사지체를 이길 수 없다는 사실을 이미 잘 알고 있었다.

하지만 족장을 비롯한 모든 이들이 보고 있는 앞에서 후퇴하기란 쪽팔림이다.

'죽더라도 칸답게 죽는 거다!'

칸은 활을 치켜들고 외쳤다.

"불사지체! 내가 상대해 주마!"

"하하하~ 개를 패니 이제야 주인이 나오는구나?"

선우운철은 호탕하게 웃었다.

그의 눈이 칸이 들고 있는 활에 가서 꽂혔다.

한눈에 보아도 범상치 않은 활.

이 활은 보편적인 활인 단순궁(單純弓)과 강화궁(强化弓)의 수준을 넘어서는 합성궁(合成弓)이었다.

합성궁은 비록 궁체의 길이는 짧아도 활 중에서 가장 발달된 구조를 가진 강력한 것이며, 길이가 긴 단순궁에 못지않은 위력을 발휘하기 때문에 특히 기마 민족이 애용하는 무기다.

선우운철의 눈에 이채가 흘렀다.

'과연 칸! 대단한 활이다!'

굵기가 여느 활의 두 배는 되어 보이는 활.

도대체가 사람의 힘으로 당길 수나 있을지 의문이다.

그런 두터운 활을 칸은 가볍게 당겼다.

활시위를 떠난 화살이 번갯불 마냥 쏘아온다.

두 개, 세 개… 스무 개……

화살은 끝도 없이 날아들었다.

살펴보려니 칸의 곁에 있는 수하가 화살이 떨어지지 않도록 열심히 집어주고 있다.

칸이 쏜 화살들은 호신강기에 격중되었다.

그러나 화살을 못 막아낸다면 그건 호신강기가 아니다.

비 오듯 쏟아지던 화살은 어느 것 하나 호신강기를 뚫지 못한 채 일일이 다 퉁겨 나갔다.

선우운철은 호신강기 속에서 만족스러운 웃음을 머금었다.

그는 두 손을 앞으로 뻗었다.

부우우우~

호신강기가 마치 살아 있는 손처럼 뿜어나가며 그것은 칸을 노렸다.

위험을 느끼고 재빨리 몸을 날리는 칸.

그러나 호신강기가 더 빨랐다.

호신강기는 찰나지간으로 칸의 몸을 둘둘 감았다.

이어 그것은 칸을 공중 높이 치켜들었다.

무려 100장(百丈:320m)에 달하는 높이의 호신강기 기둥.

그 기둥 꼭대기에 묶인 칸은 이를 악물고 신음 소리 하나 내지 않았다.

"……."

선우운철은 몽고족들한테 외쳤다.

"너희들의 우두머리를 살리고 싶거든 모두 복종하라! 복종을 안 한다면 이자를 죽이고 너희들도 남김없이 다 죽이겠다!"

"으으……!"

몽고족들은 치솟는 분으로 눈이 벌겋게 달아올랐다.

그러나 입을 벌려서 저주하는 자는 하나도 없고 모두는 칸의 안위를 염려해서 공격을 못한 채 전전긍긍할 뿐이다.

선우운철은 이들이 쉽사리 복종할 낌새가 아니자, 엄한 목소리로 호통을 쳤다.

"이놈들! 당장 무릎을 꿇지 못하겠느냐? 만일 계속 저항하겠다면 남자뿐만 아니라 여자와 애들까지 싸그리 다 죽여서 너희 몽고족의 씨를 말려 버리겠다!"

금방이라도 말에 따른 행동을 할 태세의 무황.

이미 천 구가 넘는 시체 더미로 보아 그의 말은 괜한 엄포가 아니었다.

잠시 시간이 흐른 후, 한 족장이 먼저 무릎을 꿇었다.

그러자 하나둘 따라서 무릎을 꿇기 시작했다.

마침내 수만에 달하는 몽고족은 모두가 무릎을 꿇은 채 처분만 바라는 신세가 되었다.

선우운철은 당당히 외쳤다.

"나는 무황! 이 시각부터 신강은 내가 접수하겠다!"

"……."

패자인 칸은 말이 없었다.

이렇게 해서 선우운철은 활불국과 신강 등 중원의 변방을 통일했다.

第十章

칠보동보의 비밀

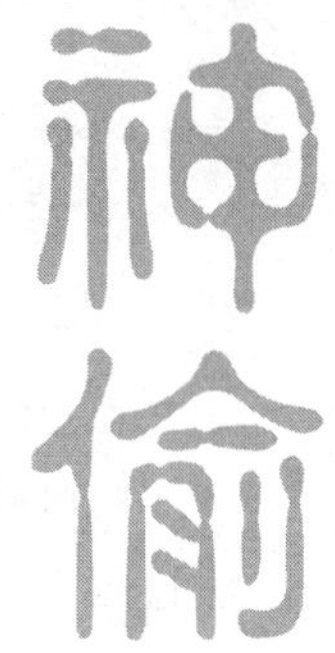

구달비.

조그만 가게를 차려서 예쁜 마누라와 알콩달콩 살고 싶어했던 구달비.

그는 그 소망을 이뤄서 독고미향과 함께 깨가 쏟아지게 살고 있었다.

구달비는 추위를 싫어하는 흑아를 고려해서 봄과 가을이 길고 겨울이
짧아 영하로 떨어지는 날이 거의 없는 광서(廣西) 지방으로 갔다.

광서 지방에서 제일 큰 도시인 남녕(南寧).

그곳에 새로운 간판이 걸렸다.

전서방(傳書方).

'방' 자를 방(房)이 아닌 방향(方向)을 나타내는 한자로 쓴 간판.

그 간판을 처음 보는 사람들은 저게 무슨 업종인가 하며 의아해했지
만, 곧 입소문을 통해서 전서방은 편지를 전달해 주는 대행 업체라는 사

실을 알게 되었다.

멀리 사는 친척들한테 안부 인사 외에도 급작스레 발생한 장례식 등 여러 급보를 전해주는 전서방.

일반인들이 전서구를 보유한다는 건 쉬운 일이 아니었기에 중원 전역에는 이런 업체들이 꽤 많았다. 그래서 새로 생긴 전서방에 대해서 사람들은 그다지 큰 관심을 두지 않았다.

그런데 가는 것만으로도 열흘은 걸리는 도시로 보냈던 편지가 단 이틀 만에, 그것도 답장까지 받아서 되돌아왔다는 소문이 나자 사람들은 새로 생긴 전서방으로 몰리기 시작했다.

그리고 이 남녕 땅에서 알아주는 부자는 아니지만 그래도 재산이 꽤 되는 돈(敦) 대인. 그는 타 지방에 사는 친척들한테 아들의 혼례식을 알리기 위해서 전서방을 찾았다.

전서방의 주인은 멀끔히 잘생긴 청년이었다.

한눈에 보아도 호감이 가게 생긴 얼굴.

이는 구달비가 변형한 모습이다.

돈 대인은 편지가 원하는 만큼 빨리 전달이 될까 조금 걱정스러웠다.

그는 단도직입적으로 물었다.

"이보시오, 주인. 이 전서방의 편지들은 대체 어떤 방법으로 그렇게 빨리 전달할 수 있는 거요?"

"그건 우리 전서방에 만리비응 버금가는 영물이 있기 때문입니다."

전서방 주인의 자신에 찬 말에 돈 대인은 흥미를 나타냈다.

"호오? 영물요? 괜찮다면 한번 보고 싶소이다."

"그러시지요."

전서방 주인은 돈 대인을 옆방으로 안내했다.

전서방의 영물이란 다름 아닌 한 마리의 비둘기였다.

한데 이 비둘기의 몸집이 상상을 초월할 만큼 컸다.

비둘기는 여느 비둘기보다 다섯 배 이상 컸던 것이다.

닭만한 크기의 비둘기.

하얀색 깃털을 가진 그놈은 붉은 눈알을 이리저리 굴리고 있었다.

돈 대인은 진심으로 감탄했다.

"허! 무슨 비둘기가 이리도 크오? 이건 비둘기가 아니라 닭둘기로구먼. 허허허~"

돈 대인의 고개가 끄덕여졌다.

"하기야 이렇게 크니 나는 것도 빠르겠지."

돈 대인은 소매 속에서 슬그머니 볶은 콩을 꺼냈다.

자기가 심심할 때 먹으려고 지니고 있었던 것인데 비둘기를 보자 갑자기 생각이 나서 꺼내 든 것이다. 그 콩들 중에는 사탕도 한 개 딸려 나왔다.

돈 대인은 사탕은 골라서 손에 쥐고 비둘기 앞에 콩을 뿌렸다.

"어따! 콩이다!"

그러나 닭둘기는 부리로 콩을 한 번 쿡 찍어보더니 시큰둥해했다.

녀석의 눈은 돈 대인이 손에 쥔 사탕에 못 박혀 있었다.

돈 대인이 의아해하며 전서방 주인를 쳐다보자 구달비가 쓴웃음을 지으며 말했다.

"대인, 우리 전서방의 영물인 이놈은 사탕을 좋아합니다."

돈 대인이 얼른 사탕을 주자 닭둘기는 사탕을 그냥 삼키는 게 아니라 우적우적 씹어 먹었다.

와드득와드득~

"오오! 진짜로 콩보다 사탕을 더 좋아하네? 이놈이 제법 맛을 아는 구려?”

박수까지 치며 어린아이처럼 좋아하는 돈 대인.

이제 닭둘기를 본 그는 안심하고 편지를 맡겼다.

그리고 그는 전서방에서 나오자마자 자신이 본 바를 동네방네 떠들고 다녔다.

곧 닭둘기에 대한 소문이 파다하게 퍼졌다.

그렇게 해서 전서방의 영업이 번창하게 된 것은 잠깐 사이의 일이다.

그러나 이 지역 하오문의 우두머리인 악다앙(鄂多仰)은 전서방에 대한 얘기를 듣고 열을 받았다.

“어떤 개노므 자슥이 우리 앞마당에서 허락도 없이 장사를 햐?”

악다앙은 실력 행사를 하기 위해서 수하들을 이끌고 길을 나섰다.

*　　　*　　　*

이곳은 청부단의 내당(內堂).

독고미향의 오라비 독고강은 청부단의 부단주를 불러놓고 물었다.

“단주가 어디 있는지 너는 알고 있으렷다?”

태상단주의 질문에 부단주의 얼굴은 해쓱해졌다.

지엄하신 윗전한테 거짓말이란 있을 수 없다.

부단주는 마지못해 대답했다.

“…예. 알고 있습니다.”

“어디 있느냐?”

“……”

부단주는 침묵했다.

이에 독고강은 언성을 높였다.

"네 이놈! 단주가 어디 있느냐고 묻지 않느냐?"

"…말씀드릴 수 없습니다."

"뭐, 뭣이라?"

독고강의 눈매가 단번에 샐쭉 올라갔다.

이윽고 그의 눈에 잔인한 빛이 차 오른다.

그는 씹어뱉듯이 입을 열었다.

"하! 단주가 어디 있는지 알긴 알지만 말할 수가 없다?"

"……."

부단주인 중년인은 고개를 숙였다.

자신의 흐려진 안색을 보이기 싫어서다.

그에게 있어 단주인 독고미향은 남다른 의미가 있었다.

고아들을 돌보는 독고미향은 처음엔 엄마 대신이었다.

그러나 애들이 성장해서 사내가 되자 그녀는 여인으로 보여졌다.

그리고 부단주가 중년이 되었을 때 독고미향은 아직 20대의 아가씨, 여동생 같은 모습이 되었다.

나이를 안 먹는 단주님 독고미향.

부단주는 그녀가 나이를 안 먹는다는 사실이 몹시 이상했으나 나중에 그 연유를 알게 되었다.

주안과! 여인이라면 누구나 다 환장하는 주안과!

한데 주안과를 복용한 건 행보다는 불행이었다.

남들은 세월의 흐름과 더불어 같이 흘러가는데, 홀로 역행하는 괴물.

부단주는 독고미향이 밤마다 달을 쳐다보며 한숨짓는 모습을 자주 보아왔다.

부단주는 독고미향이 몹시 측은하게 생각되었다.

그는 그녀를 따라 같이 울고 싶었다.

그러나 부단주에게 있어 독고미향은 감히 손댈 수 없는 여인, 하늘처럼 높은 여인이었다.

그랬다. 독고미향은 어머니이자 누나이자 부단주가 가슴속 깊이 숨겨 둔 사모하는 여인이었다.

한데 그런 소중한 여인이 수십 년이 흐른 이제 겨우 웃음을 되찾았다.

부단주는 그녀가 누리는 조그만 행복을 짓밟고 싶지 않았다.

그는 어떻게 해서라도 독고미향이 꾸민 가정을 지켜주고 싶었다.

독고강의 옷이 기를 머금고 부풀어 오른다.

주변 공기가 팽팽해진다.

독고강은 눈에 살기를 담았다.

그는 벼락같이 호통 쳤다.

"네놈이 정녕 죽고 싶은 것이냐? 이놈! 당장 단주의 행방을 고하렷다!"

"죽는 한이 있어도 말씀드릴 수 없습니다!"

"허!"

명령 불복종.

독고강은 어이가 없다 못해 황당했다.

그는 나직이 으르렁댔다.

"그래? 그렇다면 죽어야지!"

"……."

부단주는 죽음을 각오한 채 조용히 눈을 감았다.

그 모습에 분개한 독고강의 살기가 더 짙어졌다.

"감히 이놈이?"

독고강이 한 손을 쳐들었다.

그 순간!

부단주의 부인이 뛰어들어 몸으로 남편의 앞을 가리며 울먹였다.

"태상단주님! 제가 고하겠습니다!"

"여보!"

부단주가 엄한 소리로 부인을 만류한다.

그러나 부인은 빠른 어조로 독고미향이 있는 곳을 토설했다.

"단주님은……."

"……!"

얘기를 듣는 독고강의 눈살이 점점 찌푸렸다.

그에게 있어 여동생이 당문의 도둑놈과 살림을 차렸다는 소리는 가히 듣기 좋은 소식이 아니었던 것이다.

독고강은 자리를 박차고 일어섰다.

그는 나직이 중얼거렸다.

"그러니까 광서 지방 남녕에 전서방이란 업소를 차렸단 말이렷다?!"

*　　　*　　　*

구달비 부부가 부자인 흑아한테서 돈을 빌려 차린 전서방.

독고미향은 편지를 배달하느라 출장을 다녀온 구달비를 마중하고 있었다.

"잘 다녀왔어? 조금 늦길래 걱정하고 있었어."

"미향아, 오면서 분을 한 갑 사 왔어. 색이 아주 좋아."

"어머나! 아이 좋아라."

"미향아, 나 이뻐?"

"그럼! 아주 이쁘지. 호호호~"

구달비는 목에 매달리는 독고미향을 번쩍 안아 올렸다.

그는 은근하게 물었다.

"흑아 집에 있어? 우리 오랜만에 낮거리 한번 할까?"

"흑아는 없지만… 아잉~"

독고미향이 빰을 붉히며 쑥스러운 듯 콧소리를 낸다.

깨가 쏟아지는 광경.

그런데 고소한 냄새를 폴폴 풍기는 이 장면을 멀리서 노려보는 눈이 있었다.

소나무 가지 위에서 벌써 사흘째 독수리같이 번득이는 눈.

독고강은 눈을 치켜뜨다 못해 얼굴이 붉으락푸르락해진 상태다.

그리고 더는 못 참겠는지 나뭇가지 위에 있던 그의 신형이 삽시간에 사라졌다.

내공이 2갑자인 구달비는 갑자기 모골이 송연해졌다.

급히 사위를 둘러보니, 분명히 아무도 없었던 마루 앞에 한 늙은 영감이 유령같이 서 있었다.

"엇?"

구달비는 깜짝 놀랐다.

만약 저 늙은이가 귀신이 아니라면 상대는 엄청난 고수라는 느낌이 팍 팍 와 닿는다.

늙은이는 아무 말 없이 구달비를 매섭게 노려보았다.

"……."

독고미향은 오라비를 본 순간 심장이 철렁 내려앉았다.

"어머나!"

구달비의 품에 안겨 있던 그녀는 허겁지겁 땅에 발을 디뎠다.

구달비는 독고미향을 등 뒤로 숨기며 외쳤다.

"당신 누구요? 왜 아무 기척 없이 남의 집에 들어오는 거요?"

독고미향이 급히 나서며 설명했다.

"저분은 우리 할아버지셔."

"정말이야?"

구달비가 되물을 때, 독고강은 큰 충격을 받았다.

'뭐? 내가 할아버지?'

눈치가 빠른 독고강은 여동생이 도둑 청년한테 나이를 숨기고 있음을 깨달았다.

심술이 발동하면서 여동생의 나이를 까발려 산통을 깨놓고 싶다는 마음이 무럭무럭 솟아오른다.

그러나 독고강은 그 마음을 밖으로 표출하지 못했다.

여동생으로부터 무시무시한 전음이 들려왔기 때문이다.

『오빠! 달비한테 내 나이를 밝히지 마! 만약 그랬다간……!』

반말을 하는 여동생.

독고강의 기가 삽시간에 꺾였다.

"끄응!"

옛날 일이 떠오른다.

독고 남매가 20대였을 무렵.

독고강은 밤늦게 귀가한 여동생을 호되게 야단쳤다.

그러자 여동생은 고개를 바짝 치켜들고 오빠한테 대들었다.

"내가 늦게 다니든 말든 오빠가 무슨 상관이에요?"

"아니, 이게?"

동생의 반항에 혈기 왕성하던 독고강은 열을 받았다.

경쾌한 소리가 울려 퍼졌다.

짜악!

화가 난 오라비의 손길이 동생의 귀싸대기를 올려붙인 것이다.

동생한테 태어나서 처음으로 한 손찌검.

충동적으로 따귀를 때린 독고강은 속으로 몹시 당황했다.

동생 역시 큰 충격을 받았는지 잠시 말이 없었다.

잠시 후 그녀는 부어오른 뺨을 감싸며 이를 악물고 말했다.

"오빠… 이 일… 평생 잊지 않겠어!"

"……!"

그 순간 독고강은 오싹 소름이 끼쳤다.

그 후로 독고강은 동생이 반말을 할 때면 냉큼 꼬리를 내렸다.

왜냐면 그녀가 반말을 한다는 건 그만큼 화가 많이 났다는 증거고, 만약 그것을 거슬렀다간 동생의 입에서 독고강이 제일 두려워하는 '남매의 인연을 끊자' 는 말이 나올지도 모르기 때문이다.

여동생이 오라비한테 험악한 눈짓으로 경고를 주며 말한다.

"할아버지, 여긴 어쩐 일이세요? 할아버지, 이 남자가 제가 그동안 누누이 말씀드린 바로 그 사람이에요. 달비야, 우리 할아버지셔."

구달비는 얼른 땅에 엎드려 넙죽 절을 올렸다.

"할아버님께 손녀 사위 구달비가 인사드리옵니다."

"으으……."

독고강은 울화가 끓어올랐다.

아직 장가도 안 가봤는데 졸지에 손녀 사위를 본 그는 열불이 터져서 죽을 것만 같았다.

그러나 눈에 불을 켜고 있는 여동생 앞에서 화풀이할 데라곤 없었다.

그리고 하오문도들이 도착한 건 바로 이때였다.

수하를 20명이나 거느리고 온 남녕 땅 하오문의 우두머리 악다앙은 가래침부터 칵 한번 뱉은 후 눈에 힘을 주면서 물었다.

"야! 이 집 대가리가 누구냐?"

"무슨 일이오?"

구달비가 의아해하자 악다앙은 으름장을 놨다.

"야 임마! 간판을 걸었으면 보고를 해야 할 거 아냐? 엉? 누구 마음대로 이 동네에서 돈을 벌어? 야! 그동안 번 거 다 내놔봐."

"……!"

구달비와 독고미향의 눈이 마주쳤다.

한마디로 어이가 없었다.

구달비가 팔을 걷어붙이며 언성을 높였다.

"내 돈으로 내가 장사한다는데 늬들이 무슨 상관이냐? 네놈들이 아직 뜨거운 맛을 못 봤구나?"

독고미향도 거들며 나섰다.

"아직 젊은것들이 일해서 돈 벌 생각은 않고 남의 등을 칠 생각만 해? 이런 쓰레기 같은 놈들!"

악다앙은 독고미향의 젖가슴을 빤히 보며 이죽거렸다.

"요년! 네년은 젖탱이가 올라 붙고 상판도 반반하니 술집에 팔아넘기면 짭짤한 수입이 되겠다. 흐흐흐."

자기 마누라가 창피를 당하자 구달비의 얼굴이 단박에 굳어졌다.

"이놈들이……!"

독고미향 역시 분개하려는데, 그녀 앞으로 성큼 나서는 자가 있었다.

조용히 지켜보던 독고강이었다.

아무래도 팔은 안으로 굽는지라, 여동생이 벌인 사업을 방해하는 놈들을 그냥 묵과할 수는 없었다… 라는 게 그의 핑계였다.

독고강은 하오문도들에게 천천히 다가들었다.

하오문도들이 어리둥절해한다.

"이 산송장 같은 영감은 또 뭐야? 영감! 궂은일 당하기 전에 얼른 가보슈."

"……."

하오문도들의 비아냥거림에 독고강은 아무 대꾸도 하지 않았다.

독고강은 그저 조용히 팔을 휘둘렀다.

그는 허리에 찬 연검은 아예 풀지도 않고 그냥 주먹으로 두들길 뿐이었다.

그런데 어쩌나 솜씨있게 패는지, 안면을 강타당한 하오문도는 해골이 움푹 패였고 가슴을 격타당한 놈은 갈비뼈들이 그대로 주저앉았다. 한데 모두가 피 한 방울 안 난다. 그들은 비명 한번 못 지른 채 그대로 고꾸라졌다.

20명 중의 10명이 땅에 널브러진 건 실로 순식간의 일이었다.

그제야 하오문도들은 늙은 영감이 무림인이라는 사실을 깨달았다.

쓰러진 사람을 살펴본 문도가 덜덜 떨면서 겨우 입을 연다.

"주, 주, 죽었습니다!"

"……!"

땅바닥에 쓰러진 모두가 염라국으로 직행했단다.

악다앙은 새파랗게 질렸다.

그는 쓰러진 문도들이 피를 안 흘리기에 기절한 줄로만 알았지 설마 죽었을 줄은 전혀 생각지도 못했다.

그러나 이 정도로 기가 죽을 악다앙이 아니다.

악다앙은 벼락같이 악을 썼다.

"이놈! 네놈이 백주 대낮에 살인을 해? 네놈이 빵에 가봐야 삶의 고달픔을 알겠구나?"

악다앙은 수하를 돌아보며 서둘러 명했다.

"어서 빨리 포두를 불러라!"

"옛!"

수하가 잽싸게 뛰어간다.

이 광경을 보는 구달비와 독고미향은 적이 당혹스러웠다.

포두가 오고 관청이 개입하게 되면 영업에 지장이 많다.

이때 독고강이 아무 말 없이 품속에서 무엇인가를 꺼내 들었다.

그것은 한 개의 특이하게 생긴 병이었다.

독고강은 병의 마개를 뽑더니 시체 위에 대고 기울였다.

병에서 누런 액체가 흘러나와 시체에 떨어졌다.

그런데 액체가 닿은 시체에서 뜨거운 김이 나면서 시체는 물처럼 녹아 내렸다.

푸쉬쉬쉬쉬~

악다앙이 부르짖었다.

"화, 화골액(化骨液)!"

무림인들이 증거를 인멸할 때 쓰는 도구, 화골액.

화골액은 엄청나게 비싼 것이라 웬만한 무림인은 가지고 다니지도 못한다.

그런데 화골액이 비싼 이유는 정작 화골액이 비싼 것이라기보다는 배보다 배꼽이 더 크다고, 웬만한 것을 다 녹이는 화골액이다 보니 그것을 보관해야 하는 용기가 워낙 특별난지라 그 용기의 값이 비싼 까닭이다.

어쨌거나 이제 포두가 달려와도 살인의 증거인 시체가 없다.

독고강은 시종일관 무표정으로 묵묵히 화골액을 뿌렸다.

푸쉬쉬쉬쉬쉬쉬~

한데 그 무표정이 엄청나게 무서웠다.

하오문도들은 바싹 얼어붙었다.

자기들도 사람 한둘씩은 다 죽여봤지만, 저렇게 아무렇지도 않다는 표정으로 살인을 해본 적은 없었다.

심장이 오그라들며 공포감이 파도처럼 엄습한다.

그 와중에 독고강은 쓰러진 시체들을 다 처리한 후 하오문도 한 명을 붙잡았다.

독고강은 예의 그 무표정한 얼굴로 하오문도의 뼈마디를 하나씩 꺾었다.

우드득 빠드득~

뼈가 비틀리면서 내는 끔찍한 음향.

아혈이 제압된 하오문도는 비명도 못 지른 채 땀을 줄줄 흘리며 고통에 몸부림쳤다.

이를 보는 사람들의 낯짝은 파랗다 못해 하얗게 질렸다.

그들 중엔 구달비도 끼어 있었다.

사실 독고강이 이런 행동을 하는 까닭은 구달비의 기선을 제압하려는 의도가 컸다. '나 이렇게 무서운 사람이야!' 라는 시위로 구달비의 기를 죽이려는 심산이었던 것이다.

아닌 게 아니라 구달비는 오금이 저려왔다.

상냥하기만 한 마누라한테 저런 무시무시한 할아버지가 있을 줄은 꿈에도 몰랐다.

한편, 독고미향은 오라비가 하는 일을 가만히 지켜봤다.

그녀는 독고강이 몹시 화가 나 있다는 사실을 잘 알고 있었다.

그는 분명히 구달비가 못마땅하기 때문에 하오문도들을 대상으로 저렇게 화풀이를 하고 있는 것이다.

'저럴 때 말리면 오라버니는 더 발광한다.'

독고미향은 이 잔인한 광경을 더 이상 보지 못하고 얼굴을 돌려 버렸다.

이제 하오문도들은 너나 할 것 없이 앞을 다투어 도망치기 시작했다.

그러나 그건 여의치 않았다.

늙은 영감이 어느 틈에 장원의 대문을 가로막고 있었기 때문이다.

악다앙은 즉각 무릎을 꿇고 애원했다.

"대협! 잘못했습니다! 다시는 여기에 찾아오지 않겠습니다!"

"나으리! 저희가 눈깔이 삐어서 고인을 몰라뵈었습니다! 제발 살려주십시오! 저는 자식놈이 다섯이나 됩니다. 크흐흐흑~"

연신 절을 올리며 목숨을 구걸하는 하오문도들.

독고강은 무표정으로 천천히 다가서더니 제일 가까이 있는 사람의 머리통을 아무렇지도 않게 주먹으로 내려쳤다.

퍼 걱!

잘 익은 수박 터지는 소리가 났다.

그 소리로 미루어보아 저 사람의 해골이 박살났다는 건 어린애라도 알아챌 수 있는 상황.

"흐악!"

"사람 살려!"

하오문도들은 후들거리는 다리로 담장을 넘어 도망치려고 했다.

독고강이 그들을 추격하려는 찰나,

독고미향의 전음이 들려왔다.

『오빠! 제발 그만 하세요!』

그제야 행동을 멈추는 독고강.

그는 한 손은 뒷짐을 지고 다른 한 손으로는 턱수염을 쓰다듬으면서 우아하게 고개를 들어 먼 산을 바라봤다.

마치 자기가 언제 그런 끔찍한 만행을 저질렀냐는 태도다.

그 천연덕스러운 행동에 구달비는 와락 소름이 끼쳤다.

그는 아까 전에 본 참혹한 죽음이 떠올라 구역질을 했다.

"웨엑~"

"달비야, 괜찮아?"

독고미향이 안쓰러운 얼굴로 등을 두드려 준다.

"왝~왝~"

구달비는 연신 토악질을 하면서 독고미향의 할아버지란 사람이 자신을 한심하다는 눈초리로 보고 있음을 알았다.

한편 전서방을 쓸러 갔다가 혼비백산해서 도망쳐 온 악다앙.

그는 이를 갈면서 수하한테 명했다.

"전서방에 손님으로 출입하는 놈들을 다 패버려라. 그러면 소문이 나서 더 이상 전서방을 이용하지 않겠지! 흐흐흐~"

"…그런 짓을 했다간 네놈의 머리통을 잘라 버리겠다."

뒤에서 조용히 들려오는 소리.

악다앙은 심장이 목구멍 밖으로 튀어나올 만큼 놀랐다.

"헉?"

목으로 느껴지는 서늘한 촉감.

악다앙은 자신의 목에 닿아 있는 물건이 기다란 칼임을 깨달았다.

그 칼의 주인은 청부단의 부단주였다.

독고미향이 걱정이 된 그는 태상단주 독고강의 뒤를 쫓아서 부랴부랴 달려온 것이다.

악다앙은 사색이 됐다.

방금 전까지 자기랑 대화를 나누었던 수하가 눈을 까뒤집은 채 꼿꼿이 서 있었던 것이다.

콧구멍과 귓구멍 등으로 피를 흘리는 꼴을 보아하니 명년 오늘이 저놈
의 제삿날이다.

코앞에서 수하의 죽음을 본 악다앙.

자기도 저렇게 될지 모른다는 생각에 그는 사시나무처럼 몸을 떨었다.

부단주는 악다앙의 귓가에 대고 나직이 경고했다.

"전서방의 고객을 건드리거나 한 번만 더 전서방을 찝쩍거리면 그날
로 이 하오문은 기왓장 하나 남지 않는다! 알겠느냐?"

"예, 예! 명심하겠습니다요!"

칼날이 목에 조금 박히며 피가 주르르 흐른다.

악다앙은 눈을 질끈 감으며 황급히 소리쳤다.

"제가 또다시 전서방을 건드린다면 전 후레자식입니다!"

혹시라도 머리통이 몸과 분리될까 봐서 기를 쓰는 악다앙.

뒤처리의 전문가인 청부단의 부단주는 이렇게 일 처리를 했다.

그는 전서방 쪽을 바라보며 기원했다.

'단주님, 부디 행복하게 잘사십시오.'

그러나……!

하오문의 우두머리 악다앙은 진정코 악당이었다.

그는 그날부터 밤잠을 설쳤다.

"으으으! 이대로 물러나기엔 너무 분하다!"

악다앙은 신중히 주위를 살펴보며 수하에게 귓속말을 했다.

"오늘부터 전서방을 감시해라. 혹시 뭐 수상한 점이 없는지 잘 지켜보
는 거다. 알겠냐?"

"그러다가 혹시 그 늙은 놈한테 걸리면……?"

두려움에 차서 목을 움츠리는 수하.

그런 수하의 머리통을 쥐어박으며 악다앙은 소리를 질렀다.

"이런 멍청한 놈! 지나가는 행인으로 변장하면 되잖아?! 아니면 그 앞에 돗자리라도 하나 펴놓고 점(占)이라도 보는 척하란 말야!"

"예! 예!"

*　　　*　　　*

독고강은 흑아와 눈싸움을 하고 있었다.

빈방이 없는지라 흑아와 한방을 쓰게 된 독고강.

그는 고양이 녀석이 건방지게도 팔짱을 끼고 자기를 노려보고 있는 통에 영 펀치가 않았다.

방을 먼저 차지한 게 자기였다고 텃새를 부리는 고양이.

고양이 녀석이 눈을 부라리며 툴툴댄다.

"뭐야? 나도 사람으로 치자면 나이를 먹을 만큼 먹었다구! 내가 아불리가(아프리카)에서 같이 살던 검은 종족들이 그때 태어난 아이가 너만큼 늙었다구! 그러니까 난 백 살이 넘어!"

흑아는 눈앞의 노인이 마음에 안 들었다.

그렇다고 해서 만만히 볼 상대냐 하면 그건 절대 아니었다.

노인은 무림의 고수였던 것이다.

그는 흑아를 보자마자 덥석 움켜잡더니 버둥대는 흑아의 몸을 샅샅이 검사했다. 하다못해 입까지 벌려서 속을 들여다본 노인.

대관절 무얼 찾는지는 모르지만 아무튼 그런 노인을 흑아가 좋아할 리 없다.

하지만 흑아는 독고미향이 신신당부를 했기에 그녀를 좋아하는 흑아로서는 많이 참아주고 있는 중이다.

"영감! 알았어? 그러니까 나한테서 존댓말 같은 거 기대하지 말라구!"

"……."

독고강은 아무 대꾸도 하지 않았다.

그는 고양이의 말 같지도 않은 소리를 한 귀로 듣고 한 귀로 흘렸다.

눈싸움을 하던 독고강은 먼저 시선을 돌려 버렸다.

자기가 이런 동물이랑 눈싸움 따위나 하고 있다니 한심하다는 생각이 든 까닭이다.

사실 그가 이 장원에 묵는 것엔 그 까닭이 있었다.

'칠보동보! 칠보동보를 찾아야 한다! 고양이의 몸에도 없으니 그건 분명히 구달비라는 놈의 몸 어딘가에 있어!'

여동생의 손에 박혀 있던 무지갯빛 가루가 눈에 아른댔다.

이때 고양이가 조그만 주먹을 쳐들어 보이며 엄포를 놓았다.

"너 내 사탕에 손대면 죽어?"

"……."

독고강은 아무 대꾸 안 하고 침상에 누워버렸다.

가만히 보려니 저 고양이 녀석은 먹는 것에 목숨을 걸었다.

특히 사탕, 과자 등 애들이나 좋아할 법한 달달한 맛에 환장을 한다.

독고강은 독고미향처럼 먹을 걸로 혹아를 꼬실 수도 있었건만 그는 그런 짓을 하지 않았다. 이까짓 조그만 동물을 상대로 왜 내가 그렇게까지 해야 하는데? 하고 자존심이 상했기 때문이다.

그런데 대꾸없이 가만있으니까 물로 보이는지 고양이 녀석이 또 잔소리를 한다.

"야, 영감! 너 내 물건에 손대면 죽어?"

"……."

독고강은 할 말을 잃었다.

자기가 뭐가 아쉬워서 고양이 물건 따위에 손을 댄단 말인가?

고양이 녀석의 물건이라고는 차가운 기운을 뿜는 한옥패와 보석 몇 개가 전부다.

지금 고양이 녀석은 사탕을 빨면서 한옥패를 가지고 놀고 있었다.

녀석은 한옥패에 새겨진 여러 동물의 모양을 보는 걸 몹시 즐기는 눈치다.

독고강은 고양이가 제일 아끼는 물건이 한옥패라는 점을 쉽게 간파할 수 있었다.

슬그머니 지풍을 날려서 한옥패를 깨버릴까 하다가 곧 머리를 젓는 독고강.

'에이. 유치한 짓거리는 하지 말자.'

독고강은 머리 속에서 고양이를 떨쳐 버리고 잠을 자려고 애썼다.

날이 밝자 독고강은 자리에서 기침(起寢)했다.

그는 아침 운공으로 기를 돌리며 속으로 웅얼거렸다.

'저 고양이 녀석이 아침마다 사탕을 사러간다고 하던 미향이의 말이 맞군.'

아닌 게 아니라 고양이는 외출하려고 단장(?) 중이었다.

녀석은 제 딴엔 사람으로 분장을 한답시고, 어디서 훔쳐 왔는지 어린 아이의 옷을 주워 입고 있었다.

독고강이 슬쩍 보려니 비록 변신은 했지만 고양이의 몸 크기로는 아이의 몸을 다 채울 만한 부피가 안 되기에 아이의 배에는 커다란 구멍이 뻥 뚫려 있었다.

그건 한마디로 괴물의 형상이었다.

'쯧쯧! 좌우지간 저놈의 고양이 새끼는 밥맛이로고!'

독고강은 눈을 감아버렸다.

여섯 살쯤 된 사내아이로 분한 고양이 녀석은 콧노래를 흥얼거리며 사라졌다.

전서방의 건너편.

그곳에는 '점'이라 쓰인 대나무 깃발을 걸어놓은 점쟁이가 한 명 있었다.

그의 시선은 시종일관 전서방의 대문에 못 박혀 있었다.

마침내 대문이 열리며 한 사내아이가 나왔다.

매일 아침 전서방을 나섰다가 무엇인가를 한 아름 안고 다시 집으로 돌아오는 어린아이.

점쟁이가 고개를 갸우뚱하며 중얼거린다.

"저 집엔 애가 없다고 들었는데 참 이상도 하군. 쟤가 어딜 가나 오늘은 한번 따라가 볼까?"

점쟁이는 주섬주섬 돗자리를 말아서 옆구리에 끼었다.

저잣거리에서 장사를 하는 엿장수 장춘배(長春倍).

장춘배는 오늘도 아침부터 기분이 좋았다.

장사를 시작하자마자 단골손님이 등장한 때문이다.

저쪽에서 휘적휘적 오고 있는 아이.

조그만 삿갓을 눌러쓴지라 얼굴은 안 보이지만 항상 똑같은 저 옷차림은 저 아이가 누군지 대번에 알려주고 있다.

장춘배는 아이를 환대했다.

"어서 와~"

아이가 깡충깡충 뛰어온다.

아이는 매일 똑같은 옷을 입는 것과는 달리 돈이 아주 많았다.

올 때마다 한 아름씩 자기가 원하는 과자와 사탕, 엿을 사가는 아이.

매번 마수걸이로 다른 아이들 열 명의 몫을 사가는 그 아이는 장춘배의 가장 큰 고객이었다.

장춘배는 아이가 지목하는 과자를 종이에 싸며 오늘도 같은 질문을 했다.

"너 어디 사니?"

"……."

엿장수는 이 아이가 뉘 집 아들인지 무척 궁금했다.

매번 묻는 질문이지만, 역시나 오늘도 아이는 아무 대답이 없었다.

아이는 당차게도 자기 볼일만 보고는 잽싸게 사라지곤 했다.

그렇다고 해서 아이가 벙어리란 소리는 절대로 아니다. 녀석은 과자를 먹을 때 '맛있다' 소리를 연발했던 것이다.

장춘배의 낯에 호기심이 가득 찼다.

'어디 오늘은 요 녀석의 얼굴을 한번 보자!'

장춘배는 손을 뻗어 아이가 쓰고 있는 삿갓을 재빨리 벗겼다.

"으라차!"

그 순간 장춘배는 깜짝 놀랐다.

아이의 얼굴엔 섬뜩한 붉은 눈알이 박혀 있었다.

"흐악!"

엿장수는 삿갓을 떨어뜨리며 비명을 질렀다.

아이가 급히 삿갓을 주워서는 얼굴을 가리고 후다닥 도망간다.

사라지는 단골손님.

장춘배는 정신이 번쩍 들었다.

'아차! 저 애가 다시는 과자를 안 사러 올지도 몰라!'

엿장수는 얼른 뛰어가서 아이의 뒷덜미를 낚아챘다.

"얘! 잠깐만 기다려라! 너를 해코지하려는 게 아냐! 난 그저……."

"놔아아아아~"

아이는 엿장수의 손아귀에서 벗어나려고 발버둥을 쳤다.

그때 상의가 벗겨지면서 아이의 몸이 드러났다.

한데 그 모습은……!

엿장수의 경악에 찬 비명이 저잣거리에 울려 퍼졌다.

"으아아악!"

배에 구멍이 뚫린 괴물 아이가 옷을 집어 들고는 허둥지둥 도망친다.

하오문.

점쟁이의 보고를 들은 악다앙은 어리둥절해졌다.

"뭐? 눈깔이 빨개? 그거 사람 맞냐?"

"그러게나 말입쇼. 근데 엿장수 말에 의하면 분명히 눈이 빨갰대요."

"에이! 잠을 못 자서 눈이 충혈됐던가 아니면 눈병에 걸려서 그런 거겠지?"

"아니라니까요? 눈알이 기형적으로 빨갰대요! 태어날 때부터 빨간, 그런 눈이래요! 게다가 뱃속도 텅 비어 있었대요! 거짓말이 아닙니다! 진짜로 배에 커다란 구멍이 나 있었다니까요?"

점쟁이 수하는 엿장수로부터 전해 들은 말을 우겼다.

그러나 두목은 핀잔만 줄 뿐이다.

"야 이 자식아! 말 같잖은 소리는 하지도 말아라! 나 원 참! 눈깔이 빨간 데다가 배때기까지 뚫려 있어? 그게 어디 사람이냐? 강시지! 이런~ 쯧쯧. 좌우지간 이놈은 멍청한 거 하나는 알아줘야 해."

혀를 차는 악다앙.

한데 갑자기 무엇이 생각났음인지 그는 마구 허둥댔다.

"야! 야! 가만있어 봐! 우리 하오문 총단에서 온 서신 말야. 거기에 혹시 눈깔이 빨간 동물을 찾는다고 적혀 있지 않았냐?"

*   *   *

저잣거리에서 일을 저지르고 온 흑아는 기운이 없었다.

녀석은 저녁밥을 깨작거렸다.

독고미향이 걱정스럽게 묻는다.

"흑아야, 밥이 맛이 없니?"

"아냐……."

"그럼 왜 안 먹어? 너 사탕을 너무 많이 먹어서 배가 안 고프구나?"

"……."

흑아가 고개를 젓는다.

"왜 그래?"

의아해진 구달비가 묻는다.

흑아는 힘없이 식탁에서 일어났다.

"나 먼저 자러 갈래. 오늘은 왠지 좀 피곤해."

"야! 집에서 노는 니가 피곤할 게 뭐 있어? 전서를 전하러 발로 뛰는 건 나잖아? 돈은 뼈빠지게 내가 벌고 너는 집에서 사탕이나 빨면서 뭐가 피곤해?"

구달비가 입을 삐죽였다.

"아이, 그냥 내버려 둬. 흑아가 돈을 대지 않았으면 우리는 이 전서방 못 차렸어."

독고미향이 흑아 역성을 든다.

혹아는 독고미향한테 가볍게 고개를 끄덕여 보인 후 자기 방으로 자러 갔다.

남은 이들은 식사를 계속했다.

그러나 구달비는 이 자리가 영 편치 않았다.

언제나 자기를 차가운 눈초리로 노려보는 할아버지.

중간에 낀 독고미향은 분위기를 띄우느라 여념이 없었다.

그녀는 웃음을 터뜨려 가며 재미있는 이야기들을 했다.

그러나 웃는 사람은 그녀 혼자뿐.

마침내 독고미향도 입을 다물어 버리자 식탁에 썰렁한 침묵만이 맴돌았다.

잠시 침묵이 흐른 후 독고미향이 불현듯 생각난 양 무공에 대한 말을 꺼냈다.

"할아버지, 달비한테 무공을 가르쳐 주세요. 달비는 경공밖에 몰라요."

구달비가 때를 놓칠세라 얼른 끼어든다.

"저도 그간 무공의 필요성을 절실히 느끼고 있었습니다."

"……."

독고강은 아무 대꾸 없이 꾸역꾸역 밥만 먹는다.

그런 그에게 구달비가 다시 물었다.

"혹시 일 년 만에 급성장할 수 있는 그런 무공이 있을까요?"

"그건 왜?"

퉁명하니 내뱉는 독고강.

그에게 구달비가 쑥스러운 미소를 흘리며 말했다.

"헤헤… 무공 같은 거 오랫동안 배우려면 너무 귀찮잖아요?"

"무공이란 어려서부터 배워야 하는 것이고 성인이 돼서 배우려면 시간이 더 걸리는 게 무공이다.”

“그걸 누가 몰라서 묻나요? 제 요점은 빨리 배울 수 있는 방법. 그러니까 단시일 내로 고수가 될 수 있는 그런 방법이 없느냐는 거지요.”

독고강은 쉬운 길만 찾는 구달비가 못내 한심스러웠다.

요즘 젊은 놈들은 다 이렇게 쓸개가 빠졌나 싶으면서 그는 구달비가 더욱 꼴 보기 싫어졌다.

독고강은 차갑게 말했다.

“흥! 일 년 배워서 고수가 될 수 있다면 세상에 고수 아닌 놈이 어디 있겠느냐? 나는 너 같은 놈한테 무공 가르쳐 주기 싫다! 그러니 다른 사람을 찾아봐!”

딱 잘라서 거절하는 독고강.

구달비가 천천히 운을 떼었다.

“할아버지, 할아버지는 제가 싫으신 거죠?”

“그래! 난 네놈이 싫다!”

독고미향이 뭐라고 말리기도 전에 독고강이 쏘아붙였다.

당황해하는 여동생.

구달비는 찢어진 눈을 치켜뜨고 물었다.

“왜 싫은데요? 저의 어느 면이 싫으세요?”

“난 네놈의 그 못생긴 낯짝부터 시작해서 하나에서 열까지 다 싫다!”

“……!”

구달비의 심장이 벌렁거리기 시작했다.

그도 자신이 잘생기지 않았다는 사실은 누구보다도 잘 알고 있었다.

한데 이렇게 직접 대놓고 듣자니 배알이 꼴리는 건 당연지사.

독고강의 귓구멍으로 당장에 질책하는 전음이 날아왔다.

『오빠! 대체 왜 이러세요?』

『난 저놈이 물어보길래 대답한 것뿐이야!』

『그래도 그렇지 어떻게 이러실 수가 있어요?』

『난 저놈의 못생긴 상판만 보면 화가 나! 못생긴 것도 어느 정도여야지? 나는 저런 얼굴이 좋다고 하는 니가 이상하다!』

『난 달비의 얼굴이 보면 볼수록 정이 가고 귀여워요! 자세히 보면 얼마나 맛깔나는 얼굴인데요?!』

독고미향이 구달비 편을 들며 길길이 뛴다.

이때 구달비가 독고강한테 눈을 치켜떴다.

"할아버지, 왜 화를 내고 그러세요? 제가 일 년 만에 고수가 되길 바라서요? 빨리 갈 수 있는 길이 있다면 그걸 두고 멀리 돌아서 가는 건 바보 같은 일이잖아요? 편하게 살면 좋지 왜 꼭 고생을 해야 되는 건데요?"

"그래그래, 넌 그냥 니 똥창 꼴리는 대로 살아라."

"할아버지! 달비야! 둘 다 그만 해요!"

독고미향이 중간에서 싸움을 말린다.

구달비는 한발 물러서서 독고강한테 물었다.

"어떻게 하면 제가 할아버지 마음에 들겠어요?"

"그럴 일은 하늘이 두 쪽이 나도, 이 세상의 모든 사람들이 물구나무를 서서 걸어다닌다고 해도 불가능하다! 난 네가 미향이의 서방이라고 절대로 인정할 수 없다!"

"……!"

구달비의 얼굴이 참혹하리만큼 일그러졌다.

마침내 독고미향이 단정적으로 말했다.

"달비야, 할아버지 가시겠대."

"뭐?"

깜짝 놀라는 구달비.

반면에 독고강의 낯은 딱딱하게 굳어졌다.

"……!"

명백한 축객령.

자존심 강한 독고강이 이런 말을 듣고 가만히 있을 리가 없다.

그는 젓가락을 내려놓고 자리에서 발딱 일어섰다.

이젠 칠보동보고 나발이고 눈에 안 보인다.

이를 악무는 독고강.

'그래! 늙은이는 사라져 주는 게 좋겠지!'

셋은 밖으로 나왔다.

독고미향이 머리 숙여 작별 인사를 한다.

"할아버지, 안녕히 가세요."

"저어 할아버지… 그럼……."

구달비도 어정쩡하게 허리를 굽혔다.

하지만 그의 속마음은 몹시 찜찜했다.

자기가 독고미향의 할아버지를 내쫓은 격이기 때문이다.

지금이라도 다시 붙잡아야 하는 게 아닌지 영 갈피를 못 잡겠다.

그러나 한편으로는 이 까다로운 노인네가 사라진다고 생각하니 속이
다 시원했다.

이때 독고강의 눈이 휘둥그레졌다.

"엇! 저건?"

흑아의 방에서 찬란한 무지갯빛이 뿜어져 나오고 있었다.

독고강은 한걸음에 흑아의 방으로 뛰어들었다.

흑아는 자고 있었다.

그런데 녀석의 머리통에는 무지갯빛 가루가 영롱한 빛을 내고 있었다.

독고강의 눈이 부릅떠졌다.

"칠보동보다! 그렇게 찾아 헤맸던 게 바로 이놈한테 들어가 있었구나!"

구달비가 의아해한다.

"칠보동보?"

독고미향은 그에게 진시황제의 보물 지도에 얽힌 전설을 얘기해 주었다.

그녀는 끝에 덧붙였다.

"달비야, 보물이 감춰진 창고 안에는 인간의 상상을 초월하는 그 무엇이 있대."

"상상을 초월해? 그럼 혹시 복용하자마자 무공이 하루아침에 높아지는 그런 영약이 감춰져 있는 게 아닐까?"

눈이 번쩍 떠지는 구달비.

세 사람은 조금 전까지 싸웠다는 생각을 잊고 각자가 흥분해서 마구 떠들었다.

이 와중에도 흑아는 정신없이 잠을 잔다.

그런데 갑자기 녀석이 입을 열어 잠꼬대를 하기 시작했다.

"나는… 칠보동보다……."

흑아의 입에서는 마치 수십 명이 웅성거리고 있는 것과 같은 소음이 났다. 그와 더불어 머리에 있는 가루들이 더욱 찬란하게 빛을 냈다.

무지갯빛 가루가 스스로 칠보동보라고 자백을 하자 구달비와 독고 남매는 뛸 듯이 기뻤다.

칠보동보는 흑아의 입을 빌려 말을 하기 시작했다.

"나는… 이 세상 동물이… 아니다."

"……?"

구달비와 독고 남매는 눈을 휘둥그레 떴다.

구달비가 독고미향한테 묻는다.

“저게 무슨 소리야? 이 세상이 아니라면 그럼 저 세상에서 왔나?”

“글쎄? 저 세상이라면 죽은 사람들이 가는 데잖아?”

독고미향이 고개를 갸우뚱하자 오라비 독고강이 손을 들어 제지했다.

“쉿! 잠자코 들어보자!”

칠보동보는 다시 말을 했다.

“나는… 이 세상 동물이… 아니다.”

“…….”

모두는 귀를 기울였다.

칠보동보가 또다시 말한다.

“나는… 이 세상 동물이… 아니다.”

“……!”

듣고 있던 사람들의 얼굴이 찌푸려졌다.

그리고 참다못한 독고강이 일동을 대표해서 버럭 소리를 질렀다.

“알았으니까 한번만 말해!”

“…….”

독고강한테 야단을 맞은 칠보동보는 자존심이 상했는지 잠시 말이 없었다.

이윽고 칠보동보는 진시황제의 보물에 대한 이야기를 시작했다.

〈제4권 끝〉

FANTASTIC
ORIENTAL
HEROES